AF373210

Theodor Storm

Vater und Sohn - Der ewige Konflikt: Carsten Curator + Hans und Heinz Kirch + Der Herr
Etatsrat + Renate
(Gesammelte Werke)

Marcel Proust
Gesammelte Werke: Romane + Erzählungen

Klabund / Alfred Henschke
Borgia: Aufstieg und Fall einer machtbesessenen Familie: Historischer Roman - Geschichte einer Renaissance-Familie

Jean Paul
Sämtliche Werke: Romane, Erzählungen, Satiren, Aphorismen, Philosophische Werke & Psychologische Schriften: Selina, Siebenkäs, Titan, Der Komet, Die unsichtbare ... Der Maschinenmann und vieles mehr

Thomas Wolfe
Gesammelte Werke: Romane + Erzählungen + Essays: Schau heimwärts, Engel!, Von Zeit und Strom, Die Geschichte eines Romans, ... wie die Zeit, Die vier verlornen Männer...

Dmitri Mereschkowski
Leonardo da Vinci (Historischer Roman) Historischer Roman aus der Wende des 15. Jahrhunderts

Magnus Jacob Crusenstolpe
Katharina die Große - oder Zarin Katharina II von Russland

Jakob Wassermann
Christoph Columbus - Der Don Quichote des Ozeans (Vollständige Biografie): Historischer Roman

Peter Rosegger
Gesammelte Werke (Über 570 Titel in einem Buch): Als ich noch der Waldbauernbub war + Waldheimat + Die Schriften des Waldschulmeisters … Gottsucher + Heidepeters Gabriel und mehr

Richard Arnold Bermann
Die Derwischtrommel: Historischer Roman

Peter Rosegger
Die schönsten Heimatromane von Peter Rosegger: Jakob der Letzte + Die Schriften des Waldschulmeisters + Heidepeters Gabriel + Der Gottsucher

Theodor Storm

Vater und Sohn - Der ewige Konflikt: Carsten Curator + Hans und Heinz Kirch + Der Herr Etatsrat + Renate (Gesammelte Werke)

Vollständige Ausgabe

Zusammenstoß der Generationen

e-artnow, 2018
Kontakt: info@e-artnow.org
ISBN 978-80-273-1808-7

Inhaltsverzeichnis

Carsten Curator

Eigentlich hieß er Carsten Carstens und war der Sohn eines Kleinbürgers, von dem er ein schon vom Großvater erbautes Haus an der Twiete des Hafenplatzes ererbt hatte und außerdem einen Handel mit gestrickten Wollwaren und solchen Kleidungsstücken, wie deren die Schiffer von den umliegenden Inseln auf ihren Seefahrten zu gebrauchen pflegten. da er indes von etwas grübelnder Gemütsart und ihm, wie manchem Nordfriesen, eine Neigung zur Gedankenarbeit angeboren war, so hatte er sich von jung auf mit allerlei Büchern und Schriftwerk beschäftigt und war allmählich unter seinesgleichen in den Ruf gekommen, daß er ein Mann sei, bei dem man sich in zweifelhaften Fällen sicheren Rat erholen möge. Gerieten, was wohl geschehen konnte, durch seine Leserei ihm die Gedanken auf einen Weg, wo seine Umgebung ihm nicht hätte folgen können, so lud er auch niemanden dazu ein und erregte folglich dadurch auch niemandes Mißtrauen. So war er denn der Curator einer Menge von verwitweten Frauen und ledigen Jungfrauen geworden, welche nach der damaligen Gesetzgebung bei allen Rechtsgeschäften noch eines solchen Beistandes bedurften.

Da bei ihm, wenn er die Angelegenheiten andrer ordnete, nicht der eigne Gewinn, sondern die Teilnahme an der Arbeit selbst voranstand, so unterschied er sich wesentlich von denen, welchen sonst derartige Dinge zu besorgen pflegten; und bald wußten auch die Sterbenden als Vormund ihrer Kinder und die Gerichte als Verwalter ihrer Konkurs-und Erbmassen keinen besseren Mann als Carsten Carstens an der Twiete, der jetzt unter dem Namen »Carsten Curator« als ein unantastbarer Ehrenmann allgemein bekannt war.

Der kleine Handel freilich sank bei so vielen Vertrauensämtern, welche seine Zeit in Anspruch nahmen, zu einer Nebensache herab und lag fast nur in den Händen einer unverheirateten Schwester, welche mit ihm im elterlichen Hause zurückgeblieben war.

Im übrigen war Carsten ein Mann von wenig Worten und kurzem Entschluß und, wo er eine niedrige Absicht sich gegenüber fühlte, auch auf eigne Kosten unerbittlich. Als eines Tages ein sogenannter »Ochsengräser«, der seit Jahren eine Fenne Landes, nach derzeitigen Verhältnissen zu billigem Zinse, von ihm in Heuer gehabt hatte, unter Beteuerungen versicherte, daß er für das nächste Jahr bei solchem Preise nicht bestehen könne, und endlich, als er damit kein Gehör fand, sich dennoch zu dem früheren und, da jetzt auch dieses Angebot zurückgewiesen wurde, sogar zu einem höheren Heuerzinse verstand, erklärte Carsten ihm, daß es keineswegs seine Sache sei, jemanden mit seiner Fenne in unbedachten Schaden zu bringen, und gab hierauf das Landstück zu dem alten Preise an einen Bürger, der ihn früher darum angegangen war.

Und dennoch hatte es einen Zeitraum in seinem Leben gegeben, wo man auch über ihn die Köpfe schüttelte. Nicht als ob er in den ihm anvertrauten Angelegenheiten etwas versehen hätte, sondern weil er in der Leitung seiner eignen unsicher zu werden schien; aber der Tod, bei einer Gelegenheit, die er öfters wahrnimmt, hatte nach ein paar Jahren alles wieder ins gleiche gebracht. – Es war während der Kontinentalsperre, in der hier sogenannten Blockadezeit, wo die kleine Hafenstadt sich mit dänischen Offizieren und französischem Seevolk und anderseits mit mancher Art fremder Spekulanten gefüllt hatte, als einer der letzteren auf dem Boden seines Speichers erhängt gefunden wurde. Daß dies durch eigne Hand geschehen, war nicht anzuzweifeln, denn die Verhältnisse des Toten waren durch rasch folgende Verluste in Ruin geraten; der einzige Aktivbestand seines Nachlasses, so wurde gesagt, sei seine Tochter, die hübsche Juliane; aber bis jetzt hätten sich viele Beschauer und noch keine Käufer gefunden.

Schon am andern Vormittag gelangte von dieser die Bitte an Carsten, sich der Regulierung ihrer Angelegenheiten zu unterziehen; aber er wies das Ansuchen kurz zurück: »Ich will mit den Leuten nichts zu tun haben.« Als indessen der alte Hafenarbeiter, der dasselbe überbracht hatte, am Nachmittage wiederkam: »Seid nicht so hart, Carsten; es ist ja nur noch das Mädchen da; sie schreit, sie müsse sich ein Leides tun«, da stand er rasch auf, nahm seinen Stock und folgte dem Boten in das Sterbehaus.

In der Mitte des Zimmers, wohin ihn dieser führte, stand der offene Sarg mit dem Leichnam; daneben auf einem niedrigen Schemel, mit angezogenen Knien, saß halb angekleidet ein schönes

Mädchen. Sie hatte einen schildpattenen Frisierkamm in der Hand und strich sich damit durch ihr schweres goldblondes Haar, das aufgelöst über ihren Rücken herabhing; dabei waren ihre Augen gerötet, und ihre Lippen zuckten von heftigem Weinen; ob aus Ratlosigkeit oder aus Trauer über ihren Vater, mochte schwer entscheidbar sein.

Als Carstens auf sie zuging, stand sie auf und empfing ihn mit Vorwürfen: »Sie wollen mir nicht helfen?« rief sie. »Und ich verstehe doch nichts von alledem. Was soll ich machen? Mein Vater hat viel Geld gehabt; aber es wird wohl nichts mehr da sein! Da liegt er nun; wollen Sie, daß ich auch so liegen soll?«

Sie setzte sich wieder auf ihren Schemel, und Carstens sah sie fast staunend an. »Sie sehen ja, Mamsell«, sagte er dann, »ich bin eben hier, um Ihnen zu helfen; wollen Sie mir die Bücher Ihres Vaters anvertrauen?«

»Bücher? Ich weiß nichts davon; aber ich will suchen.«

Sie ging in ein Nebenzimmer und kam bald wieder mit einem Schlüsselbund zurück. »Da«, sagte sie, indem sie es vor Carstens auf den Tisch legte; »Sie sollen ein guter Mann sein; machen Sie, was Sie wollen; ich kümmre mich nun um nichts.«

Carstens sah verwundert, wie anmutig es ihr ließ, da sie diese leichtfertigen Worte sprach; denn ein Aufatmen ging durch ihren ganzen Körper und ein Lächeln wie plötzlicher Sonnenschein über ihr hübsches Angesicht.

Und wie sie es gesagt hatte, so ward es: Carstens arbeitete, und sie kümmerte sich um nichts; wozu sie eigentlich ihre Zeit verbrauchte, konnte er nie erforschen. Aber die frischen roten Lippen lachten wieder, und der schwarze Traueranzug ward an ihr zum verführerischen Putze. Einmal, da er sie seufzen hörte, fragte er, ob sie Kummer habe; sie möge es ihm sagen. Sie sah ihn mit einem halben Lächeln an: »Ach, Herr Carstens«, sagte sie und seufzte noch einmal; »es ist so langweilig, daß man in den schwarzen Kleidern gar nicht tanzen darf!« Dann, wie ein spiellustiges Kind, fragte sie ihn, was er meine, ob sie dieselben nicht bald, mindestens für einen Abend, einmal würde wechseln können; der Vater hab' sie immer tanzen lassen, und nun sei er ja auch längstens schon begraben.

Als Carstens demungeachtet es verneinte, ging sie schmollend fort. Sie hatte längst gemerkt, daß sie ihn so für seine Sittenstrenge am besten strafen könne; denn während unter seiner Hand die Vermögensverwirrung des Toten sich wenigstens insoweit gelöst hatte, daß Gut und Schuld sich auszugleichen schienen, war er selbst in eine andre Verwirrung hineingeraten: die lachenden Augen der schönen Juliane hatten den vierzigjährigen Mann betört. Was ihn sonst wohl stutzen gemacht hätte, erschien in dieser Zeit, wo der gleichmäßige Gang des bürgerlichen Lebens ganz zurückgedrängt war, weit weniger bedenklich, und da anderseits das der Arbeit ungewohnte Mädchen einen sichern Unterschlupf den sie sonst erwartenden Mühseligkeiten vorzog, so kam trotz Schwester Brigittens Kopfschütteln zwischen diesen beiden ungleichen Menschen ein rasch geschlossener Ehebund zustande. Die Schwester freilich, die jetzt in der Wirtschaft nur um so unentbehrlicher war, hatte nichts als eine doppelte Arbeitslast dadurch empfangen; den Bruder aber erfüllte der plötzliche Besitz von so viel Jugend und Schönheit, worauf er nach seiner Meinung weder durch seine Person noch durch seine Jahre einen Anspruch hatte, mit einem überströmenden Dankgefühl, das ihn nur zu nachgiebig gegen die Wünsche seines jungen Weibes machte. So geschah es, daß man den sonst so stillen Mann bald auf allen Festlichkeiten finden konnte, mit denen die stadt-und landfremden Offiziere bemüht waren, die Überfülle ihrer müßigen Stunden zu beseitigen; eine Geselligkeit, die nicht nur über seinen Stand und seine Mittel hinausging, sondern in die man ihn auch nur seines Weibes wegen hineinzog, während er selbst dabei eine unbeachtete und unbeholfene Rolle spielte.

Doch Juliane starb im ersten Kindbett. – »Wenn ich erst wieder tanzen kann!« hatte sie während ihrer Schwangerschaft mehrmals geäußert; aber sie sollte niemals wieder tanzen, und somit war für Carsten die Gefahr beseitigt. Freilich auch zugleich das Glück; denn mochte sie auch kaum ihm angehört haben, wie sie vielleicht niemandem angehören konnte, und wie man sie auch schelten mochte, sie war es doch gewesen, die mit dem Licht der Schönheit in sein

Werktagsleben hineingeleuchtet hatte; ein fremder Schmetterling, der über seinen Garten hinflog und dem seine Augen noch immer nachstarrten, nachdem er längst schon seinem Blick entschwunden war. Im übrigen wurde Carstens wieder, und mehr noch, als er es zuvor gewesen, der verständige, ruhig abwägende Mann. Den von der Toten nachgelassenen Knaben, der sich bald als der körperliche und allmählich auch als der geistige Erbe seiner schönen Mutter herausstellte, erzog er mit einer seinem Herzen abgekämpften Strenge; dem gutmütigen, aber leicht verführbaren Liebling wurde keine verdiente Züchtigung erspart; nur wenn die schönen Kinderaugen, wie es in solchen Fällen stets geschah, mit einer Art ratlosen Entsetzens zu ihm aufblickten, mußte der Vater sich Gewalt tun, um nicht den Knaben gleich wieder mit leidenschaftlicher Zärtlichkeit in seine Arme zu schließen.

Seit Julianens Tod waren über zwanzig Jahre vergangen. Heinrich – so hatte man nach seines Vaters Vater den Knaben getauft – war in die Schule und aus der Schule in die Kaufmannslehre gekommen; aber in seinem angeborenen Wesen hatte sich nichts Merkliches verändert. Seine Anstelligkeit ließ ihn sich leicht an jedem Platz zurechtfinden; aber auch ihm, wie einst seiner Mutter, stand es hübsch, wenn er den Kopf mit den lichtbraunen Locken zurückwarf und lachend seinen Kameraden zurief: »Muß gehen! Wir kümmern uns um nichts!« Und in der Tat war dies der einzige Punkt, in dem er gewissenhaft sein Wort zu halten pflegte; er kümmerte sich um nichts oder doch nur um Dinge, um die er besser sich nicht gekümmert hätte. Tante Brigitte weinte oftmals seinetwegen, und auch mit Carsten legte sich abends in seinem Alkovenbette etwas auf das Kissen, was ihm, er wußte nicht wie, den Schlaf verwehrte; und wenn er sich aufrichtete und sich besann, so sah er seinen Knaben vor sich, und ihm war, als sähe er mit Angst ihn größer werden.

Aber Heinrich blieb nicht das einzige Kind des Hauses. – Ein entfernter Verwandter, der mit Carstens durch gegenseitige Anhänglichkeit verbunden war, starb plötzlich mit Hinterlassung eines achtjährigen Mädchens; und da das Kind die Mutter bereits bei seiner Geburt verloren hatte, so wurde nach dem Wunsche des Verstorbenen Carstens nicht nur der Vormund der kleinen Anna, sondern sie kam auch völlig zu Kost und Pflege in sein Haus. Seine Treue gegen den Hingegangenen ab bewies er insbesondere damit, daß er durch Leistung von Vorschüssen und derzeit nicht gefahrloser Bürgschaft für dessen Tochter derselben einen kleinen Landsitz erhielt, der später unter verbesserten Zeitläuften zu erhöhtem Werte veräußert werden konnte.

Anna war einer andern Mutter nachgeartet als der um ein Jahr ältere Heinrich. Dieser, trotz des besten Willens, brachte es nie zustande, sowenig wie sein eignes, so auch nur der Allernächsten Wohl und Wehe bei seinem Treiben zu bedenken; bei Anna dagegen – wie oft ergriff Tante Brigitte in die Tasche und gab ihr zur Schadloshaltung einen Dreiling und einen derben Schmatz dazu: »Du dumme Trine, hast dich denn richtig wieder selbst vergessen!« Zu ihrem Bruder aber, wenn sie ihn erwischen konnte, sprach sie dann wohl: »Der Vetter Martin hat's doch gut mit uns gemeint; er hat uns seinen Segen nachgelassen!«

Bei aller Herzensgüte war das Wesen des Mädchens doch von einer frohen Sicherheit, und wenn Carstens auf seine mitunter ängstliche Erkundigung nach Heinrich von Brigitte die Antwort erhielt: »Er ist bei Anna; sie näht ihm Segel zu seinen Schiffen«, oder: »Sie hat ihn sich geholt, er muß ihr die Kirschbaumnetze flicken helfen«, dann nickte er und setzte sich beruhigt an seine Arbeit. – – Zur Zeit, wo wir diese Erzählung weiterführen, an einem Spätsommervormittage, war das Mädchen eben mündig geworden und stand, eine voll ausgewachsene blonde Jungfrau, mit ihrem grauhaarigen Vormunde auf dem Rathause vor dem Bürgermeister, um die infolgedessen nötigen Handlungen zu vollziehen.

»Ohm«, hatte sie vor dem Eintritt in das Gerichtszimmer gesagt, »ich fürchte mich.«

»Du, Kind? Das ist nicht deine Art.«

»Ja, Ohm; aber auf Herrendiele!«

Der alte hagere Mann, der dort ganz zu Hause war, hatte lächelnd auf das frische Mädchenantlitz geblickt, das mit heißen Wangen zu ihm aufsah, und dann die Tür des Gerichtszimmers aufgedrückt.

Aber der Bürgermeister war ein alter jovialer Herr. »Mein liebes Kind«, sagte er, mit Wohlgefallen sie betrachtend, »Sie wissen doch, daß Sie noch einmal wieder unmündig werden müssen; freilich nur, wenn Sie sich den goldenen Ring an den Finger stecken lassen! Mög dann Ihr Leben in ebenso getreue Hände kommen!«

Er warf einen herzlichen Blick zu Carstens hinüber. Dem Mädchen aber, obgleich ein leichtes Rot ihr hübsches Antlitz überflog, war bei diesem Lobe ihres Vormundes alle Befangenheit vergangen. Ruhig ließ sie sich den Bestand ihres Vermögens vorlegen und sah, wie man es von ihr verlangte, alles sorgfältig und verständig durch; dann aber sagte sie fast beklommen: »Achttausend Taler! Nein, Ohm, das geht nicht.«

Was geht nicht, Kind?« fragte Carstens.

»Das da, Ohm, das mit den vielen Talern« – und sie richtete sich in ihrer ganzen jugendlichen Gestalt vor ihm auf –, »was soll ich damit machen? Ihr habt mich das nicht lernen lassen; nein, Herr Bürgermeister, verzeiht, ich kann heute noch nicht mündig werden.«

Da lachten die beiden Alten und meinten, das hülfe ihr nun nichts; mündig sei sie und mündig müsse sie für jetzt auch bleiben. Aber Carstens sagte: »Sei ruhig, Anna; ich werden dein Curator; bitte nur den Herrn Bürgermeister, daß er mich dazu bestelle.

»Curator, Ohm? Ich weiß wohl, daß die Leute Euch so heißen.«

»Ja, Kind; aber diesmal ist es so: du behältst mein und meiner alten Schwester Leib und Seele in deiner Obhut, und ich helfe dir wieder bisher die bösen Taler tragen; so wird's wohl richtig sein.«

»Amen«, sagte der alte Bürgermeister; dann wurde die Quittung über richtige Verwaltung des Vermögens von Anna durch ihre saubere Namensunterschrift vollzogen.

Während sie und Carstens sich hierauf beurlaubten, hatte der Bürgermeister, wie von Geschäften aufatmend, einen Blick auf die Straße hinaus getan.

»O weh!« rief er; »Herr Makler Jaspers! Was mag der Stadtunheilsträger mir wieder aufzutischen haben!«

Carstens lächelte und faßte unwillkürlich die Hand seiner Pflegetochter.

Als die beiden draußen die breite Treppe ins Unterhaus hinabzusteigen begannen, stieg ein kleiner ältlicher Mann in einem braunen abgeschlissenen Rock dieselbe in die Höhe. Auf dem Treppenabsatz angelangt, stützte er sich keuchend auf sein schwankes Stöckchen und starrte aus kleinen grauen Augen zu den Herabsteigenden hinauf, indem er ein paarmal seinen hohen Zylinderhut über einer fuchsigen Perücke lüftete.

Carsten wollte mit einem kurzen »Guten Tag« vorbeipassieren; aber der andre streckte seinen Stock vor den beiden aus. »Oho Freundchen!« – Und es war eine wirkliche Altweiberstimme, die aus dem kleinen faltigen Gesicht herauskrähte. – »So kommt Ihr mir nicht durch!«

»Der Bürgermeister wartet schon auf Euch«, sagte Carsten und schob den Stock zur Seite.

»Der Bürgermeister?« Herr Jaspers lachte ganz vergnüglich. »Laßt ihn warten! Dieses Mal war's auf Euch abgesehen, Freundchen; ich wußte, daß Ihr hierherum zu haben waret.«

»Auf mich, Jaspers?« wiederholte Carstens, und aus seiner Stimme klang eine Unsicherheit, die ihm sonst nicht eigen war. Wie schon seit lange bei allem Unerwarteten, das ihm angekündigt wurde, war der Gedanke an seinen Heinrich ihm durch den Kopf gefahren. Derselbe stand seit kurzem bei einem hiesigen Senator im Geschäft; aber der strenge alte Herr, mit dem Carstens selbst einst bei dessen Vater in der Kaufmannslehre gewesen war, hatte sich bis jetzt zufrieden gezeigt und nur einmal ein scharfes Wort über den jungen Menschen fallen lassen. Erst gestern, am Sonntag, war Heinrich von einer Geschäftsreise für seinen Prinzipal zurückgekommen. Nun, nein; von Heinrich konnte Herr Jaspers nichts zu erzählen haben.

Dieser hatte indes mit offenem Munde zu dem weit größeren Carstens aufgeblickt und voll augenscheinlichen Behagens dessen wechselnden Gesichtsausdruck beobachtet. »He, Freundchen!« rief er jetzt, und es klang eine einladende Munterkeit aus seiner Stimme. »Ihr wißt ja, 's kann immer noch schlimmer kommen; und wenn der Kopf auch weggeht, es bleibt doch immer noch ein Stummel sitzen.«

»Was wollt Ihr von mir, Jaspers?« sagte Carstens düster. »Tut's nur hier gleich von Euch, so seid Ihr die Last ja los.«

Doch Herr Jaspers zog ihn am Rockschoß zu sich herab. »Das sind nicht Dinge, von denen man hier im Rathaus spricht.« Dann, sich zu dem Mädchen wendend, setzte er hinzu: »Die Mamsell Anna findet wohl allein den Weg nach Hause.«

Und mit seiner haspeligen Hand, die immer nach etwas zu greifen schien, noch einmal den Zylinder lüftend, stapfte er geschäftig die Treppe wieder hinab.

Als sie aus dem Haus getreten waren, wies er mit seinem Stöckchen nach einer Nebengasse, an deren Ecke seine Wohnung lag. Anna blickte fragend ihren Vormund an; der aber winkte ihr schweigend mit der Hand und folgte wie unter lähmendem Bann dem »Stadtunheilsträger«, der jetzt an seiner Seite eifrig die Straße hinaufstrebte.

In dem kleinen Hofe hinter dem Hause an der Twiete stand außer dem Kirschbaum, für den die Kinder einst die Netze flickten, an der Längsseite eines schmalen Bleichplätzchens ein mächtiger Birnbaum, der die Freude der Nachbarkinder und zugleich eine Art Familienheiligtum war, denn der Großvater des jetzigen Besitzers hatte ihn gepflanzt, der Vater selbst in seiner Lehrzeit ihn aus den in der Stadt beliebtesten Sorten mit drei verschiedenen Reisern gepfropft, die jetzt, zu vielverzweigten Ästen aufgewachsen, je nach der ihnen eignen Zeit, eine Fülle saftiger Früchte reiften. Was davon mit der Brunnenstange zu erreichen war, das pflegte freilich nicht ins Haus zu kommen; sonst hätten die Kinder bei Jungfer Anna nicht so freien Anlauf haben müssen. So aber, wenn von den nach Westen anliegenden Höfen aus die Nachbarn ein herzliches Mädchenlachen hörten, wußten sie auch schon, daß Anna auf dem Baum zu Gange war und daß die junge Brut sich auf dem Rasen um die herabgeschlagenen Früchte balgte.

Auch jetzt, als sie vom Rathaus kommend ins Haus treten wollte, hatte Anna ein solches Nachbarspummelchen sich aufgesackt. Im Pesel, einem kühlen, mit Fliesen ausgelegten Raume hinter dem Hausflur, legte sie Hut und Tuch ab und trat dann, das Kind rittlings vor sich auf den Arm haltend, durch die von hier nach dem Hofe führende Tür in den Schatten des mächtigen Baumes.

»Siehst du, Levke«, sagte sie, »da oben liegt die Katz; die möchte auch die schöne gelbe Birne haben! Aber wart nur, ich will die Stange holen.«

Als sie sich aber hierauf dem hinter der Hoftür des Hauses befindlichen Brunnen zuwandte, stieß sie einen Schrei aus und ließ das Kind fast hart zu Boden fallen. Auf der vermorschten Holzeinfassung, deren Erneuerung nur durch einen Zufall verzögert war, saß ihr Jugendgenosse, ihr Kindsgespiel, die Füße über der Tiefe hängend, den Kopf wie schon zum Sturze vorgebeugt.

Im selben Augenblick aber war sie auch schon dort, hatte von hinten mit beiden Armen ihn umschlungen und zog ihn rückwärts, daß die morschen Bretter krachend unter ihm zusammenbrachen. Sie war in die Knie gesunken, während der blasse, fast weiblich hübsche Kopf des jungen Menschen noch an ihrer Brust ruhte.

Dieser rührte sich nicht; es war, als wenn er sich allem, was ihm geschähe, willenlos überlassen habe. Auch als das Mädchen endlich aufsprang, blieb er, ohne sie anzusehen, mit aufgestütztem Kopfe zwischen den Brettertrümmern liegen. Sie aber sah ihn fast zornig an, indem ein paar Tränen in ihre blauen Augen sprangen. »Was fehlt dir, Heinrich? Warum hast du mich so erschreckt? Weshalb bist du nicht auf deinem Kontor beim Senator?«

Da strich er sich das seidenweiche Haar aus der Stirn und sah sie müde an. »Zum Senator geh ich nicht wieder«, sagte er.

»Nicht wieder zum Senator?«

»Nein; denn ich habe nur noch zwei Wege: entweder hier in den Brunnen oder zum Büttel ins Gefängnis.«

»Was sprichst du für dummes Zeug! Steh auf, Heinrich! Bist du toll geworden?«

Er stand gehorsam auf und ließ sich von ihr nach der kleinen Bank unter dem Birnbaum führen. – Aber da war noch das Kind, das mit verwunderten Augen dem allem zugesehen hatte. »Armes Ding«, sagte Anna, »hast du noch immer keine Birne! Da, kauf dir heute einen Dreilingskuchen!«

Und als das Kind mit der geschenkten Münze davongelaufen war, stand das Mädchen wieder vor dem jungen Menschen.

»Nun sprich!« sagte sie, während sie sich den dicken blonden Zopf wieder aufsteckte, der ihr vorhin in den Nacken gestürzt war. »Sprich rasch, bevor dein Vater wieder da ist!«

Mit fliegendem Atem harrte sie einer Antwort; aber er schwieg und sah zur Erde.

»Du kamst am Sonnabend von Flensburg!« sagte sie dann. »Du hattest Geld für den Senator einzukassieren!«

Er nickte, ohne aufzublicken.

»Sag's nur! Ich kann's schon denken – du bist einmal wieder leichtsinnig gewesen; du hast das Geld umherliegen lassen, im Gastzimmer oder sonstwo! Und nun ist's fort!«

»Ja, es ist fort«, sagte er.

»Aber vielleicht ist es noch wiederzubekommen! Warum sprichst du nicht? So erzähl doch!«

»Nein, Anna – es ist nicht so verloren, wie du meinst. Wir waren lustig; es wurde gespielt –«

»Verspielt, Heinrich? Verspielt?« Die Tränen stürzten ihr aus den Augen, und sie warf sich an seine Brust, mit beiden Armen seinen Hals umschlingend.

Oben in der Krone des Baumes rauschte ein leiser Wind in den Blättern; sonst war nichts hörbar als dann und wann ein tiefes Schluchzen des Mädchens, in der alle kurz zuvor entwickelte Tätigkeit gebrochen schien.

Aber der junge Mensch selbst suchte sie jetzt mit sanfter Abwehr zu entfernen; die schöne Last, die das Mitleid ihm an die Brust geworfen hatte, schien ihn zu drücken. »Weine nicht so«, sagte er, »ich kann das nicht ertragen.«

Es hätte dieser Mahnung nicht bedurft; Anna war schon von selber aufgesprungen und suchte eilig ihre Tränen abzutrocknen. »Heinrich«, rief sie, »es ist schrecklich, daß du das getan hast; aber ich habe Geld, ich helfe dir!«

»Du, Anna?«

»Ja, ich! Ich bin ja mündig geworden. Sag nur, wieviel du dem Senator abzuliefern hast.«

»Es ist viel«, sagte er zögernd.

»Wieviel denn? Sprich nur rasch!«

Er nannte eine nicht eben kleine Summe.

»Nicht mehr? Gott sei Dank! Aber« – und sie stockte, als sei ein neues Hindernis ihr aufgestiegen – »du hättest heute auf deinem Kontor sein sollen. Wenn er fragt, was willst du dem Senator sagen?«

Heinrich schüttelte sich die weichen Locken von der Stirn, und schon flog wieder der alte Ausdruck sorglosen Leichtsinns über sein Gesicht. »Dem Senator, Anna? Oh, der wird nicht fragen; und wenn auch, das laß meine Sorge sein.«

Sie blickte ihn ernsthaft an. »Siehst du; nun müssen wir auch schon lügen!«

»Nur ich, Anna; und ich versprech es dir, nicht mehr als nötig ist. Und das Geld –«

»Ja, das Geld!«

»Ich verzins' es dir, ich stelle dir einen Schuldschein aus; du sollst keinen Schaden bei mir leiden.«

»Sprich nicht wieder so dummes Zeug, Heinrich. Bleib hier im Garten; wenn dein Vater kommt, werd' ich ihn um die Summe bitten.«

Er wollte etwas erwidern; aber sie war schon ins Haus zurückgegangen. Behutsam schlich sie an der Küche vorüber, wo heute Tante Brigitte für sie am Herd hantierte, und dann hinauf in ihre Kammer, um sich zunächst die verweinten Augen klar zu waschen.

Nicht viel jüngeren Datums als der alte Birnbaum waren Einrichtung und Gerät des schmalen Wohnzimmers, das mit seinen Ausbaufenstern nach dem Hafenplatz hinauslag. In dem Alkovenbette dort in der Tiefe desselben, dessen Glastüren über Tag geschlossen waren, hatten schon die Eltern des Hausherrn sich zum nächtliche und nacheinander auch zum ewigen Schlafe hingelegt; schon derzeit, wie noch heute, stand in der Westecke des Ausbaues der lederbezogene Lehnstuhl, in dem nach beendigtem Einkauf die alten Kapitäne vor dem ihnen gegenübersitzenden Hausherrn ihr Gespinste abzuwickeln pflegten. Die Sachen waren dieselben geblieben; nur den Menschen hatten sich unmerklich andre untergeschoben; und während einst dem weiland Vater Carstens derlei Berichte aus fremden Welten nur einen Stoff zum behaglichen Weitererzählen geliefert hatten, regten sie in dem Sohne oft eine Kette von Gedanken an, für deren Verarbeitung er nur auf sich selber angewiesen war.

Auch der Tisch, der zwischen einem Stuhle und dem Ledersessel unter den Ausbaufenstern stand, hatte seinen alten Platz behauptet; nur waren die ausländischen Muscheln, welche jetzt auf demselben als Papierbeschwerer für allerlei Schriftwerk dienten, früher eine Zierde der seitwärts stehenden Schatulle gewesen; statt dessen hatte auf dieser der jetzige Besitzer ein kleines Regal errichten lassen, auf welchem außer einzelnen mathematischen Werken und den Chroniken von Stadt und Umgegend auch Bücher wie Lessings »Nathan« und Hippels »Lebensläufe in auf-und absteigender Linie« zu finden waren.

Ein Kanapee war nicht ins Zimmer gekommen; es wäre auch kein Platz dazu gewesen. Anderseits aber fehlte es nicht an einem ziemlich stattlichen Ahnenbilde, in dessen Anschauung der kleinbürgerliche Mann, wenn auch nicht in der französischen Formulierung » Noblesse oblige«, in schweren Stunden sein wankendes Gemüt zu stärken pflegte.

Es war dies freilich kein farbenbrennendes Ölbild, sondern ganz im Gegenteil nur eine mächtig große Silhouette, welche, in braun untermalten Glasleisten eingerahmt, an der westlichen Wand zunächst dem Ausbaue hing, so daß der Hausherr von seinem Arbeitstische aus die Augen darauf ruhen lassen konnte. Sein Vater, von dem freilich nicht viel mehr zu sagen ist, als daß er ein einfacher und sittenstrenger Mann gewesen, hatte es bald nach dem Tode seiner Ehefrau von einem durchreisenden Künstler anfertigen lassen; so zwar, daß es einen Abendspaziergang der nun halb verwaisten Familie darstellte. Voran ging der Vater selbst, wie jetzt der Sohn, eine hagere Gestalt, im Dreispitz und langem Rockelor, eine gebückte alte Frau, die Mutter der Verstorbenen, am Arme führend; dann kam ein hoher Baum von unbestimmter Gattung, sonst aber augenscheinlich auf den Spätherbst deutend; denn seine Äste waren fast entlaubt, und unter dem Glase der Schilderei klebten hier und dort kleine schwarze Fetzchen, die man mit einiger Phantasie als herabgewehte Blätter erkennen mochte. Dahinter folgte ein etwa vierjähriger Junge, gar munter mit geschwungener Peitsche auf einem Steckenpferde reitend; den Beschluß machten ein stakig aufgeschossenes Mädchen und ein andrer etwa zehnjähriger Knabe mit einer tellerrunden Mütze, welche beide, wie es schien, in bewundernder Betrachtung des munteren Steckenreiters, keinen Blick für die Anmut der Abendlandschaft übrig hatten. Und doch war hierzu just die rechte Stunde und solches auch in dem Bilde sinnig ausgeführt; denn während im Vordergrunde Baum und Menschen aus tiefschwarzem Papier geschnitten waren, zogen sich dahinter, abendliche Ferne andeutend, die Linien einer sanft gehobenen Ebene, aus dunklem und dann aus lichtgrauem Löschpapier gebildet. Das übrige aber hatte die Malerei vollendet; hinter der letzten Ferne ergoß sich durch den ganzen Horizont ein mild leuchtendes Abendrot, das die Schatten der sämtlichen Spaziergänger nur um so schärfer hervortreten ließ; darüber in braunvioletter Dämmerung kam dann die Nacht herab.

Das lustige Reiterlein war bald nach Anfertigung des Bildes von den schwarzen Blattern hingerafft, und nur sein Steckenpferdchen hatte noch lange in dem Gehäuse der Wanduhr gestanden, die dem Bilde gegenüber noch jetzt wie damals mit gleichmäßigem Ticktack die fliegende Zeit zu messen suchte. Von den fünf Abendspaziergängern lebten nur noch die beiden älteren Geschwister, wie damals unter demselben Dache und, selbst während der kurzen Ehe des Bruders, ungetrennt. Manchmal, in stiller Abendstunde oder wenn ein Leid sie überfiel, hatten sie – sie wußten selbst kaum wie – sich vor dem Bilde Hand in Hand gefunden und sich der Eltern Tun und Wesen aus der Erinnerung wachgerufen. »Da sind wir übrigen denn noch beisammen«, hatte der Vater gesagt, als er das Bild an demselben Stifte an die Wand hing, der es auch noch heute trug; »eure Mutter ist nicht mehr da, dafür ist nun das Abendrot am Himmel«; und dann nach einer Weile, nachdem er den Kindern sein Antlitz abgewendet und einige starke Hammerschläge auf den Stift getan: »Auch von den Toten bleibt auf Erden noch ein Schein zurück; und die Nachgelassenen sollen nicht vergessen, daß sie in seinem Lichte stehen, damit sie sich Hände und Antlitz rein erhalten.«

Tante Brigitte, die als alte Jungfer von etwas seufzender Gemütsart war und es liebte, mit völliger Uneigennützigkeit Luftschlösser in die Vergangenheit hineinzubauen, pflegte nach solchen Erinnerungen, auf den Schatten des kleinen Steckenreiters deutend, wohl hinzuzusetzen: »Ja, Carsten, wenn nur unser Bruder Peter noch am Leben wäre! Meinst du nicht auch, daß er von uns dreien doch der klügste war?« Und das Gespräch der Geschwister mochte dann etwa folgenden Verlauf nehmen:

»Wie meinst du das, Brigitte?« entgegnete der Bruder. »Er starb ja schon in seinem fünften Jahre.«

»Freilich starb er leiderdessen, Carsten; aber du weißt doch, wie unsre große gelbbunte Henne immer ihre Eier hinter dem Aschberg weglegte! Er war erst vier Jahre alt, aber er war schon klüger als die Henne; er ließ sie erst ihre Eier legen, und dann eines schönen Morgens brachte er sein ganzes Schürzchen voll mir in die Küche. Ach, Carsten, des Senators Vater hatte ja zu ihm Gevatter gestanden; er würde gewiß auf die lateinische Schule gekommen sein und nicht, wie du, bloß beim Rechenmeister.«

Und der lebende Bruder ließ sich eine solche Bevorzugung des früh Verstorbenen allzeit gern gefallen. –

Das Zimmer mit seinem alten Geräte und seinen alten Erinnerungen war noch immer leer, obgleich nur die vor dem Hause stehende Lindenreihe die Strahlen der schon hoch gestiegenen Mittagssonne abhielt. Der weiße Seesand, womit Anna vor ihrem Gange nach dem Rathause die Dielen bestreut hatte, zeigte noch fast keine Fußspur, und die alte Wanduhr tickte in der Einsamkeit so laut, als wolle sie ihren Herrn an die gewohnte Arbeit rufen. Da endlich schellte die Haustürglocke, und Anna, die oben harrend in ihrer Kammer saß, hörte den Schritt ihres Pflegevaters, der gleich darauf unten in dem Wohnzimmer verschwand. Noch eine kleine Weile, dann richtete sie sich zu raschem Entschluß auf, drückte noch ein paarmal mit einem feuchten Tuch auf ihre Augen, und ging ins Unterhaus hinab.

Als sie das Wohnzimmer betrat, sah sie ihren Pflegevater noch mit Hut und Stock in der Hand stehen, fast als müsse er sich erst besinnen, was er in seinen eignen Wänden jetzt beginnen solle. Eine Furcht befiel das Mädchen; es kam ihr vor, als sei er auf einmal unsäglich alt geworden. Gern wäre sie unbemerkt wieder fortgeschlichen; aber sie hatte ja keine Zeit zu verlieren.

»Ohm!« sagte sie leise.

Der Ton ihrer Stimme machte ihn fast zusammenschrecken; als er aber das Mädchen vor sich stehen sah, trat ein freundliches Licht in seine Augen. »Was willst du von mir, mein Kind?« sagte er milde.

»Ohm!« – Nur zögernd brachte sie es heraus. »Ich bin doch mündig; ich möchte etwas von meinem Vermögen haben; ich brauche es ganz notwendig.«

»Jetzt schon, Anna? Das geht ja schnell.«

»Nicht viel, Ohm; das heißt, ich habe ja noch so viel mehr; nur etwa hundert Taler.«

Sie schwieg; und der alte Mann sah eine Weile stumm auf sie herab. »Und wozu wolltest du das viele Geld gebrauchen?« fragte er dann.

Ein flehender Blick traf ihn aus ihren Augen; sie murmelte etwas, das er nicht verstand.

Er faßte ihre Hand. »So sag es doch nur laut, mein Kind!«

»Ich wollte es nicht für mich«, erwiderte sie zögernd.

»Nicht für dich, für wen denn anders?«

Sie hob wie ein bittendes Kind beide Hände gegen ihn auf. »Laß mich's nicht sagen, Ohm! Oh, ich muß, ich muß es aber haben!«

»Und nicht für dich, Anna?« – Wie in plötzlichem Verständnis ließ er die Augen auf ihr ruhen. – »Wenn du es für Heinrich wolltest – da sind wir beide schon zu spät gekommen.«

»O nein, Ohm! O nein!« Und sie schlang ihre Arme um den Hals des alten Mannes.

»Doch, Kind! Was meinst du, daß Herr Jaspers mir anders zu erzählen hatte? Schon gestern war der Senator von allem unterrichtet.«

»Aber wenn doch Heinrich ihm das Geld nun bringt?«

»Ich habe es ihm selber bringen wollen; aber er wollte weder mein Geld noch meinen Sohn. Und was das letzte anbelangt – ich konnte nichts dawider sagen.«

»Ach, Ohm, was wird mit ihm geschehen?«

»Mit ihm, Anna? Er wird mit Schande das ehrenwerte Haus verlassen.«

Als sie erschreckt das reine Antlitz zu dem ihres Pflegevaters emporhob, blickte ihr daraus ein Gram entgegen, wie sie ihn nie in einem Menschenangesichte noch gesehen hatte. »Ohm, Ohm!« rief sie. »Was aber habt denn Ihr verbrochen?« Und aus den jungfräulichen Augen brach ein so mütterliches Erbarmen, daß der alte Mann den grauen Kopf auf ihren Nacken senkte.

Dann aber, sich wieder aufrichtend und die Hand auf ihren blonden Scheitel legend, sprach ruhig: »Ich, Anna, bin sein Vater. Geh nun und rufe mir meinen Sohn.«

Auch dieser Tag verging. Nach dem schweren Vormittag eine Mittags-und später eine Abendmahlzeit, bei der die Speisen, fast wie sie aufgetragen, wieder abgetragen wurden; dazwischen ein nicht enden wollender Nachmittag, währenddessen Heinrich, durch den überlegenen Willen des Vaters gezwungen, noch einmal zum Senator mußte und von dem entlassen wurde. – Auch dieser Tag war endlich nun vergangen und die Nacht gekommen. Nur der Hausherr wanderte noch unten im Zimmer auf und ab; mitunter blieb er vor dem Bilde mit den Familienschatten stehen, bald aber strich er mit der Hand über die Stirn und setzte sein unruhiges Wandern fort. Daß Anna in raschem jugendlichem Entschlusse ebenfalls bei dem Senator gewesen war, davon hatte er ebensowenig etwas erfahren, als daß diese ihr gegenüber nur kaum, aber schließlich dennoch seine Unerbittlichkeit behauptet hatte.

Die kleine Schirmlampe, welche auf dem Arbeitstische brannte, beleuchtete zwei Briefe, der eine nach Kiel, der andre nach Hamburg adressiert; denn für Heinrich mußten auswärts neue Wege aufgesucht werden.

Carsten war ans Fenster getreten und blickte in die mondhelle Nacht hinaus; es war so still, daß er weit unten das Rinnenwasser in den Hafen strömen hörte, mitunter ein mattes Flattern in den Wimpeln der Halligschiffe. Jenseits des Hafens zog sich der Seedeich wie eine schimmernde Nebelbank; wie oft an der Hand seines Vaters war er als Knabe dort hinausgewandert, um ihre derzeit erworbene Fenne zu besichtigen!

Carsten wandte sich langsam um; dort lagen die beiden Briefe auf seinem Arbeitstische; er hatte ja jetzt selber einen Sohn.

In der Tiefe des Zimmers waren die Glastüren des Alkovens, wie jeden Abend, von Anna offengestellt, und die abgedeckten Kissen des darin stehenden Bettes schienen den an gute Bürgerszeit Gewöhnten einzuladen, dem überlangen Tag ein Ende zu machen. Er nahm auch seine große silberne Taschenuhr aus dem Gehäuse und zog sie auf. »Mitternacht!« sagte er, indem er in den Alkoven trat. Als er aber, wie er zu tun pflegte, die Uhr am Bettpfosten aufhängen wollte, hatte die stählerne Kette sich in einen goldnen Ring verhäkelt, den er am kleinen Finger trug, daß dieser herabgerissen wurde und klirrend auf dem Boden fortrollte. Mit fast jugendlicher Raschheit bückte sich der alte Mann danach, und als der Ring wieder in seiner Hand war, trat er in das Zimmer zurück und hielt ihn sorgsam unter den Schirm der Lampe. Seine Augen schienen nicht los zu können von dem Weibernamen, der auf der innern Seite eingegraben war; aber aus seinem Munde brach ein Stöhnen, wie um Erlösung flehend.

Da hörte er auf dem Flur die Stiegen der Treppe krachen. Er machte eine hastige Bewegung, als wolle er den Ring an den Finger stecken, als eine Hand sich sanft auf seinen Arm legte. »Bruder Carsten«, sagte seine alte Schwester, die in ihrem Nachtgewand zu ihm getreten war, »ich hörte dich hier unten wandern; willst du noch nicht zur Ruhe gehen?«

Er sah ihr wie erwägend in die Augen. »Es gibt Gedanken, Brigitte, die uns keine Ruhe gönnen, die immer wieder ins Gehirn steigen, weil sie nie herausgelassen werden.«

Die alte Jungfrau blickte ihren Bruder völlig ratlos an. »Ach, Carsten«, sagte sie, »ich bin eine alte einfältige Person! Wäre unser Bruder Peter nur am Leben geblieben; vielleicht wäre er jetzt unser Pastor und hätte unsern Heinrich getauft und konfirmiert; der hätte gewiß auch heute Rat gewußt.«

»Vielleicht, Brigitte« erwiderte der Bruder sanft; »vielleicht auch hätten wir uns nicht so ganz verstanden; du aber lebst und bist meine alte treue Schwester.«

»Ja, ja, Carsten, leider Gottes! Wir beide sind allein noch übrig.«

Er hatte ihre Hand gefaßt. »Brigitte«, sagte er hastig, »sahst du, wie blaß er Junge heute abend war, als er in seine Kammer hinaufging? Noch immer hat er seiner Mutter so geglichen; so sah Juliane in ihren letzten Tagen aus, als schon der Tod die irdischen Gedanken von ihr genommen hatte.«

»Sprich nicht von ihr, Bruder; das tut dir jetzt nicht gut; sie ruht ja längst.«

»Längst, Brigitte – aber nicht hier, hier nicht!« Und er drückte die Hand, in der er noch den Ring umschlossen hielt, an seine Brust. »Es kommt mir alles immer wieder; am letzten Ostersonntag waren es gerade dreiundzwanzig Jahre!«

»Am letzten Ostersonntage? Ja, ja, Bruder, ich weiß es nun wohl; ihr waret dazumal beide, wo ihr nimmer hättet sein sollen.«

»Schilt jetzt nicht, Schwester«, sagte Carsten; »du selber konntest nicht die Augen von ihr wenden, als du ihr damals die blaue Schärpe umgeknüpft hattest. Ich weiß jetzt wohl, daß sie nicht für mich ihr schönes Haar aufsteckte und die Atlasschuhe über ihre kleinen Füße zog; ich gehörte nicht in diese Gesellschaft vornehmer und ausgelassener Leute, wo sich niemand um mich kümmerte, am wenigsten mein eignes Weib. Nein, nein!« rief er, da die Schwester ihn unterbrechen wollte. »Laß mich es endlich einmal sagen! – Siehst du, ich wollte zwar auch meinen Platz ausfüllen, ich tanzte ein paarmal mit meiner Frau; aber sie wurde mir immer von den Offizieren fortgeholt. Und wie anders tanzte sie mit diesen Menschen! Ihre Augen leuchteten vor Lust; sie ging von Hand zu Hand; ich fürchtete, sie würden mir mein Weib zu Tode tanzen. Sie aber konnte nicht genug bekommen und lachte nur dazu, wenn ich sie bat, daß sie sich schonen möchte. Ich ertrug das nicht länger und konnte es doch nicht ändern; darum setzte ich mich in die Nebenstube, wo die alten Herren an ihrem L'Hombre saßen, und nagte an meinen Nägeln und an meinen Gedanken. – Du weißt, Brigitte, der französische Kaperkapitän, den die andern den schönen Teufel nannten – wenn ich je zuweilen in den Saal hineinguckte, immer war sie mit ihm am Tanzen. Als es gegen drei Uhr und der Saal schon halb geleert war, stand sie neben ihm am Schanktisch, beide mit einem vollen Glas Champagner in der Hand. Ich sah, wie sie rasch atmete, und wie seine Worte, die ich nicht verstehen konnte, einmal über das andre ein fliegendes Rot über ihr blasses Gesicht jagten; sie selber sagte nichts, sie stand nur stumm vor ihm; aber als beide jetzt das Glas an ihre Lippen hoben, sah ich, wie ihre Augen ineinandergingen. – Ich sah das alles wie ein Bild, als sei es hundert Meilen von mir; dann aber plötzlich überfiel es mich, daß jenes schöne Weib dort mir gehöre, daß sie mein Weib sei; und dann trat ich zu ihnen und zwang sie, mit mir nach Hause zu gehen.«

Carsten stockte, als habe er die Grenze seiner Erzählung erreicht; seine Brust hob sich mühsam, sein hageres Gesicht war gerötet. Aber er war noch nicht zu Ende; nur blickte er nicht wie vorhin zur Schwester hinab, er sprach über ihren Kopf hinweg in die leere Luft.

»Und als wir dann in unsrer Kammer waren, als sie mir keinen Blick gönnte, sondern wie zornig Gürtel und Mieder von sich warf, und als sie dann mit einem Ruck den Kamm aus ihren Haaren riß, daß es wie eine goldene Fluß über ihre Hüften stürzte – es ist nicht immer, wie es sein sollte, Schwester – denn was mich hätte von ihr stoßen sollen – ich glaub fast, daß es mich nur mehr betörte.«

Die Schwester legte sanft die Hand auf seinen Arm. »Laß das Gespenst in seiner Gruft, Bruder; laß sie, sie gehörte nicht zu uns.«

Er achtete nicht darauf. »So«, sprach er weiter, »hatte ich nimmer sie gesehen; nicht in unsrer kurzen Ehe und auch im Brautstande nicht. Aber es war nicht die Schönheit, die unser Herrgott ihr gegeben hatte, es war die böse Lust, die sie so schön machte, die noch in ihren Augen spielte. – Und so wie an jenem Abend und in jener Nacht war es noch viele Male, viele Wochen und Monde, bis nur ein halbes Jahr vor ihrem Tode übrig war – als alle diese Fremden unsre Stadt verließen.«

»Bruder Carsten«, sagte Brigitte wieder, »hast du nicht neues Leid genug? Wenn du schwach warst gegen dein Weib, weil du sie lieber hattest, als dir gut war – es ist schon bald ein Menschenleben darüber hin; was quälst du dich noch jetzt damit!«

»Jetzt, Brigitte? Ja, warum sprech ich denn dies alles jetzt zu dir? – War sie mein Eheweib in jener Zeit, wo ihre Sinne von leichtfertigen Gedanken taumelten, die nichts mit mir gemein hatten? – Und doch – aus dieser Ehe wurde jener arme Junge dort geboren. Meinst du« – und er bückte sich hinab zum Ohr der Schwester –, »daß die Stunde gleich sei, in der unter des allweisen Gottes Zulassung ein Menschenleben aus dem Nichts hervorgeht? – Ich sage dir, ein jeder Mensch bringt sein Leben fertig mit sich auf die Welt; und alle, in die Jahrhunderte hinauf, die nur einen Tropfen zu seinem Blute gaben, haben ihren Teil daran.«

Draußen vom Kirchturm schlug es eins. »Stell es dem lieben Gott anheim, Bruder«, sagte Brigitte; »ich versteh das nicht, was aus deinen Büchern dir im Kopf herumgeht; ich weiß nur, daß der Junge, leider Gottes, nach der Mutter eingeschlagen ist.«

Carsten fühlte wohl, daß er eigentlich nur mit sich selbst gesprochen habe und daß er nach wie vor mit sich allein sei. »Geh schlafen, meine gute alte Schwester«, sagte er und drängte sie sanft auf den Flur hinaus; »ich will es auch versuchen.«

Auf der untersten Treppenstiege, wo Brigitte es zuvor gelassen hatte, brannte ein Licht mit langer Schnuppe. Sie blickte noch einmal mit fest geschlossenen Lippen und gefalteten Händen den Bruder an; dann nickte sie ihm zu und ging mit dem Lichte in das Oberhaus hinauf.

Aber Carsten dachte nicht an Schlaf; nur allein hatte er wieder sein wollen. Noch einmal nahm er den kleinen Ring und hielt ihn vor sich hin; durch den engen Rahmen sah er, wie tief in der Vergangenheit, die Luftgestalt des schönen Weibes, deren außer ihm kein Mensch auf Erden noch gedachte. Ein seliges Selbstvergessen lag auf seinem Antlitz; dann aber zuckte plötzlich ein Schmerz darüber hin: sie schien so gar verlassen ihm dort unten. – Als er sich aufrichtete, steckte er den Ring an seinen Finger; und es geschah das mit einer feierlichen Innigkeit, als wolle er die Tote sich noch einmal, und fester als zuvor im Leben, anvermählen; so wie sie einst gewesen war, in ihrer Schönheit und in ihrer Schwäche und mit der kargen Liebe, die sie einst für ihn gehegt hatte. Dann schritt er zur Tür und horchte auf den Flur hinaus; als alles ruhig blieb, ging er zur Treppe und stieg behutsam zur Kammer seines Sohnes hinauf. Er fand den jungen Menschen ruhig atmend und in tiefem Schlafe, obgleich der Mond sein volles Licht über das unter dem Fenster stehende Bett ausgoß. Bei dem gelockten, lichtbraunen Haar, das sich seidenweich an die Schläfen legte, hätte man das hübsche blasse Antlitz des Schlafenden für das eines Weibes halten können.

Carsten war dicht herangetreten; ein leises Zittern lief durch seinen Körper. »Juliane!« sagte er. »Dein Sohn! Auch er wird mir das Herz zerreißen!« Und gleich darauf: »Mein Herr und Gott, ich will ja leiden für mein Kind, nur laß ihn nicht verlorengehen!«

Bei diesen unwillkürlich laut gesprochenen Worten schlug der Schlafende die Augen auf; seine Seele aber mochte schlummernd in den Schrecknissen des vergangenen Tages fortgeträumt haben; denn als er plötzlich in der Nacht die brennenden Augen und den zitternd über ihn erhobenen Arm des alten Mannes erblickte, stieß er einen Schrei aus, als ob er den Todesstoß von seines Vaters Hand erwarte; dann aber streckte er flehend beide Arme zu ihm auf.

Und mit einem Laut, als müsse es ihm die Brust zersprengen: »Mein Kind, mein einziges Kind!« brach der Vater an dem Bette des verbrecherischen Sohnes zusammen.

Durch einen Freund in Hamburg hatte Carsten es möglich gemacht, seinen Sohn dort in einem kleinen Geschäfte unterzubringen. Indessen war trotz der Achtung, der er sich erfreute, dies Ereignis seines Hauses schonungslos genug in der Stadt besprochen, freilich bei dieser Gelegenheit auch das Gedächtnis der armen Juliane nicht eben sanft aus ihrer Gruft hervorgeholt worden. Nur Carsten selbst erfuhr nichts davon. Als er eines Tages aus einem befreundeten Bürgerhause auffallend gedrückt nach Haus gekommen war, fragte Brigitte ihn besorgt: »Was ist dir, Carsten? Du hast doch nichts Schlimmes über unsern Heinrich gehört?« – »Schlimmes?« erwiderte der Bruder; »o nein, Brigitte; man hat, seit er fort ist, auch nicht einmal seinen Namen gegen mich genannt.« – Und mit gesenktem Haupte ging er an seinen Arbeitstisch.

Briefe von Heinrich kamen selten, und oftmals forderten sie Geld, da mit dem geringen Gehalte sich dort nicht auskommen lasse. – Sonst ging das Leben seinen stillen Gang; der alte Birnbaum im Hofe hatte wieder einmal geblüht und dann zur rechten Zeit und zur Freude der Nachbarkinder seine Frucht getragen. Besondres war nicht vorgefallen, wenn nicht, daß Anna den Heiratsantrag eines wohlstehenden jungen Bürgers abgelehnt hatte; sie war keine von den Naturen, die durch ihr Blut der Ehe zugetrieben werden: sie hatte ihre alten Pflegeeltern noch nicht verlassen wollen.

Als aber kurz vor Weihnachten Carstens seinem Sohne den plötzlich eingetroffenen Tod des Senators gemeldet hatte, erfolgte in einigen Tagen schon eine Antwort, worin Heinrich seinen Besuch zum Weihnachtsabend ansagte. Eine Geldforderung enthielt der Brief nicht; nicht einmal die Reisekosten hatte er sich auserbeten.

Es war doch eine Freudenbotschaft, die sofort im Hause verkündigt wurde. Und wie eine glückliche Unruhe kam es über alle, da nun das Fest heranrückte; die Händedrücke, die Carsten im Vorbeigehen mit seiner alten Schwester zu wechseln pflegte, wurden inniger; mitunter haschte er sich die geschäftige Pflegetochter, hielt sie einen Augenblick an beiden Händen und sah ihr zärtlich in die heiteren Augen.

Endlich war der Nachmittag des Heiligen Abends herangekommen. Im Hause hatte eine erwartungsvolle Tätigkeit gewaltet; doch bald schien alles zum Empfange des Christkindes und des Gastes vorbereitet. Vom Arbeitstische, der heute von allen Rechnungs- und Kontobüchern entlastet war, blinkte auf schneeweißem Damast das Teegeschirr mit goldenen Sternchen, während daneben die frische gebackenen Weihnachtskuchen dufteten. Der Tür gegenüber auf der Kommode war Heinrichs Bescherung von den Frauen ausgebreitet: ein Dutzend Strümpfe aus feinster Zephirwolle, woran die sorgsame Tante das ganze Jahr gestrickt hatte; daneben von Annas sauberen Händen eine reich gestickte Atlasweste und eine grünseidene Börse, durch deren Maschen die von Carsten gespendeten Dukaten blinkten. Dieser selbst ging eben in den Keller, um aus seinem bescheidenen Vorrat zwei ganz besondere Flaschen heraufzuholen, die er vorzeiten von einem dankbaren Schutzbefohlenen zum Geschenk erhalten hatte; es sollte heute einmal nichts gespart werden.

Statt seiner trat Tante Brigitte herein, zwei blank polierte Leichter in den Händen, auf denen schneeweiße russische Lichter in ebenso weißen Papiermanschetten steckten, denn schon war die Dämmerung des Heiligen Abends hereingebrochen; draußen zogen schon die Scharen der kleinen Weihnachtsbettler, und ihr Gesang tönte durch die Straßen: »Vom Himmel hoch, da komm ich her.«

Als Carsten wieder eintrat, brannten auch die Lichter schon; die Stube sah ganz festlich aus. Die alten Geschwister wandten die Gesichter gegeneinander und blickten sich herzlich an. »Es wird auch Zeit, Carsten!« sagte Brigitte; »die Post pflegt immer schon um vier zu kommen.«

Carsten nickte, und nachdem er noch eilig seine Flaschen hinter dem warmen Ofen aufgepflanzt hatte, langte er mit zitternder Hand seinen Hut vom Türhaken.

»Soll ich nicht mit Euch, Ohm?« rief Anna. »Hier ist für mich nichts mehr zu tun.«

»Nein, nein, mein Kind; das muß ich ganz allein.« Mit diesen Worten nahm er sein Bambusrohr aus dem Uhrgehäuse und ging hinaus.

Das Postgebäude lag derzeit hoch oben in der Norderstraße; aber es war völlig windstill, ein leichter Frostschnee sank ebenmäßig herab. Carsten schritt rüstig vorwärts, ohne rechts oder links zu sehen; als er jedoch fast sein Ziel erreicht hatte, hörte er sich plötzlich angerufen: »He, Freundchen, Freundchen, nehmt mich mit!« Und Herrn Jaspers' selbst in der Dunkelheit nicht zu verkennende Gestalt schritt aus einer Nebenstraße, munter mit dem Schnupftuch winkend, auf ihn zu. »Merk's schon«, sagte er, »Ihr wollt Euern Heinrich von der Post abholen? Hab' nur gehört, soll ein Staatskerl geworden sein, der junge Schwerenöter!«

»Aber«, sagte Carsten, indem er länger Schritte machte, denen der andre, mit beiden Armen schaukelnd, nachzukommen strebte, »ich dächte, Jaspers, Ihr hättet niemanden zu erwarten!«

»Nein, Gott sei Dank, Carsten! Nein, niemanden! Aber – zum Henker, Ihr braucht nicht so zu rennen! – Man muß doch sehen, was zum lieben Fest für Gäste kommen.«

Sie waren an einer Straßenecke in der Nähe des Posthauses angelangt, wo sich bereits eine Anzahl Menschen angesammelt hatte, um die Ankunft der Post abzuwarten, als Herr Jaspers von einem vorübergehenden Amtsschreiber angerufen wurde.

»Hört Ihr nicht, Jaspers? Der Mann wünscht Euch zu sprechen«, sagte Carsten, der eben aus der Tiefe der Straße das Rummeln eines schweren Wagens heraufkommen hörte.

Aber der andre stand wie gemauert. »Ei, Gott bewahre, Carsten! Laßt den Hasenfuß laufen! Ich bleibe bei Euch, Freundchen; wer weiß, was noch passieren kann! Ihr kennt doch die Geschichte von dem Flensburger Kandidaten, der seine Liebste aus der Kutsche heben wollte, und dem ein schwarzer Negerjunge auf den Nacken sprang!«

»Ich kenne alle Eure Geschichten, Jaspers«, erwiderte Carsten ungeduldig; »aber wenn Ihr's denn wissen wollt, ich wünsche meinen Sohn allein zu empfangen; ich brauche Euch nicht dabei!«

Herrn Jaspers' unerschütterliche Antwort wurde von Peitschenknall und dem schmetternden Klang eines Posthorns übertönt; und gleich darauf rollte auch der schwerfällige Wagen vor die Tür des Posthauses, in den matten Schein, den die darüber befindliche Laterne auf die leicht beschneite Straße hinauswarf. Dann sprang der Postillion vom Bock, vom Schirrmeister wurde die Wagentür aufgerissen, und die Leute drängten sich herzu, um die Fahrgäste aussteigen zu sehen.

Carsten war etwas zurück im Schatten der Mauer stehengeblieben. Da er von hoher Statur war, so konnte er auch von hier aus die in Mäntel und Pelze vermummten Gestalten, welche eine nach der andern aus dem Wagenkasten auf die Straße traten, deutlich genug erkennen.

»Niemand mehr darin?« frug der Schirrmeister.

»Nein, nein!« tönte es von mehreren Seiten; und die Wagentür wurde zugeworfen.

Carsten umklammerte die Krücke seines Stockes und stützte sie darauf; sein Heinrich war nicht gekommen. – Er blickte wie abwesend auf die dampfenden Pferde, die auf dem Pflaster scharrten und klirrend ihre Messingbehänge schüttelten, und wollte sich endlich schon zum Gehen wenden, als er bemerkte, daß er hier nicht der einzige Getäuschte sei. Eine junge Dirne hatte sich an den Postillion herangemacht, der eben die Decken über seine Tiere warf, und schien ihn mit aufgeregten Fragen zu bedrängen. »Ja, ja, Mamsellchen«, hörte er diesen antworten, »es kann noch immer sein; es kommt noch eine Beichaise.«

»Noch eine Beichaise!« Carsten wiederholte die Worte unwillkürlich; ein tiefer Atemzug entrang sich seiner Brust. Der Postillion war ihm bekannt; er hätte ihn fragen können: »Sitzt denn mein Heinrich mit darin?« Aber er vermochte sich nicht vom Fleck zu rühren; mit geschlossenen Lippen stand er und sah bald darauf den Wagen fortfahren und blickte auf die leeren Geleise, die in dem Schnee erkennbar waren, auf welche leis und unaufhaltsam neuer Schnee herabsank und sie bald bedeckte.

Um ihn her war es ganz still geworden; selbst Herr Jaspers schien verschwunden; das Mädchen hatte sich schweigend neben ihn gestellt, die Arme in ihr Umschlagtuch gewickelt. Mitunter klingelte eine Türschelle, dann sangen die Kinderstimmen: »Vom Himmel hoch, da komm ich her!« Die kleinen Weihnachtsbettler mit ihrem tröstlichen Verkündigungsliede zogen noch immer von Haus zu Haus.

Endlich kam es abermals die Straße herauf, näher und näher kam es, noch einmal knallte die Peitsche und schmetterte das Posthorn, und jetzt rollte die verheißene Beichaise in den Laternenschein des Posthauses hinein.

Und ehe die Pferde noch zum Stehen gebracht waren, sah Carsten die Gestalt eines hohen Mannes behende aus dem Wagen springen und gegen sich herankommen. »Heinrich!« rief er und stürzte vorwärts, daß er fast gestrauchelt wäre; aber der Mann wandte sich zu dem Mädchen, das jetzt mit einem Freudenschrei an seinem Halse hing. »Ich dachte schon, du wärst nicht mehr gekommen!« – »Ich? Nicht kommen, am Weihnachtsabend? Oh!«

Carsten blickte den beiden nach, wie sie durch den fallenden Schnee Arm in Arm die Straße hinabgingen; als er sich umwandte, war auch der Platz vor dem Hause leer, wo vorhin die Chaise gehalten hatte. »Er ist nicht gekommen, er wird krank geworden sein«, sagte er halblaut zu sich selber.

Da legte sich eine breite Hand auf seinen Arm. »Oho, Freundchen!« sprach dicht neben ihm Herrn Jaspers' wohlbekannte Stimme, »dachte ich's nicht, daß Ihr Euch Grillen fangen würdet! Krank, meint Ihr? Nein, Carsten, das laßt Euch den Heiligen Abend nicht verderben. Ihr wißt doch, in Hamburg gibt's ganz andre Weihnachten für die jungen Bursche als in Eurem alten Urgroßvaterhause an der Twiete. Aber, seht Ihr, war's nicht hübsch, daß ich Euch warten half? Da habt Ihr doch Gesellschaft auf dem Rückweg!«

Herrn Jaspers' Stimme hatte einen fast zärtlichen Ausdruck angenommen; aber Carsten hörte nicht darauf. Auch auf dem Rückwege ließ er Herrn Jaspers ungestört an seiner Seite traben; er war ein geduldiger Mann geworden.

Als er wieder in sein Haus trat, hörte er rasch die Stubentür von innen anziehen. »Noch einen Augenblick Geduld!« rief Annas helle Stimme; dann gleich darauf wurde die Tür weit aufgeschlagen, und die schlanke Mädchengestalt stand wie in einem Bilderrahmen auf der Schwelle. Sie schritt auch nicht hinaus, sie starrte regungslos auf ihren alten Pflegevater.

»Allein, Ohm?« fragte sie endlich.

»Allein, mein Kind.«

Dann gingen beide zu Tante Brigitte in die festlich aufgeschmückte Stube, und die Frauen, während Carsten schweigend in dem Ledersessel daneben saß, erschöpften sich in immer neuen Mutmaßungen, was es nur gewesen sein könne, das ihnen alle Freude so zerstört habe, bis endlich der Abend vergangen war und sie still die Lichter löschten und die Geschenke wieder forträumten, welche sie kurz zuvor so geschäftig zusammengetragen hatten.

Auch die Weihnachtsfeiertage verflossen, ohne daß Heinrich selber oder ein Lebenszeichen von ihm erschienen wäre. Als auch der Neujahrsabend herankam und die lang erwartete Poststunde wieder so vorüberging, hatten in dem alten Manne die Sorgen der letzten Tage sich zu einer fast erstickenden Angst gesteigert. Was konnte geschehen sein? Wenn Heinrich krank läge in der großen fremden Stadt! Die diesmal ruhigere Überlegung der Frauen vermochte ihn nicht zurückzuhalten, er mußte selber hin und sehen. Vergebens stellten sie ihm die Beschwerlichkeit der langen Reise bei dem eingetretenen scharfen Frost vor Augen; er suchte sich das nötige Reisegeld zusammen und hieß Brigitte seinen Koffer packen; dann ging er in die Stadt, um sich zum andern Morgen Fuhrwerk zu verschaffen.

Als er nach vielem Umherrennen erschöpft nach Hause kam, war ein Brief von Heinrich da; ein Versehen des Postboten hatte die Abgabe verspätet. Hastig riß er das Siegel auf; die Hände flogen ihm, daß er kaum seine Brille aus der Tasche ziehen konnte. Aber es war ein ganz munterer Brief; Herr Jaspers hatte recht gehabt: mit Heinrich war nichts Besonderes vorgefallen, er hatte nur gedacht, es sei doch richtiger, den Weihnachtsmarkt in Hamburg zu genießen und dann später nach Haus zu kommen, wenn erst im Hof der große Birnbaum blühe und sie miteinander auf den Deich hinausspazieren könnten; dann folgte die lustige Beschreibung verschiedener Feste und Schaustellungen; von den Kümmernissen, die er den Seinen zugefügt, schien ihm keine Ahnung gekommen zu sein.

Auch eine Nachschrift enthielt der Brief: er habe auf eigne Hand mit einem guten Freund einige Geschäfte eingefädelt, die schon hübsche Gewinne abgeworfen hätten; er wisse jetzt, wo Geld zu holen sei, sie würden bald noch andres von ihm hören. – Wie gewagt, nach mehr als einer Seite hin, diese Geschäftsverbindung sei, davon freilich war nichts geschrieben.

Carsten, da er alles einmal und noch einmal gelesen hatte, lehnte sich müde in seinen Stuhl zurück; der Name »Juliane« drängte sich unwillkürlich über seine Lippen. Aber jedenfalls – Heinrich war gesund; es war nichts Schlimmes vorgefallen.

»Nun, Ohm?« fragte Anna, die auf Mitteilung harrend mit Tante Brigitte vor ihm stand.

Er reichte ihnen den Brief. »Leset selbst«, sagte er, »vielleicht daß ich heute einmal besser schlafe! Und dann, Anna, bestelle mir den Fuhrmann ab, meine alten Beine können nun nicht mehr!«

Er sah fast glücklich aus bei diesen Worten; ein Ruhepunkt war eingetreten, und er wollte ihn redlich zu benutzen suchen.

Am andern Morgen wurden die Weihnachtsgeschenke aus den Schubladen wieder hervorgeholt und, sorgsam in ein Kistchen verpackt, an Heinrich auf die Post gegeben; obenauf lag ein Brief von Anna, voll herzlichen Zuredens und voll ehrlicher Entrüstung. Als Antwort erhielt sie nach einigen Monaten ein Osterei von Zucker, aus welchem, da es sich öffnen ließ, eine goldene Vorstecknadel zum Vorschein kam; einigen neckende Knittelverse, welche für die guten Lehren dankten, waren auf einem Papierstreifchen darumgewunden.

Wenn die goldene Nadel ein Ertrag der eingefädelten Geschäfte war, so blieb sie jedenfalls das einzige Zeichen, das davon nach Haus gelangte; in den spärlichen Briefen geschah derselben entweder gar nicht oder nur noch in allgemeinen Andeutungen Erwähnung.

Die Zeit rückte weiter, und nach den Ostern war jetzt der Nachmittag des Pfingstfestes herangekommen. Die Frauen befanden sich beide auf dem sonnigen Hausflur in emsiger Beschäftigung; Tante Brigitte hatte das Gardinenbrett des Ladenfensters vor sich auf dem Zahltisch liegen, bemüht, einen blütenweißen Vorhang daran festzunadeln; Anna, der eine Anzahl grüner Waldmeisterkränze über dem einen Arm hing, suchte gegenüber an der frisch getünchten Wand nach Haken oder Nägeln, um daran den Festschmuck zu befestigen. Zwei der Kränze waren glücklich angebracht; bei dem dritten saß der Nagel doch zu hoch, als daß der ausgestreckte Arm des schlanken Mädchens ihn mit dem Kranz erreichen konnte.

»Kind, Kind!« rief Tante Brigitte vom Ladentisch herüber; »du wirst ja kochheiß, so hol doch einen Schemel!«

»Nein, Tante, es muß!« erwiderte Anna lachend und begann unter herzlichem Stöhnen ihre vergeblichen Anstrengungen zu erneuern.

Plötzlich wurde die Haustür aufgerissen, daß das Läuten der Schelle betäubend durch den Flur schallte; dazwischen rief eine jugendliche Männerstimme: »Mannshand oben!«, und zugleich war auch der Kranz aus Annas aufgestreckter Hand genommen und hing im selben Augenblicke oben an dem Nagel. Anna selbst sah sich in den Armen eines schönen Mannes mit gebräuntem Antlitz und stattlichem Backenbarte, dessen Kleidung den Großstädter nicht verkennen ließ. Aber schon hatte sie mit einer so kräftigen Bewegung ihn von sich gestoßen, daß er geradeswegs auf Tante Brigitte zuflog, die vor ihrem Gardinenbrett beide Hände über dem Kopf zusammenschlug. Da brach der Mißhandelte in ein lustiges Gelächter aus, das noch das Ausläuten der Türschelle übertönte.

»Heinrich, Heinrich! Du bist es!« riefen die Frauen wie aus einem Munde.

»Nicht wahr, Tante Brigitte, das nennt man überraschen!«

»Junge«, sagte die Alte noch halb erzürnt; »in deinem modischen Rock steckt doch noch der alte Hansdampf; wenn du dich ansagst, kann man sich zu Tode warten, und wenn du kommst, könnte man vor Schreck den Tod davon haben.«

»Nun, nun, Tante Brigitte, ihr sollt mich auch bald genug schon wieder loswerden; unsereiner hat nicht lange Zeit zu feiern.«

»Ei, Heinrich«, sagte die gute Tante, indem sie ihn mit sichtlicher Zufriedenheit betrachtete, »so sollte es nicht gemeint sein! Was du gesund aussiehst, Junge! Nun aber hilf auch mir noch ein paar Augenblicke mit deiner hübschen Leibeslänge!«

Mit einem Satz war Heinrich über den Ladentisch hinüber und stand gleich darauf auf der Fensterbank, das Gardinenbrett mit den daran hängenden weißen Fahnen in den Händen.

Als kurz darauf ein gemessenes Läuten der Türschelle die Ankunft des bisher abwesenden Hausherrn anzeigte, saß Heinrich bereits wohlversorgt im Zimmer vor dem Kaffeetisch, den aufhorchenden Frauen die Wunder der Großstadt und seiner eignen Tätigkeit verkündend. Gleich darauf stand er dem Vater gegenüber, und dieser ergriff seine beiden Hände und sah ihm mit verhaltenem Atem in die Augen. »Mein Sohn!« sagte er endlich; und Heinrich fühlte, wie aus dem Körper des alten Mannes ein Zittern in den seinen überging.

Noch lange, als sie schon mit den andern am Tische saßen, hingen so die Blicke des Vaters an des Sohnes Antlitz, während dessen bald wieder in Fluß gekommene Reden fast unverstanden an seinem Ohr vorübergingen. Heinrich schien ihm äußerlich fast ein Fremder; die Ähnlichkeit mit Juliane war zurückgetreten, er sagte sich das mit schmerzlicher Befriedigung; die Zeit seines Fortganges aus der Vaterstadt, obgleich nur wenige Jahre seitdem vergangen waren, lag jetzt weit dahinter. Ein freudiger Gedanke erfüllte plötzlich das Herz des Vaters: was auch damals geschehen war, es war nur der Fehler eines in der Entwicklung begriffenen, noch knabenhaften Jünglings, wofür die Verantwortlichkeit dem jetzt vor ihm sitzenden Mann nicht mehr aufgebürdet werden konnte. Carsten faltete unwillkürlich seine Hände; als Annas Blicke sich zufällig auf ihn wandten, hörte auch sie nicht mehr auf Heinrichs Wunderdinge: ihr alter Ohm saß da, als ob er betete.

Später freilich, als Sohn und Vater sich allein gegenübersaßen, mußte Heinrich auch diesem Rede stehen. Er war jetzt auf einer Geschäftsreise für seine Firma; am zweiten Festtag schon mußte er weiter, dem Norden zu. Aus dem eleganten Taschenbuche, das Heinrich hervorzog, wurde Carsten in manche Einzelheiten eingeweiht, und er nickte zufrieden, da er den Sohn in wohlgeordneter Tätigkeit erblickte. Weniger deutlich waren die Mitteilungen, die Heinrich über seine auf eigne Hand betriebenen Geschäfte machte; er verstand es, über diese selbst mit leichter Andeutung fortzugehen und sich dagegen ausführlich über neue Unternehmungen auszulassen, die mit dem unzweifelhaften Gewinn der ersteren begonnen werden sollten. Carsten war in solchen Dingen nicht erfahren; aber wenn in Heinrichs wortreicher Darlegung die Projekte immer höher stiegen und das Gold aus immer reicheren Quellen floß, dann war es ihm mitunter, als blickten plötzlich wieder Julianens Züge aus des Sohnes Antlitz, und zugleich in Angst und Zärtlichkeit ergriff er dessen Hände, als könnte er ihn so auf festem Boden halten.

Dennoch, als sie am andern Vormittage miteinander in der Kirche saßen, konnte er sich einer kleinen Genugtuung nicht erwehren, wenn über den Gesangbüchern in allen Bänken sich die Köpfe nach dem stattlichen jungen Mann herumwandten; ja, es war ihm fast leid, daß heute nicht auch Herr Jaspers aus seinem gewohnten Stuhl herüberpsalmodierte.

Am Nachmittage, während drinnen Carsten und Brigitte ihr Schläfchen hielten, saßen Heinrich und Anna draußen auf der Bank unter dem Birnbaume. Auch sie hielten Mittagsruhe, nur daß die jungen Augen nicht zufielen wie die alten drinnen; zwar sprachen sie nicht, aber sie hörten auf den Sommergesang der Bienen, der tönend aus dem mit Blüten überschneiten Baume zu ihnen herabklang. Bisweilen, und dann immer öfter, wandte Anna den Kopf und betrachtete verstohlen das Gesicht ihres Jugendgespielen, der mit seinem Spazierstöckchen den Namen einer berühmten Kunstreiterin in den Sand schrieb. Sie konnte sich noch immer nicht zurechtfinden; der bärtige Mann an ihrer Seite, dessen Stimme einen so ganz andern Klang hatte, war das der Heinrich von ehedem? – Da flog ein Star vom Dach herab auf die Einfassung des Brunnens, blickte sie mit seinen blanken Augen an und begann mit geschwellter Kehle zu schnattern, als wollte er ihr ins Gedächtnis rufen, wer dort statt seiner einst gesessen habe. Anna öffnete die Augen weit und blickte hinauf nach einem Stückchen blauen Himmels, das durch die Zweige des Baumes sichtbar war; sie fürchtete den Schatten, der drunten aus der Brunnenecke in diesen goldenen Sommertag hineinzufallen drohte.

Aber auch Heinrichs Erinnerung war durch den geschwätzigen Vogel geweckt worden; nur sahen seine Augen keinerlei Schatten aus irgendeiner Ecke. »Was meinst du, Anna«, sagte er, mit seinem Stöckchen nach dem Brunnen zeigend; »glaubst du, daß ich damals wirklich in das dumme Ding hineingesprungen wäre?«

Sie erschrak fast über diese Worte. »Wenn ich es glauben müßte«, erwiderte sie, »so wärest du jedenfalls nicht wert gewesen, daß ich dich davon zurückgerissen hätte.«

Heinrich lachte. »Ihr Frauen seid schlechte Rechenmeister! Dann hättest du mich ja jedenfalls nur sitzenlassen können!«

»O Heinrich, sage lieber, daß so etwas nie – nie wieder geschehen könne!«

Statt der Antwort zog er seine kostbare goldene Uhr aus der Tasche und ließ diese und die Kette vor ihren Augen spielen. »Wir machen jetzt selbst Geschäfte«, sagte er dann; »nur noch einige Monate weiter, da werfe ich den Erben des Senators die paar lumpigen Taler vor die Füße; wollen sie's nicht aufheben, so mögen sie es bleiben lassen; denn freilich, bezahlt muß so was werden.«

»Sie werden es schon nehmen, wenn du es bescheiden bietest«, sagte Anna.

»Bescheiden?« Er hatte sich vor ihr hingestellt und sah ihr ins Gesicht, das sie sitzend zu ihm erhoben hatte. »Nun, wenn du meinst«, setzte er wie gedankenlos hinzu, während seine Augen den Ausdruck aufmerksamster Betrachtung annahmen. »Weißt du wohl, Anna«, rief er plötzlich, »daß du eigentlich ein verflucht hübsches Mädchen bist!«

Die Worte hatten so sehr den Ton unwillkürlicher Bewunderung, daß Anna fast verlegen wurde. »Du hast dir wohl andre Augen aus Hamburg mitgebracht«, sagte sie.

»Freilich, Anna; ich verstehe mich jetzt darauf! Aber weißt du auch wohl, daß du nun bald dreiundzwanzig Jahre alt bist! Warum hast du immer noch keinen Mann?«

»Weil ich keinen wollte. Was sind das für Fragen, Heinrich!«

»Ich weiß wohl, was ich frage, Anna; heirate mich, dann bist du aus aller Verlegenheit.«

Sie sah ihn zornig an. »Das sind keine schönen Späße!«

»Und warum sollen es denn Späße sein?« erwiderte er und suchte ihre Hand zu fassen.

Sie richtete sich fast zu gleicher Höhe vor ihm auf. »Nimmer, Heinrich, nimmer.« Und als sie diese Worte, heftig mit dem Kopf schüttelnd, ausgestoßen hatte, machte sie sich los und ging ins Haus zurück; aber sie war blutrot dabei geworden bis in ihr blondes Stirnhaar hinauf.

Die Geschäfte, von denen Heinrich sich goldene Berge versprochen hatte, mußten doch einen andern Erfolg gehabt haben. Kaum einen Monat nach seiner Abreise kamen Briefe aus Hamburg, von ihm selbst und auch von Dritten, deren Inhalt Carsten den Frauen zu verbergen wußte, der ihn aber veranlaßte, sich bei seinem Gönner, dem sowohl im bürgerlichen als im peinlichen Recht wohlerfahrenen alten Bürgermeister, eine vertrauliche Besprechung zu erbitten. Und schon am nächsten Abend im Ratsweinkeller raunte Herr Jaspers bei seinem Spitzglas Roten seinem Nachbar, dem Stadtwaagemeister, zu: der alte Carstens – der Narr mit seinem liederlichen Jungen –, es sei aus guter Quelle, daß er vormittags mehrere seiner besten Hypothekenverschreibungen mit einer hübschen Draufgabe gegen Bares umgesetzt habe. Der Stadtwaagemeister wußte schon noch mehr: das Geld, eine große Summe, war bereits am Nachmittage nach Hamburg auf die Post gegeben. Man kam überein, es müsse dort etwas geschehen sein, das rasche und unabweisbare Hilfe erfordert habe. »Hilfe!« wiederholte Herr Jaspers, mit den dünnen Lippen behaglich den Rest seines Roten schlürfend; »Hans Christian wollte auch der Ratze helfen und füllte kochend Wasser in die Kesselfalle!«

Jedenfalls, wenn eine Gefahr vorhanden gewesen war, so schien sie für diesmal abgewendet; selbst Herr Jaspers konnte nichts Weiteres erkundschaften, und was an Gesprächen darüber in der kleinen Stadt gesummt hatte, verstummte allmählich. Nur an Carsten zeigte sich von dieser Zeit an eine auffallende Veränderung; seine noch immer hohe Gestalt schien plötzlich zusammengesunken, die ruhige Sicherheit seines Wesens war wie ausgelöscht; während er das eine Mal ersichtlich den Blicken der Menschen auszuweichen suchte, schien er ein andermal in ihnen fast ängstlich eine Zustimmung zu suchen, die er sonst nur in sich selbst gefunden hatte. Über mancherlei unbedeutende Dinge konnte er in jähem Schreck zusammenfahren; so, wenn unerwartet an seine Stubentür geklopft wurde, oder wenn der Postbote abends zu ihm eintrat, ohne daß er ihn vom Fenster aus vorher gesehen hatte. Man hätte glauben können, der alte Carsten habe sich noch in seinen hohen Jahren ein böses Gewissen zugelegt.

Die Frauen sahen das; sie hatten auch wohl ihre eignen Gedanken, im übrigen aber trug Carsten seine Last allein; nur sprach er mitunter sein Bedauern aus, daß er statt aller andern Dinge nicht lieber seine ganze Kraft auf die Vergrößerung des ererbten Geschäftes gelegt habe, so daß Heinrich es jetzt übernehmen und in ihrer aller Nähe leben könnte. – Es stand nicht zum besten in dem Hause an der Twiete; denn auch Tante Brigitte, deren sorgende Augen stets an ihrem Bruder hingen, kränkelte; nur aus Annas Augen leuchtete immer wieder die unbesiegbare Heiterkeit der Jugend.

Es war an einem heißen Septembernachmittag, als die Glocke an der Haustür läutete und gleich darauf Tante Brigitte aus der Küche, wo sie mit Anna beschäftigt war, auf den Flur hinaustrat. »In Christi Namen!« rief sie, »da kommt der Stadtunheilsträger, wie der Herr Bürgermeister ihn nennt! Was will der von uns?«

»Fort mit Schaden!« sagte Anna und klopfte mit dem Messer, das sie in der Hand hielt, unter den Tisch. »Nicht wahr, Tante, das hilft?«

Mittlerweile stand der Berufene schon vor der offenen Küchentür. »Ei, schönsten guten Tag miteinander!« rief er mit seiner Altweiberstimme, indem er mit seinem blaukarierten Taschentuche sich die Schweißtropfen von den Haarspitzen seiner fuchsigen Perücke trocknete. »Nun, wie geht's, wie geht's? Freund Carstens zu Hause? Immer fleißig bei der Arbeit?«

Aber bevor er noch eine Antwort bekommen konnte, hatte er die alte Jungfrau mit einem neugierigen Blick gemustert. »Ei, ei, Brigittchen, Ihr seht übel aus; Ihr habt verspielt, seit wir uns nicht gesehen.«

Tante Brigitte nickte. »Freilich, es will nicht mehr so recht; aber der Physikus meint, jetzt bei dem schönen Wetter werd es besser werden.«

Herr Jaspers ließ ein vergnügliches Lachen hören. »Ja, ja, Brigittchen, das meinte der Physikus auch bei der kleinen dänischen Marie im Kloster, als sie die Schwindsucht hatte. Ihr wißt, sie nannte ihr Stübchen immer min lütje Paradies« – er lachte wieder höchst vergnüglich –, »aber sie mußte doch fort aus dat lütje Paradies.«

»Gott bewahre uns in Gnaden«, rief Tante Brigitte. »Ihr alter Mensch könntet einem ja mit Euren Reden den Tod auf den Hals jagen!«

»Nun, nun, Brigittchen; alte Jungfern und Eschenstangen, die halten manche Jahre!«

»Jetzt aber macht, daß Ihr aus meiner Küche kommt, Herr Jaspers«, sagte Brigitte; mein Bruder wird Euch besser auf Eure Komplimente dienen.«

Herr Jaspers retirierte; zugleich aber hob er sich die dampfende Perücke von seinem blanken Schädel und reichte sie auf einem Finger gegen Anna hin. »Jungfer«, sagte er, »sei Sie doch so gut und hänge Sie mir derweil das Ding zum Trocknen auf Ihren Plankenzaun; aber paß Sie auch ein wenig auf, daß es die Katz nicht holt.«

Anna lachte. »Nein, nein, Herr Jaspers; tragt Euer altes Scheusal nur selbst hinaus! Und unsre Katz, die frißt solch rote Ratzen nicht.«

»So, so? Ihr seid ja ein naseweises Ding!« sagte der Stadtunheilsträger, besah sich einen Augenblick seinen abgehobenen Haarschmuck, trocknete ihn mit seinem blaukarierten Taschentuche, stülpte ihn wieder auf und verschwand gleich darauf in der Tür des Wohnzimmers.

Als Carsten, der bei seinen Rechnungsbüchern saß, Herrn Jaspers' vor Geschäftigkeit funkelnde Äuglein durch die Stubentür erscheinen sah, legte er mit einer hastigen Bewegung seine Feder hin. »Nun, Jaspers«, sagte er, »was für Botschaft führt Ihr denn heute wiederum spazieren?«

»Freilich, freilich, Freundchen«, erwiderte Herr Jaspers, »aber Ihr wißt ja, des einen Tod, des andern Brot!«

»Nun, so macht es kurz und schüttet Eure Taschen aus!«

Herr Jaspers schien den gespannten Blick nicht zu beachten, der aus den großen, tiefliegenden Augen auf sein kleines, faltenreiches Gesicht gerichtet war. »Geduld, Geduld, Freundchen!« sagte er und zog sich behaglich einen Stuhl herbei – »also: der kleine Krämer in der Süderstraße, wo die Ostenfelder immer ihre Notdurft holen – Ihr kennt ihn ja; das Kerlchen hatte immer eine blanke wohlgekämmte Haartolle; aber das hat ihm nichts geholfen, Carsten, nicht für einen Sechsling! Ich hoffe nicht, daß Ihr mit diesem kleinen Kiebitz irgendwo verwandt seid.«

»Ihr meint durch meinen Geldbeutel? Nein, nein, Jaspers; aber was ist mit dem? Es war bei seinen Eltern eine gute Brotstelle.«

»Allerdings, Carsten; aber eine gute Brotstelle und ein dummer Kerl, die bleiben doch nicht lange zusammen; er muß verkaufen. Ich hab's in Händen; viertausend Taler Anzahlung, fünftausend protokollierte Schulden gehen in den Kauf. – Nun? Guckt Ihr mich an? – Aber ich dachte gleich, das wäre so etwas für Euren Heinrich; wie es Euch nicht alle Tage in die Hände läuft!«

Carsten hörte das; er wagte nicht zu antworten; unruhig schob er die Papiere, die vor ihm lagen, durcheinander. Dann aber sagte er, und die Worte schienen ihm schwer zu werden: »Das geht noch nicht; mein Heinrich muß erst noch älter werden!«

»Älter werden?« Herr Jaspers lachte wieder höchst vergnüglich. »Das meinte auch unser Pastor von seinem Jungen; aber, Freundchen, was zu einem Esel geboren ist, wird sein Tage nicht kein Pferd.«

Carsten spürte starken Drang, gegen seinen Gast sein Hausrecht zu gebrauchen; aber er fürchtete unbewußt, die Sache selber mit zur Tür hinauszuwerfen.

»Nein, nein, Freundchen«, fuhr der andre unbeirrt fort; »ich weiß Euch besseren Rat; eine Frau müßt Ihr dem Heinrich schaffen, versteht mich, eine fixe; und eine, die auch noch so ein paar Tausende in bonis hat! Nun« – und er machte mit seiner Fuchsperücke eine Bewegung nach der Gegend der Küche hin –, »Ihr habt ja alles nahebei.«

Carsten sagte fast mechanisch: »Was Ihr Euch doch um andrer Leute Kinder für Sorgen macht!«

Aber Herr Jaspers war aufgestanden und sah mit einem schlauen Blick auf den Sitzenden hinab. »Überlegt's Euch, Freundchen, ich muß noch auf die Kämmerei; bis morgen halt ich Euch die Sache offen.«

Er war bei diesen Worten schon zur Tür hinaus. Carsten blieb mit aufgestütztem Kopf an seinem Tische sitzen; er sah es nicht, wie gleich darauf, während Herrn Jaspers' hoher Zylinder sich draußen an den Fenstern vorüberschob, die kleinen zudringlichen Augen noch einen scharfen Blick ins Zimmer warfen.

Die Vorschläge des »Stadtunheilträgers« schienen dennoch nachgewirkt zu haben. – Das war es ja, wonach Carsten sich so lange umgesehen; das zu Kauf gestellte, jetzt zwar herabgekommene Geschäft konnte bei guter Führung und ohne zu hohe Zinsenlast als eine sichere Versorgung gelten. Hier am Orte konnte der Vater selbst ein Auge darauf halten, und Heinrich würde allmählich auf sich selber stehen lernen. Carsten faßte sich ein Herz; mit zitternder Hand holte er noch einmal aus seinem Schreibpult jene Hamburger Briefe, die ihm vor nicht langer Zeit den größten Teil seines kleinen Vermögens gekostet hatten, und las sie, einen nach dem andern, sorgsam durch. Dem letzten lag ein quittierter Wechsel bei; der Name unter dem Akzept war mit vielen Strichen unleserlich gemacht.

Wie oft hatte er jene Briefe nicht schon durchgelesen, um immer aufs neue sich zu überzeugen, daß alles geordnet sei, daß für die Zukunft kein Unheil mehr daraus entstehen könne! Aber sie sollten endlich nun vernichtet werden. Er zerriß sie in kleine Fetzen und warf sie in den Ofen, wo dann das erste Winterfeuer sie ganz verzehren mochte.

Als habe er heimlich eine böse Tat begangen, so leise drückte er die Tür des Ofens wieder zu. Dann stand er lange noch vor seinem offenen Pulte, den Schlüssel in der Hand; er atmete mühsam, und sein grauer Kopf sank immer tiefer auf die Brust. Aber dennoch – und immer wieder stand ihm das vor Augen –, wozu die Verhältnisse der Großstadt den schwachen Sohn verführt hatten, hier in der kleinen Stadt war das unmöglich! Wenn er ihn nur bald, nur gleich zur Stelle hätte! Eine fieberhafte Angst befiel ihn, sein Sohn könne eben jetzt, im letzten Augenblick, wo doch vielleicht der sichere Hafen ihm bereitstehe, noch einmal sich in jenen Strudel wagen.

Das Pult zwar wurde endlich abgeschlossen; aber wohl eine Stunde lang ging der sonst nie müßige Mann wie zwecklos in Haus und Hof umher, sprach bald mit den Frauen ein Wort über Dinge, um die er sich nie zu kümmern pflegte, bald ging er durch den Pesel in den Hof, um die seit lange hergestellte Brunneneinfassung zu besichtigen. Von hier zurückkommend, öffnete er eine Tür, die aus dem Pesel in einen Seitenbau und in dessen oberem Stockwerk zu Julianens Sterbekammer führte. Die schmale, seit Jahren nicht gebrauchte Treppe krachte unter seinen Tritten, als führe die alte Zeit aus ihrem Schlafe auf. Droben in der Kammer, unter dem Fenster, das auf die düstere Twiete ging, stand ein leeres, von Würmern halb zerstörtes Bettgestell. Carsten zog den einzigen Stuhl heran und blieb hier sitzen. Vor seinen Augen füllten sich die nackten Bretter; aus weißen Kissen sah ein blasses Antlitz, zwei brechende Augen blickten ihn an, als wollten sie ihm jetzt verheißen, was zu gewähren doch zu spät war.

Erst spät am Nachmittage saß Carsten wieder an seinem Arbeitstisch. Doch waren es nicht die gewohnten Dinge, die er heute vornahm; eine Kuratelrechnung, obwohl sie morgen zur Konkurssache eingereicht werden sollte, war beiseitegeschoben und dagegen ein kleines Buch aus dem Pult genommen, das den Nachweis des eignen Vermögensstandes enthielt; die großen dunkeln Augen irrten unstet über die aufgeschlagenen Paginas. Der Alte seufzte; über die besten Nummern war ein roter Strich gezogen. Dennoch begann er sorgsam seinen Status aufzustellen: was gegenwärtig an Mitteln noch vorhanden war, worauf er in Zukunft noch zu rechnen hatte. Da es nicht reichen wollte, kalkulierte er überdies den Wert seiner kleinen Marschfenne, die er bisher noch immer festgehalten hatte; aber die Landpreise waren in jener Zeit nur unerheblich. Er dachte daran, zu seinen übrigen Arbeiten noch ein städtisches Amt zu übernehmen, das man ihm neulich angeboten, das er aber seiner geschwächten Gesundheit halber nicht anzunehmen gewagt hatte; nun meinte er, er sei zu zag gewesen; gleich morgen wolle er sich zu der noch immer unbesetzten Stelle melden. Und aufs neue machte er seine Berechnung; aber das gehoffte Resultat wollte nicht erscheinen. Er legte die Federe nachdenklich hin und wischte sich den Schweiß aus seinen grauen Haaren.

Da klang ihm vor den Ohren, was Herr Jaspers ihm geraten hatte, und seine Gedanken begannen in den wohlhabenden Bürgerhäusern herumzuwandern. Freilich, es waren schon Mädchen dort zu finden, wirtschaftlich und sittsam, und einzelne – so dachte er – wohl fest genug, um einen schwachen Mann zu stützen; aber würde er für seinen Heinrich dort anzuklopfen wagen?

Während er sich selbst zur Antwort langsam seinen Kopf schüttelte, trat Anna in der ganzen heiteren Entschlossenheit ihres Wesens in die Stube; wie ein Aufleuchten flog es über seine Augen, und unwillkürlich streckte er beide Arme nach ihr aus.

Anna sah ihn befremdet an. »Wolltet Ihr etwas, Carsten Ohm?« fragte sie freundlich.

Carsten ließ die Arme sinken. »Nein, Kind«, sagte er fast beschämt, »ich wollte nichts; laß dich nicht stören, du wolltest wohl zum Vesperbrote anrichten.«

Er nahm wieder die Feder, als wolle er in der vor ihm liegenden Berechnung fortfahren; aber seine Augen blieben an dem Mädchen hängen, während diese den Klapptisch von der Wand ins Zimmer rückte und dann, kaum hörbar, mit ihrer sicheren Hand die Dinge zum gewohnten Abendtee zurechtsetzte. Ein Bild der Zukunft stieg in seiner Seele auf, vor dem er alle seine Sorgen niederlegte. – – Aber nein, nein; er hatte immer treu für dieses Kind gesorgt! Ja, wenn das letzte nicht geschehen wäre!

Er war aufgestanden und vor sein bescheidenes Familienbild getreten. Als er es ansah, schien ihm das gemalte Abendrot zu flammen, und die Schattengestalten begannen einen Körper anzunehmen. Er nickte ihnen zu; ja, ja, das war sein Vater, seine Großmutter; das waren ehrliche Leute, die da spazierengingen!

– – Als bald darauf die Hausgenossen beim Abendbrot zusammensaßen, forschten Brigittens schwesterliche Augen immer eindringlicher in des Bruders Antlitz, das den Ausdruck der Verstörung nicht verhehlen konnte. »Tu's von dir, Carsten!« sagte sie endlich, seine Hand erfassend. »Was für eine Tracht Unheils hat der elende Mensch denn dieses Mal auf dich abgeladen?«

»Kein Unheil just, Brigitte«, erwiderte Carsten, »nur eine Hoffnung, die sich nicht erfüllen kann.« Und dann berichtete er den Frauen von dem Angebot des Geweses, von seinen Wünschen und endlich – daß es sich denn doch nicht zwingen lasse.

Es folgte eine Stille nach diesen Worten. Anna schaute auf das Teekraut in ihrer leeren Tasse; aber sie fand kein Orakel darin, wie die alten Weiber das verstehen. Ihr kleiner Reichtum drückte sie wieder einmal; endlich faßte sie sich Mut, und die Augen zu ihrem Pflegevater aufhebend, sagte sie leise: »Ohm!«

»Was meinst du, Kind?«

»Zürnt mir nicht, Ohm! Aber Ihr habt nicht gut gerechnet!«

»Nicht gut gerechnet! Anna, willst du es etwa besser machen?«

»Ja, Ohm!« sagte sie fest, und ein paar helle Tränen sprangen aus ihren blauen Augen; »sind meine dummen Taler denn auch dieses Mal nicht zu gebrauchen?«

Carsten blickte eine Weile schweigend zu ihr hinüber. »Ich hätte es mir von dir wohl denken sollen«, sagte er dann; »aber, nein, Anna, auch diesmal nicht.«

»Weshalb nicht? Saget nur, weshalb nicht?«

»Weil eine solche Vermögensanlage keine Sicherheit gewährt.«

»Sicherheit?« − − Sie war aufgesprungen, und seine beiden Hände ergreifend, war sie vor ihm hingekniet; ihr junges Antlitz, das sie jetzt zu ihm erhob, war ganz von Tränen überströmt. »Ach, Ohm, Ihr seid schon alt; Ihr haltet das nicht aus, so viele Sorgen!«

Aber Carsten drängte sie von sich. »Kind, Kind, du willst mich in Versuchung führen; weder ich noch Heinrich dürfen solches annehmen.«

Hilfesuchend wandte Anna den Kopf nach Tante Brigitte; die aber saß wie ein Bild, die Hände vor sich auf den Tisch gefaltet. »Nun, Ohm«, sagte sie, »wenn Ihr mich zurückstoßet, so werde ich an Heinrich selber schreiben.«

Carsten legte sanft die Hand auf ihren Kopf. »Gegen meinen Willen, Anna? Das wirst du nimmer tun.«

Das Mädchen schwieg einen Augenblick; dann schüttelte sie leise den Kopf unter seiner Hand. »Nein, Ohm, das ist wohl wahr, nicht gegen Euren Willen. Aber seid nicht so hart: es gilt ja doch sein Glück!«

Carsten hob ihr Antlitz von seinen Knien zu sich auf und sagte: »Ja, Anna, das denk ich auch; aber den Einsatz darf nur einer geben; der eine, der ihm auch das Leben gab. und nun, mein liebes Kind, nichts mehr von dieser Sache!«

Er drückte sie sanft von sich ab; dann schob er seinen Stuhl zurück und ging hinaus.

Anna blickte ihm nach; bald aber sprang sie auf und warf sich Tante Brigitte in die Arme.

»Wir wollen es dem lieben Gott anheimstellen«, sagte die alte Frau; »ich habe dieses Mal meinen Bruder wohl verstanden.« Dann hielt sie das große Mädchen noch lange in ihren Armen.

− − Carsten war in den Hof gegangen. In der schon eingetretenen Dunkelheit saß er unter dem alten Familienbaum, der längst von Früchten leer war und aus dessen Krone er jetzt Blatt um Blatt neben sich zu Boden fallen hörte. Er dachte rückwärts in die Vergangenheit; und bald waren es Bilder, die von selber kamen und vergingen. Die Gestalt seines schönen Weibes zog an ihm vorüber, und er streckte die Arme in die leere Luft; er wußte selbst nicht, ob nach ihr oder nach dem fernen Sohn, der ihn noch unauflöslicher an ihren Schatten band. Dann wieder sah er sich selber auf der Bank sitzen, wo er gegenwärtig saß; aber als einen Knaben, mit einem Buche in der Hand; aus dem Hause hörte er die Stimme seines Vaters, und der kleine Peter kam auf seinem Steckenpferde in den Hof geritten. Bald aber mußte er sich fragen, weshalb dieses friedvolle Bild ihn jetzt mit solchem Weh erfüllte. Da überkam's ihn plötzlich: »Damals − − ja, damals hatte er sein Leben selbst gelebt; jetzt tat ein andrer das; er hatte nichts mehr, das ihm selber gehörte − − keine Gedanken − − keinen Schlaf −«

Er ließ seinen müden Körper gegen den Stamm des Baumes sinken; fast beruhigend klang der leise Fall der Blätter ihm ins Ohr.

− − Aber es sollte noch ein andres geschehen, ehe dieser Tag zu Ende ging. − Drinnen hatte Brigitte sich endlich in gewohnter Weise an ihr Spinnrad gesetzt, und Anna begann den Tisch abzuräumen. Als sie mit dem Geschirr auf den Flur hinaustrat, ging eben der Postbote vorüber. »Für die Mamsell«, sagte er und reichte ihr einen Brief durch die halb offene Haustür. Bei dem Lichte, das auf dem Ladentisch brannte, erkannte Anna mit Verwunderung in der Adresse Heinrichs Handschrift; er hatte niemals so an sie geschrieben. Nachdenklich nahm sie das Licht und zog, als sie hineingetreten war, die Tür der Küche hinter sich ins Schloß.

Es dauerte lange, bevor sie wieder in die Stube kam; aber Brigitte hatte es nicht gemerkt; ihr Spinnrad schnurrte gleichmäßig weiter, während Anna wie alle Tage jetzt den Tisch zusammenklappte und wieder an die Wand setzte. Nur etwas unsicherer und lauter geschah das heute; von dem Briefe sagte sie weder der alten Frau noch ihrem Pflegevater, als dieser nach einiger Zeit ins Zimmer kam und sich an seine Bücher setzte.

Endlich gingen die Frauen in das Oberhaus nach ihrer gemeinschaftlichen Schlafkammer, welche gegen den Hof hinaus lag. Die Fenster hatten offengestanden und die Abendfrische eingelassen; aber Anna konnte den Schlaf nicht finden; in das Rauschen des Birnbaumes trug der Wind in langen gemessenen Pausen den Schall der Kirchenuhr herüber, und sie zählte eine Stunde nach der andern.

Auch Brigitte schien heute nicht zu ihrem Recht zu kommen; denn sie setzte sich auf und sah nach dem Bette des Mädchens, das dem ihrigen gegenüber an der Wand stand. »Kind, hast du noch immer nicht geschlafen?« fragte sie.

»Nein, Tante Brigitte.«

»Nicht wahr, du grämst dich um meinen alten Bruder? Aber ich kenne ihn; bitte ihn nicht mehr darum; es wäre ganz um seine Ruh geschehen, wenn du ihn bereden könntest.«

Anna antwortete nicht.

»Schläfst du, Kind?« fragte Brigitte wieder.

»Ich will es versuchen, Tante.«

Brigitte fragte nicht mehr; Anna hörte sie bald im ruhigen Schlummer atmen.

Es war fast am Vormittag, als das junge Mädchen aus einem tiefen Schlaf erwachte, den sie endlich doch gefunden und aus dem die gute Tante sie nicht hatte wecken wollen. Rasch war sie in den Kleidern und ging ins Unterhaus hinab, wo sie durch die offene Tür des Pesels Brigitte an einem der dort befindlichen großen Schränke beschäftigt sah; aber sie ging nicht zu ihr, sondern in die Küche und ließ sich auf dem hölzernen Stuhl am Herde nieder. Nachdem sie von dem Kaffee, der für sie warmgestellt war, in eine Tasse geschenkt, eine Weile müßig davor gesessen und dann dieselbe zur Hälfte ausgetrunken hatte, stand sie mit einer entschlossenen Bewegung auf und trat gleich darauf ins Wohnzimmer.

Carsten stand am Fenster und schaute müßig auf den Hafenplatz hinaus. Jetzt wandte er sich langsam zu der Eintretenden: »Du hast nicht schlafen können«, sagte er, ihr die Hand reichend.

»O doch, Ohm, ich hab' ja nachgeschlafen.«

»Aber du bist blaß, Anna. Du bist zu jung, um für andrer Leute Sorgen deinen Schlaf zu geben.«

»Andrer Leute, Ohm?« Sie sah ihm eine Weile ruhig in die Augen. Dann sagte sie: »Ich habe auch für mich selber viel zu denken gehabt.«

»So sprich es aus, wenn du meinst, daß ich dir raten kann!«

»Sagt mir nur«, erwiderte sie hastig, »ist das Gewese in der Süderstraße noch zu kaufen? Ich hab's doch nicht verschlafen? Herr Jaspers ist doch nicht schon wieder hier gewesen?«

Carsten sagte fast hart: »Was soll das, Anna? Du weißt, daß ich es nicht kaufen werde.«

»Das weiß ich, Ohm, aber ––«

»Nun, Anna, was denn: aber?«

Sie war dicht vor ihn hingetreten. »Ihr sagtet gestern, ich dürfe nicht zu Heinrichs Glück den Einsatz geben; aber – wenn Ihr gestern recht hattet, es ist nun anders geworden über Nacht.«

»Laß das, Kind!« sagte Carsten; »du wirst mich nicht bereden.«

»Ohm, Ohm!« rief Anna, und eine freudige Zärtlichkeit klang aus ihrer Stimme; »es hilft nun nichts mehr; denn Euer Heinrich hat mich zur Frau verlangt, und ich werde ihm mein Jawort geben.«

Carsten starrte sie an, als sei der Blitz durch ihn hindurchgeschlagen. Er sank auf den neben ihm stehenden Ledersessel, und mit den Armen um sich fahrend, als müsse er unsichtbare Feinde von sich abwehren, rief er heftig: »Du willst dich uns zum Opfer bringen! Weil ich dein Geld allein nicht wollte, so gibst du dich nun selber in den Kauf!«

Aber Anna schüttelte den Kopf. »Ihr irrt Euch, Ohm! So lieb ihr mir auch alle seid, das könnt ich nimmer; danach bin ich nicht geschaffen.«

Zaghaft, als könne sein Wort das nahende Glück zerstören, entgegnete Carsten: »Wie ist denn das? Ihr waret doch allzeit nur wie Geschwister!«

»Ja, Ohm!« und ein fast schelmisches Lächeln flog über ihr hübsches Angesicht; »ich habe das auch gemeint; aber auf einmal war's doch nicht mehr so.« Dann plötzlich ernst werdend, zog sie einen Brief aus ihrer Tasche. »Da lest selbst«, sagte sie, »ich erhielt ihn gestern vor dem Schlafengehen.«

Seine Hände griffen danach; aber sie bebten, daß seine Augen kaum die Zeilen fassen konnten.

Was sie ihm gegeben hatte, war der Brief eines Heimwehkranken. »Ich tauge nicht hier!« schrieb Heinrich, »ich muß nach Hause; und wenn du bei mir bleiben willst, du, Anna, mein ganzes Leben lang, dann werde ich gut sein, dann wird alles gut werden.«

Der Brief war auf den Tisch gefallen; Carsten hatte mit beiden Armen das Mädchen zu sich herabgezogen. »Mein Kind, mein liebes Kind«, flüsterte er ihr zu, während unaufhörlich Tränen aus seinen Augen quollen, »ja, bleibe bei ihm, verlaß ihn nicht; er war ja doch ein so guter kleiner Junge!«

Aber plötzlich, wie von einem inneren Schrecken getrieben, drückte er sie wieder von sich. »Hast du es bedacht, Anna?« sagte er – »ich könnte dir nicht raten, meines Sohnes Frau zu werden.«

Ein leichtes Zucken flog über das Gesicht des Mädchens, während der alte Mann mit geschlossenen Lippen vor ihr saß. Ein paarmal nickte sie ihm zu: »Ja, Ohm«, sagte sie dann, »ich weiß wohl, er ist nicht der Bedachteste, sonst hättet Ihr ja keine Sorgen; aber was damals, vor Jahren, hier geschah, Ihr sagtet selbst einmal, Ohm, es war ein halber Bubenstreich; und wenn er auch den Ersatz noch nicht geleistet hat, so etwas ist doch nicht mehr vorgekommen.«

Carsten erwiderte nichts. Unwillkürlich gingen seine Blicke nach dem Ofen, worin die Fetzen jener Briefe lagen. – Wenn er sie jetzt hervorholte! Wenn er vor ihren Augen sie jetzt wieder Stück für Stück zusammenfügte! – Weder Anna noch Brigitte wußten von diesen Dingen.

Seine Tränen waren versiegt; aber er nahm sein Schnupftuch, um sich die hervorbrechenden Schweißperlen von der Stirn zu trocknen. Er versuchte zu sprechen; aber die Worte wollten nicht über seine Lippen.

Das schöne blonde Mädchen stand wieder aufgerichtet vor ihm; mit steigender Angst suchte sie die Gedanken von seinem stummen Antlitz abzulesen.

»Ohm, Ohm!« rief sie. »Was ist geschehen? Ihr waret so still und sorgenvoll die letzte Zeit!« – Aber als er wie flehend zu ihr aufblickte, da strich sie mit der Hand ihm die gefurchte Wange. »Nein, sorget Euch nur nicht so sehr; nehmt mich getrost als Tochter an; Ihr sollet sehen, was eine gute Frau vermag!«

Und als er jetzt in ihre jungen mutigen Augen blickte, da vermochte er das Wort nicht mehr zu sagen, vor dem mit einem Schlag seines Kindes Glück verschwinden konnte.

Plötzlich ergriff Anna, die einen Blick durchs Fenster getan hatte, seine Hände. »Da kommt Herr Jaspers!« sagte sie. »Nicht so? Ihr macht nun alles richtig?« Und ohne eine Antwort abzuwarten, ging sie rasch zur Tür hinaus.

Da wurde ihm die Zunge frei. »Anna, Anna!« rief er; wie ein Hilferuf brach es aus seinem Munde. Aber sie hörte es nicht mehr; statt ihrer schob sich Herrn Jaspers' Fuchsperücke durch die Stubentür, und mit ihm hinein drängten sich wieder die schmeichelnden Zukunftsbilder und halfen, unbekümmert um das Dunkel hinter ihnen, den Handel abzuschließen.

Mit dem Eckhause an der andern Seite der Twiete beginnt vom Hafenplatz nach Osten zu die Krämerstraße, deren gegenüberliegende Häuserreihe, am Markt vorüber, sich in der langen Süderstraße fortsetzt. Dort, in einem geräumigen Hause, wohnten Heinrich und Anna. Vor dem Laden auf dem geräumigen Hausflur wimmelte es an den Markttagen jetzt wieder von einkaufenden Bauern, und Anna hatte dann vollauf zu tun, die Gewichtigeren von ihnen in die

Stube zu nötigen, zu bewirten und zu unterhalten; denn das gewandte und umgängliche Wesen ihres Mannes hatte die Kundschaft nicht nur zurückgebracht, sondern auch vermehrt.

Carsten konnte es sich nicht versagen, täglich einmal bei seinen Kindern vorzugucken. Von dem Hafenplatze, dort wo die Schleuse nach Osten zu die Häuserreihe unterbricht, führte ein anmutiger Fußweg hinter den Gärten jener Straßen, auf welchem man derzeit zu einer bestimmten Vormittagsstunde ihn unfehlbar wandern sehen konnte. Aber er gönnte sich Weile; gestützt auf seinen treuen Bambus, stand er oftmals im Schatten der hohen Gartenhecken und schaute nach der andern Seite auf die Wiese, durch welche der Meerstrom sich ins grüne Land hinausdrängt; jetzt zwar gebändigt durch die Schleuse, im Herbst oder Winter aber auch wohl darüber hinstürzend, die Wiesen überschwemmend und die Gärten arg verwüstend. – Bei solchen Gedanken kamen Stock und Beine des Alten wieder in Bewegung: er mußte sogleich doch Anna warnen, daß sie im Oktober ihre schönen Sellerie zeitig aus der Erde nehme. Hatte er dann das Lattenpförtchen zu Annas Garten erreicht, so kam die hohe Frauengestalt ihm meistens auf dem langen Steige schon entgegen; ja, als es zum zweiten Male Sommer wurde, kam sie nicht allein; sie trug einen Knaben auf ihrem Arm, der ihr eigen und der auf den Namen seines Vaters getauft war. Und wie gut ihr das mütterliche Wesen ließ, wenn sie, die frische Wange an die ihres Kindes lehnend, leise singend den Garten hinabschritt! Selbst Carsten hatte auf diesen Gängen jetzt Gesellschaft; denn durch das Kind war, trotz ihrer vorgeschrittenen Altersschwäche, auch Brigitte in Bewegung gebracht. Unten am Pförtchen schon, wenn droben kaum die junge Frau mit dem Kinde aus den Bäumen trat, riefen die alten Geschwister den beiden zärtliche Worte zu. Brigitte nickte, und Carsten winkte grüßend mit seinem Bambusrohr, und wenn sie endlich nahe gekommen waren, so konnte Brigitte an dem Anblick des Kindes, Carsten noch mehr an dem der Mutter sich kaum ersättigen.

– – Das Glück ging vorüber, ja, es war schon fort, als Carsten und Brigitte noch in seinem Schein zu wandeln glaubten; ihre Augen waren nicht mehr scharf genug, um die feinen Linien zu gewahren, die sich zwischen Mund und Wangen allmählich auf Annas klarem Antlitz einzugraben begannen.

Heinrich, der anfänglich mit seinem rasch verfliegenden Feuereifer das Geschäft angefaßt hatte, wurde bald des Kleinhandels und des dabei vermachten persönlichen Verkehrs mit dem Landvolke überdrüssig. Zu mehrerem Unheil war um jene Zeit wieder einmal ein großsprechender Spekulant in die Stadt gekommen, nur wenig älter als Heinrich und dessen Verwandter von mütterlicher Seite; er war zuletzt in England gewesen und hatte von dort zwar wenig Mittel, aber einen Kopf voll halbreifer Pläne mit herübergebracht, für die er bald Heinrichs lebhafte Teilnahme zu entzünden wußte.

Zunächst versuchte man es mit einem Viehexport auf England, der bisher in den Händen einer günstig belegenen Nachbarstadt gewesen war. Nachdem dies mißlungen war, wurde draußen vor der Stadt unter dem Seedeich ein Austernbehälter angelegt, um mit den englischen Natives den hiesigen Pächtern Konkurrenz zu machen; aber dem an sich aussichtslosen Unternehmen fehlte überdies die sachkundige Hand, und Carsten, dessen Warnung man vorher verachtet hatte, mußte einen Posten nach dem andern decken und eine Schuld über die andre auf seine Grundstücke einschreiben lassen.

Anna sah jetzt ihren Mann nur selten einen Abend noch im Hause; denn der unverheiratete Vetter nahm ihn mit in eine Wirtsstube, in der er den Beschluß seines Tagewerkes zu machen pflegte. Hier beim heißen Glase wurden die Unternehmungen beraten, womit man demnächst die kleine Stadt in Staunen setzen wollte; nachher, wenn dazu der Kopf nicht mehr taugte, kamen die Karten auf den Tisch, wo Einsatz und Erfolg sich rascher zeigten.

Heinrich hatte bei alledem die Augen für sein Weib noch nicht verloren. Warf das Glück ihm einen augenblicklichen Gewinn zu, der ihn in seinem Sinne jedesmal zum reichen Manne machte, so gab er wohl die Hälfte davon hin, sei es für goldne Ketten oder Ringe oder für einen kostbaren Stoff, um ihren schönen Leib damit zu schmücken. Aber was sollte Anna, als die Frau eines Kleinhändlers, mit diesen Dingen, zumal da nach und nach die ganze Leitung des Ladengeschäftes auf ihre Schultern gekommen war?

Eines Sonntags – die erste Ladung Austern war damals eben rasch und glücklich ausverkauft – , da sie, ihren Knaben auf dem Arm, im Zimmer auf und ab ging, trat Heinrich rasch und fröhlich zu ihr ein. Nachdem er eine Weile seine Augen auf ihrem Antlitz hatte ruhen lassen, führte er sie vor den Spiegel und legte dann plötzlich ein Halsband mit à jour gefaßten Saphiren um ihren Nacken; glücklich wie ein Kind betrachtete er sie.

»Nun, Anna? – Laß dir's gefallen, bis ich dir Diamanten bringen kann!«

Der Knabe griff nach den funkelnden Steinen und stieß Laute des Entzückens aus, aber Anna sah ihren Mann erschrocken an. »O Heinrich, du hast mich lieb; aber du verschwendest! Denk an dich, an unser Kind!«

Da war die Freude auf seinem Antlitz ausgelöscht; er nahm den Schmuck von ihrem Halse und legte ihn wieder in die Kapsel, aus der er ihn zuvor genommen hatte. »Anna!« sagte er nach einer Weile und ergriff fast demütig die Hand seiner Frau, »ich habe meine Mutter nicht gekannt, aber ich habe von ihr gehört – nicht zu Hause, mein Vater hat mir nie von ihr gesprochen; ein alter Kapitän in Hamburg, der in seiner Jugend einst ihr Tänzer war, erzählte mir von ihr –, sie ist schön gewesen; aber sie hat auch nichts andres wollen, als nur schön und fröhlich sein; für meinen Vater ist ihr Tod vielleicht ein Glück gewesen – ich hatte oftmals Sehnsucht nach dieser Mutter; aber, Anna – ich glaube, ihr Sohn, den hättest du besser nicht zum Manne genommen.«

In leidenschaftlicher Bewegung schlang das junge Weib den freien Arm um ihres Mannes Nacken. »Heinrich, ich weiß es, ich bin anders als du, als deine Mutter; aber darum eben bin ich dein und bin bei dir; wolle auch du nur bei mir sein, geh nur abends nicht immer fort, auch um deines alten Vaters willen tu das nicht! Er grämt sich, wenn er dich in der Gesellschaft weiß.«

Aber bei Heinrich hatte infolge der letzten Worte die Stimmung schon gewechselt. Er löste Annas Arm von seinem Halse, und mit einem Scherz, der etwas unsicher über seine Lippen kam, sagte er: »Was kann den ich dafür, wenn der Wein, den ich trinke, meinem Vater Kopfweh macht?«

Mit einer heftigen Bewegung schloß Anna den Knaben an ihre Brust. »Sei versichert, Heinrich, ich werde treulich sorgen, daß dieses Kind das nicht dereinst von seinem Vater sage!«

»Nun, nun, Anna! Es war ja nicht so bös gemeint.«

– – Wie es immer gemeint sein mochte, anders war es deshalb nicht geworden. Der Nachtwächter, wenn er derzeit auf seiner Runde sich Heinrichs Haus näherte, sah oft den Kopf der jungen Frau aus dem offenen Fenster in die nächtlich stille Gasse hinaushorchen; er kannte sie wohl, denn er war der Vater jenes Nachbarkindes, mit dem Anna sich einst so liebreich umhergeschleppt hatte. Ehrerbietig, ohne von ihr bemerkt zu werden, zog er im Vorübergehen seinen Hut und rief erst weit hinter ihrem Hause die späte Stunde ab. Aber Anna hatte doch jeden Glockenschlag gezählt, und wenn endlich der bekannte Schritt von unten aus der Straße ihr entgegenscholl, so war er meistens nicht so sicher, als sie ihn am Tage doch noch zu hören gewohnt war. Dann floh sie ins Zimmer zurück und warf angstvoll die Arme über die Wiege ihres Kindes.

In der Stadt schüttelten schon längst die klugen wie die dummen Leute ihre Köpfe, und abends im Ratskeller konnte man von vergnüglichem Lachen die Fuchsperücke auf Herrn Jaspers' Haupte hüpfen sehen; ja, er konnte sich nicht enthalten, seinem Freunde, dem Stadtwaagemeister, wiederholt die tröstliche Zuversicht auszusprechen, daß das Haus in der Süderstraße bald noch einmal durch seine schmutzigen Maklerhände gehen werde.

Indessen hatte Carsten einen stillen, immer wiederkehrenden Kampf mit seinem eigenen Kinde zu bestehen. Damals bei Eingehung der Ehe hatte er es bei den Brautleuten durchgesetzt, daß ein Teil von Annas Vermögen als deren Sondergut unter seiner Verwaltung gebliebene war; jetzt sollte auch dieses in das Kompaniegeschäft hineingerissen werden; aber Anna, welche, seit sie Mutter geworden war, diesen Rest als das Eigentum ihres Kindes betrachtete, hatte alles in ihres Ohms und Vaters treue Hand gelegt. – Stöhnend, wenn nach solcher Verhandlung der Sohn ihn unwillig verlassen hatte, blickte der Greis wohl nach dem Ofen, in dem vor Jahren die Reste jener Briefe verbrannt waren, oder er stand vor seinem Familienbilde und hielt stummen, schmerzlichen Zwiesprach mit dem Schatten seiner eignen Jugend.

Ein anscheinend unbedeutender Umstand kam noch hinzu. In einer Nacht, es mochte schon gegen zwei Uhr morgens sein, erkrankte die alte Brigitte plötzlich, und da nur über Tag eine Aushilfsfrau im Hause war, so machte Carsten sich selber auf, den Arzt zu holen.

Sein Rückweg führte ihn an jener vorerwähnten Wirtsstube vorüber, aus deren Fenster allein in der dunkeln Häuserreihe noch ein Lampenschein auf die Straße hinausfiel. Gäste schienen nicht mehr dort zu sein, denn es war ganz still darinnen; und schon hatte Carsten das Haus im Rücken, da drang von dort ein heiserer Laut in seine Ohren, der ihn plötzlich stillstehen machte; in dieser häßlichen Menschenstimme, in der sich eine andre ihm bekannte zu verstecken schien, war etwas, das ihn auf den Tod erschreckte. Er konnte nicht weiter, er mußte zurück; lauernd und gierig, noch einmal und genauer dann zu hören, stand er unter dem Fenster der verrufenen Kneipe. Und noch einmal kam es, müde, wie von lallender Zunge ausgestoßen. Da schlug der Alte beide Hände über den Kopf zusammen, und sein Stock fiel schallend auf die Steine.

Brigitte genas allmählich, soweit man im fünfundsiebzigsten Jahre noch genesen kann; Carsten aber hatte seit jener Nacht auch seinen letzten Schlaf verloren. Immer meinte er, von jener Trinkstube her, die doch mehrere Straßen weit entfernt lag, die heisere Stimme seines Sohnes zu hören; er setzte sich auf in seinen Kissen und horchte auf die Stille der Nacht; aber immer wieder in kleinen Pausen löste sich aus ihr jener furchtbare Ton; seine hagere Hand griff in das Dunkel hinein, als wolle sie die des Sohnes fassen; aber schlaff fiel sie alsbald über den Rand des Bettes nieder.

Seine Gedanken flogen zurück in Heinrichs Kinderzeit; er suchte sich das glückliche Gesicht des Knaben zurückzurufen, wenn es hieß: »Am Deich spazierengehen«; er suchte seinen Jubel zu hören, wenn ein Lerchennest gefunden oder eine große Seespinne von der Flut ans Ufer getrieben wurde. Aber auch hier kam etwas, um seinen kargen Schlaf mit ihm zu teilen. Nicht nur, wenn es von den Nordseewatten her an sein Fenster wehte, sondern auch in todstiller Nacht, immer war jetzt das eintönige Tosen des Meeres in seinen Ohren; wie zur Ebbezeit von weit draußen, hinter der Schmaltiefe schien es herzukommen; statt des glücklichen Gesichtes seines Knaben sah er die bloßgelegten Strecken des gärenden Wattenschlamms im Mondschein blänkern, und daraus flach und schwarz erhob sich eine öde Hallig. Es war dieselbe, bei der er einst mit Heinrich angefahren, um Möwen-oder Kiebitzeier dort zu suchen. Aber sie hatten keine gefunden; nur den aufgeschwemmten Leichnam eines Ertrunkenen. Er lag zwischen dem urweltlichen Kraut des Queller, von großen Vögeln umflogen, die Arme ausgestreckt, das furchtbare Totenantlitz gegen den Himmel gekehrt. Schreiend, mit entsetzten Augen, hatte bei diesem Anblick der Knabe sich an den Vater angeklammert.

Immer wieder, ja selbst im Traum, wohin diese Vorstellungen ihn verfolgten, suchte der Greis seine Gedanken nach friedlicheren Orten hinzulenken; aber jedes Wegen der Luft führte ihn zurück auf jenes furchtbare Eiland.

Auch die Tage waren anders geworden; der alte Carsten Curator führte zwar noch diesen seinen Beinamen; aber er führte ihn fast nur noch wie ein pensionierter Beamter seinen Amtstitel und freilich ohne alle Pension. Die meisten seiner derartigen Geschäfte waren in jüngere Hände übergegangen; nur das kleine städtische Amt, das er derzeit wirklich erhalten hatte, wurde noch von ihm bekleidet, und auch der Wollwarenhandel ging in Brigittes alternder Hand seinen freilich immer schwächeren Gang.

Es war an einem Nachmittag zu Anfang des November. Der Wind kam steif aus Westen; der Arm, mit dem die Nordsee in Gestalt des schmalen Hafens in die Stadt hineinlangt, war von trübgrauem Wasser angefüllt, das kochend und schäumend schon die Hafentreppen überflutet hatte und die kleinen vor Anker liegenden Inselschiffe hin und wider warf. Hie und da begann man schon vor Haustüren und Kellerfenstern die hölzernen Schotten einzulassen, zwischen deren doppelte Wände dann der Dünger eingestampft wurde, der schon seit Wochen auf allen Vorstraßen lagerte.

Aus dem Hause an der Twiete trat, von Brigitte zur Tür geleitet, ein junger Schiffer, der sich mit einer wollenen Jacke für den Winter ausgerüstet hatte; aber der Sturm riß ihm das Papier von seinem Packen und den Hut vom Kopfe. »Oho, Jungfer Brigitte«, rief er, indem er seinem Hute nachlief, »der Wind ist umgesprungen; das gibt bös Wasser heut!«

»Herr du mein Jesus!« schrie die Alte; »sie dämmen überall schon vor! Christinchen, Christinchen!« – sie wandte sich zu einem Nachbarskinde, das sie in Abwesenheit der Eltern in ihrer Obhut hatte –, »die Schotten müssen aus dem Keller! Lauf in die Krämerstraße; der lange Christian, er muß sogleich herüberkommen!«

Das Kind lief; aber der Sturm faßte es und hätte es wie einen armen Vogel gegen die Häuser geworfen, wenn nicht zum Glück der lange Christian schon gekommen wäre und es mit zurückgebracht hätte.

Die Schotten wurden herbeigeholt und vor der Haustür bis zu halber Mannshöhe eingelassen. Als die Dämmerung herabfiel, war fast der ganze Hafenplatz schon überflutet; aus den dem Bollwerk nahe gelegenen Häusern brachte man mit Booten die Bewohner nach den höheren Stadtteilen. Die Schiffe drunten rissen an den Ankerketten, die Masten schlugen gegeneinander; große weiße Vögel wurden mitten zwischen sie hineingeschleudert oder klammerten sich schreiend an die schlotternden Taue.

Brigitte und das Kind hatten eine Zeitlang der Arbeit des langen Christian zugesehen; jetzt saßen sie im Dunkeln in der Stube hinter den fest angeschrobenen Fensterläden. Draußen das Klatschen des Wassers, das Pfeifen in den Schiffstauen, das Rufen und Schreien der Menschen; wie grimmig zerrte es an den Läden, als wollte es sie herunterreißen. »Hu«, sagte das Kind, »es kommt herein, es holt mich!«

»Kind, Kind«, rief die Alte, »was sprichst du da? Was soll hereinkommen?«

»Ich weiß nicht, Tante; das, was da außen ist!«

Brigitte nahm das Kind auf ihren Schoß.

»Das ist der liebe Gott, Christinchen; was der tut, das ist wohlgetan. – Aber komm, wir wollen oben nach meiner Kammer gehen!«

Währenddessen war Carsten hinten im Pesel beschäftigt; er packte die in dem einen Schranke lagernden alten Papiere und Rechnungsbücher aus und trug sie nach der Kammer des Seitenbaues hinauf; denn erst nach etwa einer Stunde war hohe Flut; das untere Haus war heute nicht sicher vor dem Wasser.

Eben trat er, eine brennende Unschlittkerze in der Hand, wieder in den Pesel; das im Zuge qualmende Licht, welches er in Ermangelung eines Tisches auf die Fensterbank niedersetzte, ließ den hohen Raum mit den mächtigen Schränken nur um so düsterer erscheinen; bei dem schräg von Westen einfallenden Sturme rasselten die in Blei gefaßten Scheiben, als sollten sie jeden Augenblick auf die Fliesen hineingeschleudert werden.

Der Greis schien es desungeachtet und trotz der Schreie und Rufe, die von der Straße zu ihm hereindrangen, nicht eben eilig mit seiner Arbeit zu haben. Sein Haus, das steinerne, würde schon stehenbleiben; ein andrer Untergang seines Hauses stand ihm vor der Seele, dem er nicht zu wehren wußte. Am Vormittage war Anna da gewesen und hatte, als letzte Rettung ihres Mannes, nun selbst die Auslieferung ihrer Wertpapiere von ihm verlangt; aber auch ihr, die zu dieser Forderung berechtigt war, hatte er sie abgeschlagen. »Verklage mich; dann können sie mir gerichtlich abgenommen werden!«

Er wiederholte sich jetzt die Worte, mit denen er sie entlassen hatte, und Annas gramentstelltes Antlitz stand vor ihm auf, eine stumme Anklage, der er nicht entgehen konnte.

Als er sich endlich wieder an dem Schranke niederbückte, hörte er draußen die Tür, welche von der Twiete in den Hof führte, gewaltsam aufreißen; bald darauf wurde auch die Hoftür des Pesels aufgeklinkt, und wie vom Sturm hereingeworfen, stand mitten in dem düsteren Raume eine Gestalt, in der Carsten allmählich seinen Sohn erkannte.

Aber Heinrich sprach nicht und machte auch keine Anstalt, die Tür, durch welche der Sturm hereinblies, wieder zu schließen. Erst nachdem sein Vater ihn aufgefordert hatte, tat er das; doch war ihm mehrmals die Klinke dabei aus der Hand geflogen.

»Du hast mir noch keinen guten Abend geboten, Heinrich«, sagte der Alte.

»Guten Abend, Vater.«

Carsten erschrak, als er den Ton dieser Stimme hörte; nur einmal, in einer Nacht nur hatte er ihn gehört. »Was willst du?« frug er. »Weshalb bist du nicht bei Frau und Kind? Das Wasser wird längst in eurem Garten sein.«

Was Heinrich hierauf erwiderte, war bei dem Tosen, das von allen Seiten um das Haus fuhr, kaum zu hören.

»Ich verstehe dich nicht! Was sagst du?« rief der Greis. – »Das Geld? Die Papiere deiner Frau? – Nein, die gebe ich nicht!«

»Aber – ich bin bankerott – schon morgen!« Die Worte waren gewaltsam hervorgestoßen, und Carsten hatte sie verstanden.

»Bankerott!« Wie betäube wiederholte er das eine Wort. Aber bald danach trat er dicht zu seinem Sohn, und die hagere Hand wie zu eigner Stütze gegen seine Brust pressend, sagte er fast ruhig: »Ich bin weit mit dir gegangen, Heinrich; Gott und dein armes Weib wollen mir das verzeihen! Ich gehe nun nicht weiter; was morgen kommt – wir büßen beide dann für eigne Schuld.«

»Vater! mein Vater!« stammelte Heinrich. Er schien die Worte, die zu ihm gesprochen wurden, nicht zu fassen.

In jähem Andrang streckte der Greis beide Arme nach dem Sohne aus; und wenn die in dem großen Raume herrschende Dämmerung es gestattet hätte, und wenn seine Augen klar genug gewesen wären, Heinrich hätte vor dem Ausdruck in seines Vaters Angesicht erschrecken müssen; aber die Schwäche, welche diesen für einen Augenblick überwältigt hatte, ging vorüber. »Dein Vater?« sagte er, und seine Worte klangen hart. »Ja, Heinrich! – Aber ich war doch etwas andres – die Leute nannten mich danach –, nur ein Stück noch habe ich davon behalten; sieh zu, ob du es aus meinen alten Händen reißen kannst! Denn – betteln gehen, das soll dein Weib doch nicht, weil ihr Kurator sie für seinen schlechten Sohn verraten hat!« Von draußen drang ein Geschrei herein, und aus entfernten Straßen scholl der dumpfe herkömmliche Notruf: »Water! Water!«

»Hörst du nicht?« rief der Alte; »die Schleuse ist gebrochen! Was stehst du noch? Ich habe keine Hilfe mehr für dich!«

Aber Heinrich antwortete nicht; er ging auch nicht; mit schlaff herabhängenden Armen blieb er stehen.

Da, wie in plötzlicher Anwandlung, griff Carsten nach der flackernden Unschlittkerze und hielt sie dicht vor seines Sohnes Angesicht.

Zwei stumpfe gläserne Augen starrten auf ihn hin.

Der Greis taumelte zurück. »Betrunken!« schrie er, »du bist betrunken!«

Er wandte sich ab; mit der einen Hand die qualmende Kerze vor sich haltend, die andre abwehrend hinter sich gestreckt, wankte er nach der Tür des Seitenbaues. Als er hindurchschritt, fühlte er sich an seinem Rocke gezerrt; aber er machte sich los, es wurde finster im Pesel, und von der andern Seite drehte sich der Schlüssel in der Tür.

Der Trunkene war plötzlich seiner Sinne mächtig geworden. Wie aus dem Nebel eines Traumes erwachend, fand er sich allein in dem ihm wohlbekannten dunklen Raume; er wußte mit einem Male jedes Wort, das zu ihm gesprochen war. Er tastete an der verschlossenen Tür, er rüttelte daran. »Vater! hör mich!« rief er, »hilf mir, mein Vater! nur noch dies eine, letztemal!« Und wieder rüttelte er, und noch einmal mit lauter Stimme rief er es. Aber, ob der Sturm es verwehte, oder ob seines Vaters Ohr für ihn verschlossen war, ihm wurde nicht geöffnet; nichts hörte er als das Toben in den Lüften und zwischen den Schluchten der Höfe und Häuser.

Eine Weile noch stand er, das Ohr gegen die Tür gedrückt; dann endlich ging er fort. Aber nicht durch den Hof nach der Twiete, wo die Tür vielleicht noch frei von Wasser war; er ging durch den Flur an die Schotten der offenen Haustür, an denen schon bis zur halben Höhe das Wasser hinaufklatschte. Der Mond war aufgestiegen; aber am Himmel flogen die Wolken; Licht und Dunkel jagten abwechselnd über die schäumenden Wasser. Vor ihm über der Schleuse, wo es ostwärts durch die Häuserlücke nach den Gärten und Wiesen geht, schien jetzt ein mächtiger

Strom hinabzuschießen; er glaubte den Todesschrei der Tiere zu hören, welche die erbarmungslosen Naturgewalten wie im Taumel dort vorüberrissen. Ihn schauderte – was wollte er hier? – Aber gleich darauf warf er den bleichen, noch immer jugendlich schönen Kopf zurück. »Oiho, Jens!« rief er plötzlich; er hatte seitwärts unter den Häusern ein mit zwei Leuten bemanntes Boot erblickt, das zu einem der früheren Austernschiffe gehörte. Ein trotziger Übermut sprühte aus seinen eben noch so stumpfen Augen. »Gib mir das Boot, Jens! Oder habt ihr selbst noch was damit?«

»Diesmal nicht!« scholl es zurück. »Aber wohin will der Herr?«

»Wohin? Ja, wohin? Dort, nur querüber nach der Krämerstraße!«

Das winzige Boot legte sich an die Schotten.

»Steigt ein, Herr; aber setzt uns hier nebenan beim Schlachter ab!«

Heinrich stieg ein, und die beiden andern wurden, wie sie es verlangten, ausgesetzt. Als sie aber dort hinter den Schotten in der Haustür standen, sahen sie bald, daß das Boot nicht, wie Heinrich angegeben, in den sicheren Paß der Straße lenkte. »Herr, zum Teufel«, schrie der eine, »wo wollt Ihr hin?«

Heinrich war noch im Schutze der Häuserreihe.

»Nach Haus!« rief er zurück. »Hintenum nach Haus!«

»Herr, seid Ihr toll! Das geht nicht! das Boot kentert, eh Ihr um die Schleuse seid!«

»Muß gehen!« kam es noch einmal halb verweht zurück; dann schoß das Boot in den wüsten Wasserschwall hinaus. Noch einen Augenblick sahen sie es wie einen Schatten von den Wellen auf und ab geworfen; als es über der Schleuse in die Häuserlücke gelangte, wurde es vom Strom gefaßt. Die Leute stießen einen Schrei aus; das Boot war jählings ihrem Blick verschwunden. –

»War mir doch«, sagte Brigitte oben in ihrer Kammer zu dem Kinde, »als hätte ich vorhin des Onkel Heinrichs Stimme gehört! Aber wie sollte der hierherkommen!« Dann ging sie hinaus und rief von der Treppe in den dunklen Flur hinab: »Heinrich, bist du da, Heinrich?« – Als keine Antwort kam, schüttelte sie den Kopf und horchte noch einmal; aber nur das Wasser klatschte gegen die Schotten.

Sie ging vollends in das Unterhaus hinab, entzündete mit Mühe ein Licht und stellte es nicht das Ladenfenster; dann, nachdem sie den Wasserstand besichtigt hatte, stieg sie wieder hinauf in ihre Kammer. »Sei ruhig, Christinchen, das Wasser kommt heute nicht ins Haus; aber der Onkel Heinrich ist auch nicht da gewesen.«

Wohl eine Viertelstunde war vergangen; draußen schien es ruhiger zu werden, die Leute saßen abwartend in ihren Häusern. Da setzte Brigitte plötzlich das Kind von ihrem Schoße. »Was war das? Hörtest du das, Christinchen?« Und wieder lief sie nach der Treppe. »Ist jemand unten?« rief sie in den Flur hinab.

Eine Männerstimme antwortete durch die offene Haustür. –

»Was wollt Ihr? Seid Ihr's denn, Nachbar?« fragte die Alte. »Wie seid Ihr an das Haus gekommen?«

»Ich hab' ein Boot, Brigitte, aber kommt einmal herab!«

So rasch sie vor dem Kinde konnte, das sich wieder an ihren Rock geklammert hatte, stieg sie die Treppe hinab. »Was ist denn, Nachbar? Gott schütze uns vor Unglück!«

»Ja, ja, Brigitte, Gott schütze uns! Aber hinter der Krämerstraße auf den Fennen ist ein Mensch in Not.«

»Allbarmherziger Gott, ein Mensch! Wollt Ihr das große Tau von unserm Boden?«

Der Mann schüttelte den Kopf. »Es ist zu weit, der Mensch sitzt auf dem hohen Scheuerpfahl, der nur noch eben über Wasser ist. Hört nur! Man kann ihn schreien hören! – Nein, nein, es war nur der Wind. Aber drüben von des Bäckers Hausboden können sie ihn sehen.«

»Bleibt noch!« sagte die Alte. »Ich will Carsten rufen; vielleicht weiß der noch Rat.«

Ein paar Worte noch wechselten sie; dann lief Brigitte nach dem Pesel. Aber es war dunkel, Carsten war nicht dort. Als sie sich mit dem Kinde nach der Ecke des Seitenbaues hingetastet hatte, fand sie die Tür verschlossen.

»Carsten, Carsten!« rief sie und schlug mit beiden Händen drauflos. Endlich kam es die Treppe herab, der Schlüssel drehte sich, und Carsten mit der heruntergebrannten Kerze in der Hand trat ihr totenbleich entgegen.

»Um Gottes willen, Bruder, wie siehst du aus! Warum verschließt du dich? Was hast du oben in der Totenkammer aufgestellt?«

Er sah sie ruhig, aber wie abwesend aus seinen großen Augen an.

»Was willst du, Schwester?« fragte er. »Ist denn das Wasser schon im Fallen?«

»Nein, Bruder; aber es hat ein Unglück gegeben!« Und sie berichtete mit fliegenden Worten, was der Nachbar ihr erzählt hatte.

Die steinerne Gestalt des Alten wurde plötzlich lebendig. »Ein Mensch? Ein Mann, Brigitte?« rief er und packte den Arm seiner alten Schwester.

»Freilich, freilich; ein Mann, Bruder!«

Das Kind, das Brigittens Rock nicht losgelassen hatte, streckte jetzt sein Köpfchen vor. »Ja, Carsten Ohm«, sagte es wichtig, »und der Mann ruft immer nach seinem Vater! Von Nachbar Bäcker seinem Boden können sie ihn schreien hören!«

Carsten ließ das Licht auf die Fliesen fallen und stürzte fort. Er war schon drunten vor den Schotten und wäre in das Wasser hinausgestiegen, wenn ihm der Nachbar nicht noch zur Not ins Boot geholfen hätte.

Einige Augenblicke später stand er drüben in der Krämerstraße auf dem dunklen Boden des Bäckers und ließ durch die offene Luke seine Blicke in den nächtlichen Graus hinausirren.

»Wo? wo?« fragte er zitternd.

»Guckt nur geradeaus! Der Pfahl auf Peter Hansens Fenne!« antwortete der dicke Bäcker, der, mit den Daumen in den Armlöchern seiner Weste, neben ihm stand. »'s ist nur zu dunkel jetzt; Ihr müßt warten, bis der Mond wieder vorkommt! Aber ich geh nach unten; ich bin zu weich; ich halt's nicht aus, das Schreien hier mit anzuhören.«

»Schreien? Ich höre nichts!«

»Nicht? Nun, helfen kann's dem drüben auch nicht weiter.«

Eine blendende Mondhelle brach durch die vorüberjagenden Wolken und beleuchtete das geisterbleiche Gesicht des Greises, der sein fliegendes Haar mit beiden Händen hielt, während die großen Augen angstvoll über die schäumende Wasserwüste schweiften.

Plötzlich zuckte er zusammen.

»Carsten, alle Teufel, Carsten!« rief der Bäcker, der trotz seines weichen Herzens noch zur Stelle war; denn in demselben Augenblick war Carsten lautlos in die Arme des dicken Mannes hingefallen.

»Ja, so«, setzte er hinzu, als er nun auch einen Blick durch die Luke tat; »der Pfahl ist, bei meiner armen Seele, leer! Aber was zum Henker ging denn das den Alten an!«

Es ist zwar nie ermittelt worden, wer der Mensch gewesen, dessen Notschrei derzeit von der Flut erstickt wurde; gewiß aber ist es, daß Heinrich weder in jener Nacht noch später wieder nach Hause gekommen oder überhaupt gesehen worden ist.

Im übrigen hat Herrn Jaspers' fröhliche Zuversicht sich mehr noch als bewährt; nicht nur das Haus in der Süderstraße, auch das an der Twiete ging bald durch seine Hände. Nur Tante Brigittens Sarg stand noch im kühlen Pesel und wurde von da zur ewigen Ruhe hinausgetragen. Carsten mußte ausziehen; während drinnen der Auktionshammer schallte, ging er, von Anna gestützt, aus seinem alten Hause, um es niemals wieder zu betreten. Oben in der Süderstraße, weit hinter Heinrichs früherem Gewese, dort, wo die letzten kleinen Häuser mit Stroh gedeckt sind, war jetzt ihre gemeinschaftliche Heimat. Ein Amt bekleidete Carsten nicht mehr, auch sonst betrieb er keine Geschäfte; denn in jener Nacht war er vom Schlage getroffen worden, und sein Kopf hatte gelitten; dagegen war er noch wohl geeignet, den kleinen Heinrich zu warten, welcher den halben Tag auf seines Großvaters Schoß zubrachte. Not litt der Alte nicht, obgleich Anna auch den letzten Bruchteil ihres Vermögens um des Gedächtnisses ihres Mannes willen hingegeben hatte; aber ihre Hände und ihr Mut waren nimmer müde. Sie war völlig verblüht, nur ihr schönes blondes Haar hatte sie noch behalten; aber eine geistige Schönheit leuchtete jetzt von ihrem Antlitz, die sie früher nicht besessen hatte; und wer sie damals in ihrer hohen Gestalt zwischen dem Kinde und dem zum Kind gewordenen Manne erblickt hat, dem mußten die Worte der Bibel ins Gedächtnis kommen: Stirbt auch der Leib, doch wird die Seele leben!

Für den Greis aber bildete es eine täglich wiederkehrende Lust, die Züge der Mutter in dem kleinen Antlitz seines Enkels aufzusuchen. »Dein Sohn, Anna; ganz dein Sohn!« pflegte er nach längerer Betrachtung auszurufen. »Er hat ein glückliches Gesicht!« Dann nickte Anna und sagte lächelnd: »Ja, Großvater; aber der Junge hat ganz Eure Augen.«

Und so geht es fort in den Geschlechtern: die Hoffnung wächst mit jedem Menschen auf; aber keiner denkt daran, daß er mit jedem Bissen seinem Kinde zugleich ein Stück des eignen Lebens hingibt, das von demselben bald nicht mehr zu lösen ist.

Heil dem, dessen Leben in seines Kindes Hand gesichert ist; aber auch dem noch, welchem von allem, was er einst besessen, nur eine barmherzige Hand geblieben ist, um seinem armen Haupte die letzten Kissen aufzuschütteln.

Hans und Heinz Kirch

Auf einer Uferhöhe der Ostsee liegt hart am Wasser hingelagert eine kleine Stadt, deren stumpfer Turm schon über ein Halbjahrtausend auf das Meer hinausschaut. Ein paar Kabellängen vom Lande streckt sich quervor ein schmales Eiland, das sie dort den »Warder« nennen, von wo aus im Frühling unablässiges Geschrei der Strand-und Wasservögel nach der Stadt herübertönt. Bei hellem Wetter tauchen auch wohl drüben auf der Insel, welche das jenseitige Ufer des Sundes bildet, rotbraune Dächer und die Spitze eines Turmes auf, und wenn die Abenddämmerung das Bild verlöscht hat, entzünden dort zwei Leuchttürme ihr Feuer und werfen über die dunkle See einen Schimmer nach dem diesseitigen Strand hinüber. Gleichwohl, wer als Fremder durch die auf-und absteigenden Straßen der Stadt wandert, wo hie und da roh gepflasterte Stufen über die Vorstraße zu den kleinen Häusern führen, wird sich des Eindrucks abgeschlossener Einsamkeit wohl kaum erwehren können, zumal wenn er von der Landseite über die langgestreckte Hügelkette hier herabgekommen ist. In einem Balkengestelle auf dem Markte hing noch vor kurzem, wie seit Jahrhunderten, die sogenannte Bürgerglocke; um zehn Uhr abends, sobald es vom Kirchturme geschlagen hatte, wurde auch dort geläutet, und wehe dem Gesinde oder auch dem Haussohn, der diesem Ruf nicht Folge leistete; denn gleich danach konnte man straßab und -auf sich alle Schlüssel in den Haustüren drehen hören.

Aber in der kleinen Stadt leben tüchtige Menschen, alte Bürgergeschlechter, unabhängig vom Gelde und dem Einfluß der umwohnenden großen Grundbesitzer; ein kleines Patriziat ist aus ihnen erwachsen, dessen stattlichere Wohnungen, mit breiten Beischlägen hinter mächtig schattenden Linden, mitunter die niedrigen Häuserreichen unterbrechen. Aber auch aus diesen Familien mußten bis vor dem letzten Jahrzehnt die Söhne den Weg gehen, auf welchem Eltern und Vorfahren zur Wohlhabenheit und bürgerlichen Geltung gelangt waren; nur wenige ergaben sich den Wissenschaften, und kaum war unter den derzeitig noch studierten Bürgermeistern jemals ein Eingeborener dagewesen; wenn aber bei den jährlichen Prüfungen in der Rektorschule der Propst den einen oder andern von den Knaben frug: »Mein Junge, was willst du werden?«, dann richtete der sich stolz von seiner Bank empor, der mit der Antwort »Schiffer« herauskommen durfte. Schiffsjunge, Kapitän auf einem Familien-, auf einem eignen Schiffe, dann mit etwa vierzig Jahren Reeder und bald Senator in der Vaterstadt, so lautete der Stufengang der bürgerlichen Ehren.

Auf dem Chor der von einem Landesherzog im dreizehnten Jahrhundert erbauten Kirche befand sich der geräumige Schifferstuhl, für den Abendgottesdienst mit stattlichen Metalleuchten an den Wänden prangend, durch das an der Decke schwebende Modell eines Barkschiffes in vollem Takelwerke kenntlich. Auf diesen Raum hatte jeder Bürger ein Recht, welcher das Steuermannsexamen gemacht hatte und ein eignes Schiff besaß; aber auch die schon in die Kaufmannschaft Übergetretenen, die ersten Reeder der Stadt, hielten, während unten in der Kirche ihre Frauen saßen, hier oben unter den andern Kapitänen ihren Gottesdienst; denn sie waren noch immer und vor allem meerbefahrene Leute, und das kleine schwebende Barkschiff war hier ihre Hausmarke.

Es ist begreiflich, daß auch manchen jungen Matrosen oder Steuermann aus dem kleinen Bürgerstande beim Eintritt in die Kirche statt der Andacht ein ehrgeiziges Verlangen anfiel, sich auch einmal den Platz dort oben zu erwerben, und daß er trotz der eindringlichen Predigt dann statt mit gottseligen Gedanken mit erregten weltlichen Entschlüssen in sein Quartier oder auf sein Schiff zurückkehrte.

Zu diesen strebsamen Leuten gehörte Hans Adam Kirch. Mit unermüdlichem Tun und Sparen hatte er sich vom Setzschiffer zum Schiffseigentümer hinaufgearbeitet; freilich war es nur eine kleine Jacht, zu der seine Mittel gereicht hatten, aber rastlos und in den Winter hinein, wenn schon alle andern Schiffer daheim hinter ihrem Ofen saßen, befuhr er mit seiner Jacht die Ostsee, und nicht nur Frachtgüter für andre, bald auch für eigne Rechnung brachte er die Erzeugnisse der Umgegend, Korn und Mehl, nach den größeren und kleineren Küstenplätzen; erst wenn bereits außen vor der Bucht das Wasser fest zu werden drohte, band auch er sein Schiff an den Pfahl und saß beim Sonntagsgottesdienste droben im Schifferstuhl unter den Honoratioren seiner Vaterstadt. Aber lang vor Frühlingsanfang war er wieder auf seinem Schiffe; an allen Ostseeplätzen kannte man den kleinen hageren Mann in der blauen schlotternden Schifferjacke, mit dem gekrümmten Rücken und dem vornüberhängenden dunkelhaarigen Kopfe; überall wurde er aufgehalten und angeredet, aber er gab nur kurze Antworten, er hatte keine Zeit; in einem Tritte, als ob er an der Fallreepstreppe hinauflaufe, sah man ihn eilfertig durch die Gassen wandern. Und diese Rastlosigkeit trug ihre Früchte; bald wurde zu dem aus der väterlichen Erbschaft übernommenen Hause ein Stück Wiesenland erworben, genügend für die Sommer-und Winterfütterung zweier Kühe; denn während das Schiff zu Wasser, sollten diese zu Lande die Wirtschaft vorwärtsbringen. Eine Frau hatte Kirch sich im stillen vor ein paar Jahren schon genommen; zu der Hökerei, welche diese bisher betrieben, kam nun noch eine Milchwirtschaft; auch ein paar Schweine konnten jetzt gemästet werden, um das Schiff auf seinen Handelsfahrten zu verproviantieren; und da die Frau, welche er im Widerspruch mit seinem sonstigen Tun aus einem armen Schulmeisterhause heimgeführt hatte, nur seinen Willen kannte und überdies aus Furcht vor dem bekannten Jähzorn ihres Mannes sich das Brot am Munde sparte, so pflegte dieser bei jeder Heimkehr auch zu Hause einen hübschen Haufen Kleingeld vorzufinden.

In dieser Ehe wurde nach ein paar Jahren ein Knabe geboren und mit derselben Sparsamkeit erzogen. »All wedder 'n Dreling umsünst utgeb'n!«, dies geflügelte Wort lief einmal durch die Stadt; Hans Adam hatte es seiner Frau zugeworfen, als sie ihrem Jungen am Werktag einen Sirupskuchen gekauft hatte. Trotz dieser dem Geize recht nahe verwandten Genauigkeit war und blieb der Kapitän ein zuverlässiger Geschäftsmann, der jeden ungeziemenden Vorteil von sich wies; nicht nur infolge einer angeborenen Rechtschaffenheit, sondern ebensosehr seines Ehrgeizes. Den Platz im Schifferstuhle hatte er sich errungen; jetzt schwebten höhere Würden, denen er nichts vergeben durfte, vor seinen Sinnen; denn auch die Sitze im Magistratskollegium, wenn sie auch meist den größeren Familien angehörten, waren mitunter von dem kleineren Bürgerstande aus besetzt worden. Jedenfalls seinem Heinz sollte der Weg dazu gebahnt werden; sagten die Leute doch, er sei sein Ebenbild: die fest auslugenden Augen, der Kopf voll schwarzbrauner Locken seien väterliche Erbschaft, nur statt des krummen Rückens habe er den schlanken Wuchs der Mutter.

Was Hans Kirch an Zärtlichkeit besaß, das gab er seinem Jungen; bei jeder Heimkehr lugte er schon vor dem Warder durch sein Glas, ob er am Hafenplatz ihn nicht gewahren könne; kamen dann nach der Landung Mutter und Kind auf Deck, so hob er zuerst den kleinen Heinz auf seinen Arm, bevor er seiner Frau die Hand zum Willkommen gab.

Als Heinz das sechste Jahr erreicht hatte, nahm ihn der Vater zum ersten Male mit sich auf die Fahrt, als »Spielvogel«, wie er sagte; die Mutter sah ihnen mit besorgten Augen nach; der Knabe aber freute sich über sein blankes Hütchen und lief jubelnd über das schmale Brett an Bord; er freute sich, schon jetzt ein Schiffer zu werden wie sein Vater, und nahm sich im stillen vor, recht tüchtig mitzuhelfen. Frühmorgens waren sie ausgelaufen; nun beschien sie die Mittagssonne auf der blauen Ostsee, über die ein lauer Sommerwind das Schiff nur langsam vorwärts trieb. Nach dem Essen, bevor der Kapitän zur Mittagsruhe in die Kajüte ging, wurde Heinz dem Schiffsjungen anvertraut, der mit dem Spleißen zerrissener Taue auf dem Deck beschäftigt war; auch der Knabe erhielt ein paar Tauenden, die er eifrig ineinander zu verflechten strebte.

Nach einer Stunde etwa stieg Hans Kirch wieder aus seiner Kajüte und rief, noch halb im Taumel: »Heinz! Komm her, Heinz, wir wollen Kaffee trinken!« Aber weder der Knabe selbst noch eine Antwort kam auf diesen Ruf; statt dessen klang drüben vom Bugspriet her der Gesang einer Kinderstimme. Hans Kirch wurde blaß wie der Tod; denn dort, fast auf der äußersten Spitze, hatte er seinen Heinz erblickt. Auf der Luvseite, behaglich an das matt geschwellte Segel lehnend, saß der Knabe, als ob er hier von seiner Arbeit ruhe. Als er seinen Vater gewahrte, nickte er ihm freundlich zu; dann sang er unbekümmert weiter, während am Bug das Wasser rauschte; seine großen Kinderaugen leuchteten, sein schwarzbraunes Haar wehte in der sanften Brise.

Hans Kirch aber stand unbeweglich, gelähmt von der Angst; nur er wußte, wie leicht bei der schwachen Luftströmung das Segel flattern und vor seinen Augen das Kind in die Tiefe schleudern konnte. Er wollte rufen; aber noch zwischen den Zähnen erstickte er den Ruf; Kinder, wie Nachtwandler, muß man ja gewähren lassen; dann wieder wollte er das Boot aussetzen und nach dem Bug des Schiffes rudern; aber auch das verwarf er. Da kam von dem Knaben selbst die Entscheidung; das Singen hatte er satt, werden wollte jetzt zu seinem Vater und dem seine Taue zeigen. Behutsam, entlang dem unteren Rande des Segels, das nach wie vor sich ihm zur Seite blähte, nahm er seinen Rückweg; eine Möwe schrie hoch oben in der Luft, er sah empor und kletterte dann ruhig weiter. Mit stockendem Atem stand Hans Kirch noch immer neben der Kajüte; seine Augen folgten jeder Bewegung seines Kindes, als ob er es mit seinen Blicken halten müsse. Da plötzlich, bei einer kaum merklichen Wendung des Schiffes, fuhr er mit dem Kopf herum: »Backbord!« schrie er nach der Steuerseite; »Backbord!«, als ob es ihm die Brust sprengen sollte. Und der Mann am Steuer folgte mit leisem Druck der Hand, und die eingesunkene Leinewand des Segels füllte sich aufs neue.

Im selben Augenblicke war der Knabe fröhlich aufs Verdeck gesprungen; nun lief er mit ausgebreiteten Armen auf den Vater zu. Die Zähne des gefahrgewohnten Mannes schlugen noch aneinander: »Heinz, Heinz, das tust du mir nicht wieder!« Krampfhaft preßte er den Knaben an sich; aber schon begann die überstandene Angst dem Zorne gegen ihren Urheber Platz zu machen. »Das tust du mir nicht wieder!« Noch einmal sagte er es; aber ein dumpfes Grollen klang jetzt in seiner Stimme; seine Hand hob sich, als wolle er sie auf den Knaben fallen lassen, der erstaunt und furchtsam zu ihm aufblickte.

Es sollte für diesmal nicht dahin kommen; der Zorn des Kapitäns sprang auf den Schiffsjungen über, der eben in seiner lässigen Weise an ihnen vorüberschieben wollte; aber mit entsetzten Augen mußte der kleine Heinz es ansehen, wie sein Freund Jürgen, er wußte nicht weshalb, von seinem Vater auf das grausamste gezüchtigt wurde.

– – Als im nächsten Frühjahr Hans Kirch seinen Heinz wieder einmal mit aufs Schiff nehmen wollte, hatte dieser sich versteckt und mußte, als er endlich aufgefunden wurde, mit Gewalt an Bord gebracht werden; auch saß er diesmal nicht mehr singend unterm Klüversegel; er fürchtete seinen Vater und trotzte ihm doch zugleich. Die Zärtlichkeit des letzteren kam gleicherweise immer seltener zutage, je mehr der eigne Wille in dem Knaben wuchs; glaubte er doch selber nur den Erben seiner aufstrebenden Pläne in dem Sohn zu lieben.

Als Heinz das zwölfte Jahr erreicht hatte, wurde ihm noch eine Schwester geboren, was der Vater als ein Ereignis aufnahm, das eben nicht zu ändern sei. Heinz war zu einem wilden Jungen aufgeschossen; aber in der Rektorschule hatte er nur noch wenige über sich. »Der hat Gaben!« meinte der junge Lehrer, »der könnte hier einmal die Kanzel zieren.« Aber Hans Kirch lachte: »Larifari, Herr Rektor! Ums Geld ist es nicht; aber man sieht doch gleich, daß Sie hier nicht zu Hause sind.«

Gleichwohl ging er noch an demselben Tage zu seinem Nachbarn, dem Pastoren, dessen Garten sich vor dem Hause bis zur Straße hinab erstreckte. Der Pastor empfing den Eintretenden etwas stramm: »Herr Kirch«, sagte er, bevor noch dieser das Wort zu nehmen vermochte, »Ihr Junge, der Heinz, hat mir schon wieder einmal die Scheiben in meinem Stallgiebel eingeworfen!«

»Hat er das«, erwiderte Hans Kirch, »so muß ich sie einsetzen lassen, und Heinz bekommt den Stock; denn das Spielwerk ist zu teuer.«

Dann, während der andre zustimmend nickte, begann er mit dem, was ihn hergeführt, herauszurücken: der Pastor sollte seinen Heinz in die Privatstunden aufnehmen, welche er zur Aufbesserung seines etwas schmalen Ehrensoldes einigen Kostgängern und Söhnen der Honoratioren zu erteilen pflegte. Als dieser sich nach einigen Fragen bereit erklärte, machte Hans Kirch noch einen Versuch, das Stundengeld herabzudrücken; da aber der Pastor nicht darauf zu hören schien, so wiederholte er ihr nicht; denn Heinz sollte mehr lernen, als jetzt noch in der Rektorschule für ihn zu holen war.

Am Abend dieses Tages erhielt Heinz die angelobte Strafe, und am Nachmittage des folgenden, als zwischen den andern Schülern oben in des Pastors Studierzimmer saß, von Wohlehrwürden noch einen scharf gesalzenen Text dazu. Kaum aber war nach glücklich verflossener Stunde die unruhige Schar die Treppe hinab und in den Garten hinausgestürmt, als der erlöste Mann von dorten unter seinem Fenster ein lautes Wehgeheul vernahm. »Ich will dich klickern lehren!« rief eine wütende Knabenstimme, und wiederum erscholl das klägliche Geheul. Als aber der Pastor sein Fenster öffnete, sah er unten nur seinen fahlblonden Kostgänger, der ihm am Morgen Heinzens Missetat verraten hatte, jetzt in eifriger Beschäftigung, mit seinem Schnupftuch sich das Blut von Mund und Nase abzutrocknen. Daß er selbst an jenem Spielwerk mitgeholfen hatte, fand er freilich sich nicht veranlaßt zu verraten; aber ebensowenig verriet er jetzt, wer ihm den blutigen Denkzettel auf den Weg gegeben hatte.

Der Pastor war des Segens eines Sohnes nicht teilhaftig geworden; nur zwei Töchter besaß er, einige Jahre jünger als Heinz und von nicht üblem Aussehen; aber Heinz kümmerte sich nicht um sie, und man hätte glauben können, daß auch er der Bubenregel folge, ein tüchtiger Junge dürfe sich nicht mit Dirnen abgeben, wenn in dem Hause dem Pastorgarten gegenüber nicht die kleine Wieb gewesen wäre. Ihre Mutter war die Frau eines Matrosen, eine Wäscherin, die ihr Kind sauberer hielt als, leider, ihren Ruf. »Deine Mutter ist auch eine Amphibie!« hatte einmal ein großer Junge dem Mädchen ins Gesicht geschrien, als eben in der Schule die Lehre von diesen Kreaturen vorgetragen war. – »Pfui doch, warum?« hatte entrüstet die kleine Wiebe gefragt. – »Warum? Weil sie einen Mann zu Wasser und einen zu Lande hat!« – Der Vergleich hinkte; aber der Junge hatte doch seiner bösen Lust genuggetan.

Gleichwohl hielten die Pastorstöchter eine Art von Spielkameradschaft mit dem Matrosenkinde; freilich meist nur für die Werkeltage, und wenn die Töchter des Bürgermeisters nicht bei ihnen waren; wenn sie ihre weißen Kleider mit den blauen Schärpen trugen, spielten sie lieber nicht mit der kleinen Wiebe. Trafen sie diese dann etwa still und schüchtern vor der Gartenpforte stehen, oder hatte gar die jüngste gutmütige Bürgermeisterstochter sie hereingeholt, dann sprachen sie wohl zu ihr sehr freundlich, aber auch sehr eilig. »Nicht wahr, kleine Wiebe, du kommst doch morgen zu uns in den Garten?« Im Nachsommer steckten sie ihr auch wohl einen Apfel in die Tasche und sagten: »Wart, wir wollen dir noch einen mehr suchen!« Und die kleine Wiebe schlich dann mit ihren Äpfeln ganz begossen aus dem Garten auf die Gasse. Wenn aber Heinz darüber zukam, dann riß er sie ihr wohl wieder fort und warf sie zornig in den Garten zurück, mitten zwischen die geputzten Kinder, daß sie schreiend ins Haus stoben; und wenn dann Wieb über die Äpfel weinte, wischte er mit seinem Schnupftuch ihre Tränen ab: »Sei ruhig, Wieb; für jeden Apfel hol ich dir morgen eine ganze Tasche voll aus ihrem Garten!« – Und sie wußte wohl, er pflegte Wort zu halten.

Wieb hatte ein Madonnengesichtlein, wie der kunstliebende Schulrektor einmal gesagt hatte, ein Gesichtlein, das man nicht gut leiden sehen konnte; aber die kleine Madonna aß gleichwohl gern des Pastors rote Äpfel, und Heinz stieg bei erster Gelegenheit in die Bäume und stahl sie ihr. Dann zitterte die kleine Wieb; nicht weil sie den Äpfeldiebstahl für eine Sünde hielt, sondern weil die größeren Kostgänger des Pastors ihren Freund dabei mitunter überfielen und ihm den Kopf zu bluten schlugen. Wenn aber nach wohlbestandenem Abenteuer Heinz ihr hinten nach der Allee gewinkt hatte, wenn er vor ihr auf dem Boden kniete und seinen Raub in ihre Täschchen pfropfte, dann lächelte sie ihn ganz glückselig an, und der kräftige Knabe hob seinen Schützling mit beiden Armen in die Luft: »Wieb, Wiebchen, kleines Wiebchen!« rief er jubelnd; und er schwenkte sich mit ihr im Kreise, bis die roten Äpfel aus den Taschen flogen.

Mitunter auch, bei solchem Anlaß, nahm er die kleine Madonna bei der Hand und ging mit ihr hinunter an den Hafen. War auf den Schiffen alles unter Deck, dann löste er wohl ein Boot, ließ seinen Schützling sacht hineintreten und ruderte mit ihr um den Warder herum, weit in den Sund hinein; wurde der Raub des Bootes hinterher bemerkt, und drangen nun von dem Schiffe zornige Scheltlaute über das Wasser zu ihnen hinüber, dann begann er hell zu singen, damit die kleine Wieb nur nicht erschrecken möge; hatte sie es aber doch gehört, so ruderte er nur um so lustiger und rief: »Wir wollen weit von all den schlechten Menschen fort!« –Eines Nachmittags, da Hans Kirch mit seinem Schiff auswärts war, wagten sie es sogar, drüben bei der Insel anzulegen, wo Wieb in dem großen Dorfe eine Verwandte wohnen hatte, die sie »Möddersch« nannte. Es war dort eben der große Michaelis-Jahrmarkt, und nachdem sie bei Möddersch eine Tasse Kaffee bekommen hatten, liefen sie zwischen die Buden und in den Menschendrang hinein, wo Heinz für sie beide mit tüchtigen Ellbogenstößen Raum zu schaffen wußte. Sie waren schon im Karussell gefahren, hatten Kuchenherzen gegessen und bei mancher Drehorgel stillgestanden, als Wiebs blaue Augen an einem silbernen Ringlein haftenblieben, das zwischen Ketten und Löffeln in einer Goldschmiedsbude auslag. Hoffnungslos drehte sie ihr nur aus drei Kupfersechslingen bestehendes Vermögen zwischen den Fingern; aber Heinz, der gestern alle seine Kaninchen verkauft hatte, besaß nach der heutigen Verschwendung noch acht Schillinge, und dafür und für die drei Sechslinge wurde glücklich der Ring erhandelt. Nun freilich waren beider Taschen leer; zum Karussell für Wieb spendierte Möddersch noch einmal einen Schilling – denn so viel kostete es, da Wieb nicht wie vorhin in einem Stuhle fahren, sondern auf dem großen Löwen reiten wollte; dann, als eben alle Lampen zwischen den schmelz-und goldgestickten Draperien angezündet wurden, waren für sie die Freuden aus, und auch die alte Frau trieb jetzt zur Rückfahrt. Manchmal, während Heinz mit kräftigen Schlägen seine Ruder brauchte, blickten sie noch zurück, und das Herz wurde ihnen groß, wenn sie im zunehmenden Abenddunkel den Lichtschein von den vielen Karussellampen über der Stelle des unsichtbaren Dorfes schweben sahen; aber Wieb hatte ihren silbernen Ring, den sie nun nicht mehr von ihrem Finger ließ.

Inzwischen hatte Kapitän Kirch seine Jacht verkauft. Mit einem stattlichen Schoner, der auf der heimischen Werft gebaut worden war, brachte er für fremde und mehr und mehr für eigene Rechnung Korn nach England und nahm als Rückfracht Kohlen wieder mit. So war zu dem Korn-nun auch ein Kohlenhandel gekommen, und auch diesen mußte, gleich der Milchwirtschaft, die Frau besorgen. Um seinen Heinz, wenn er bei seiner Heimkehr auf die kurze Frage »Hat der Junge sich geschickt?« von der Mutter eine bejahende Antwort erhalten hatte, schien er sich im übrigen nicht groß zu kümmern; nur beim Quartalschlusse pflegte er den Rektor und den Pastor zu besuchen, um zu erfahren, wie der Junge lerne. Dann hieß es allemal, das Lernen sei ihm nur ein Spiel, es bleibe dabei nur zuviel unnütze Zeit ihm übrig; denn wild sei er wie ein Teufel, kein Junge ihm zu groß und keine Spitze ihm zu hoch.

Auf Hans Adams Antlitz hatte sich, nach Aussage des Schulrektors, mehrmals bei solcher Auskunft ein recht ungeeignetes und fast befriedigtes Lächeln gezeigt, während er mit einem kurz hervorgestoßenen »Na, na!« zum Abschiede ihm die Hand gedrückt habe.

Wie recht übrigens auch Heinzens Lehrer haben mochten, so blieb doch das Schutzverhältnis zu der kleinen Wieb dasselbe, und davon wußte mancher frevle Junge nachzusagen. Auch sah man ihn wohl an Sonntagen mit seiner Mutter nach einem dürftigen, unweit der Stadt belegenen Wäldchen wandern und bei der Rückkehr nebst dem leeren Proviantkorbe sein Schwesterchen auf dem Rücken tragen. Mitunter war auch die allmählich aufwachsende Wieb bei dieser Sonntagswanderung. Die stille Frau Kirch hatte Gefallen an dem feinen Mädchen und pflegte zu sagen: »Laß sie nur mitgehen, Heinz; so ist sie doch nicht bei der schlechten Mutter.«

Nach seiner Konfirmation mußte Heinz ein paar Fahrten auf seines Vaters Schiffe machen, nicht mehr als »Spielvogel«, sondern als streng gehaltener Schiffsjunge; aber er fügte sich, und nach der ersten Rückkehr klopfte Kapitän Kirch ihm auf die Schulter, während er seiner Frau durch ein kurzes Nicken ihren Anteil an seiner Befriedigung zukommen ließ. Die zweite Reise geschah mit einem Setzschiffer; denn der wachsende Handel daheim verlangte die persönliche Gegenwart des Geschäftsherrn. Dann, nach zwei weiteren Fahrten auf größeren Schiffen, war Heinz als Matrose in das elterliche Haus zurückgekehrt. Er war jetzt siebzehn Jahre; die blaue schirmlose Schiffermütze mit dem bunten Rande und den flatternden Bändern ließ ihm so gut zu seinem frischen braunen Antlitz, daß selbst die Pastorstöchter durch den Zaun lugten, wenn sie ihn nebenan im elterlichen Garten mit seiner Schwester spielen hörten. Auch Kapitän Kirch selber konnte es sonntags beim Gottesdienste nicht unterlassen, von seinem Schifferstuhle nach unten in die Kirche hinabzuschielen, wo sein schmucker Junge bei der Mutter saß. Unterweilen schweiften auch wohl seine Blicke nach dem Epitaphe, wo zwischen mannigfachen Siegestrophäen sich die Marmorbüste eines stattlichen Mannes in gewaltiger Allongeperücke zeigte; gleich seinem Heinz nur eines Bürgers Sohn, der gleichwohl als Kommandeur von dreien Seiner Majestät Schiffen hier in die Vaterstadt zurückgekommen war. Aber nein, so hohe Pläne hatte Hans Kirch doch nicht mit seinem Jungen, vorläufig galt es eine Reise mit dem Hamburger Schiffe »Hammonia« in die chinesischen Gewässer, von der die Rückkehr nicht vor einem Jahr erfolgen würde; und heute war der letzte Tag im elterlichen Hause.

Die Mutter hatte diesmal nicht ohne Tränen ihres Sohnes Kiste gepackt, und nach der Rückkehr aus der Kirche legte sie noch ihr eigenes Gesangbuch obenauf. Der Vater hatte auch in den letzten Tagen außer dem Notwendigen nicht viel mit seinem Sohn gesprochen; nur an diesem Abend, als er auf dem dunkeln Hausflur ihm begegnete, griff er nach seiner Hand und schüttelte sie heftig: »Ich sitze hier nicht still, Heinz; für dich, nur für dich! Und komm auch glücklich wieder!« Heftig hatte er es hervorgestoßen; dann ließ er die Hand seines Sohnes fahren und trabte eilig nach dem Hof hinaus.

Überrascht blickte ihm Heinz eine Weile nach; aber seine Gedanken waren anderswo. Er hatte Wieb am Tage vorher wiedergesehen; doch nur zu ein paar flüchtigen Worten war Gelegenheit gewesen; nun wollte er noch Abschied von ihr nehmen, sie wie sonst noch einmal um den Warder fahren.

Es war ein kühler Maiabend; der Mond stand über dem Wasser, als er an den Hafen hinabkam; aber Wieb war noch nicht da. Freilich hatte sie ihm gesagt, daß sie abends bei einer alten Dame einige leichte Dienste zu versehen habe; desungeachtet, während er an dem einsamen Bollwerk auf und ab ging, konnte er seine Ungeduld kaum niederzwingen; er schalt sich selbst und wußte nicht, weshalb das Klopfen seines Blutes ihm fast den Atem raubte. Endlich sah er sie aus der höher belegenen Straße herabkommen. Bei dem Mondlicht, das ihr voll entgegenfiel, erschien sie ihm so groß und schlank, daß er erst fast verzagte, ob sie es wirklich sei. Gleichwohl hatte sie den Oberkörper in ein großes Tuch vermummt; einer Kopfbedeckung bedurfte sie nicht, denn das blonde Haar lag voll wie ein Häubchen über ihrem zarten Antlitz. »Guten Abend, Heinz!« sagte sie leise, als sie jetzt zu ihm trat; und schüchtern, fast wie ein Fremder, berührte er ihre Hand, die sie ihm entgegenstreckte. Schweigend führte er sie zu einem Boot, das neben einer großen Kuff im Wasser lag. »Komm nur!« sagte er, als er hineingetreten war und der auf der Hafentreppe Zögernden die Arme entgegenstreckte; »ich habe Erlaubnis, wir werden diesmal nicht gescholten.«

Als er sie in seinen Armen aufgefangen hatte, löste er die Taue, und das Boot glitt aus dem Schatten des großen Schiffes auf die weite, mondglitzernde Wasserfläche hinaus.

Sie saß ihm auf der Bank am Hinterspiegel gegenüber; aber sie fuhren schon um die Spitze des Warders, wo einige Möwen gackernd aus dem Schlafe auffuhren, und noch immer war kein weiteres Wort zwischen ihnen laut geworden. So vieles hatte Heinz der kleinen Wieb in dieser letzten Stunde sagen wollen, und nun war der Mund ihm wie verschlossen. Und auch das Mädchen, je weiter sie hinauffuhren, je mehr zugleich die kurze Abendzeit verrann, desto stiller und beklommener saß sie da; zwar seine Augen verschlangen fast die kindliche Gestalt, mit der er jetzt so einsam zwischen Meer und Himmel schwebte; die ihren aber waren in die Nacht hinausgewandt. Dann stieg's wohl plötzlich in ihm auf, und das Boot schütterte unter seinen Ruderschlägen, daß sie jäh das Köpfchen wandte und das blaue Leuchten ihrer Augen in die seinen traf. Aber auch das flog rasch vorüber, und es war etwas wie Zorn, das über ihn kam, er wußte nicht, ob gegen sich selber oder gegen sie, daß sie so fremd ihm gegenübersaß, daß alle Worte, die ihm durch den Kopf fuhren, zu ihr nicht passen wollten. Mit Gewalt rief er es sich zurück: hatte er doch draußen schon mehr als einmal die trotzigste Dirne im Arm geschwenkt, auch wohl ein übermütiges Wort ihr zugeraunt; aber freilich, der jungfräulichen Gestalt ihm gegenüber verschlug auch dieses Mittel nicht.

»Wieb«, sagte er endlich, und es klang fast bittend, »kleine Wieb, das ist nun heut für lange Zeit das letztemal.«

»Ja, Heinz«, und sie nickte und sah zu Boden; »ich weiß es wohl.« Es war, als ob sie noch etwas andres sagen wollte, aber sie sagte es nicht. Das schwere Tuch war ihr von der Schulter geglitten; als sie es wieder aufgerafft hatte und nun mit ihrer Hand über der Brust zusammenhielt, vermißte er den kleinen Ring an ihrem Finger, den er einst auf dem Jahrmarkte ihr hatte einhandeln helfen. »Dein Ring, Wieb!« rief er unwillkürlich. »Wo hast du deinen Ring gelassen?«

Einen Augenblick noch saß sie unbeweglich; dann richtete sie sich auf und trat über die nächste Bank zu ihm hinüber. Sie mußte in dem schwankenden Boot die eine Hand auf seine Schulter legen, mit der andern langte sie in den Schlitz ihres Kleides und zog eine Schnur hervor, woran der Ring befestigt war. Mit stockendem Atem nahm sie ihrem Freunde die Mütze von den braunen Locken und hing die Schnur ihm um den Hals. »Heinz, o bitte, Heinz!« Der volle blaue Strahl aus ihren Augen ruhte in den seinen; dann stürzten ihre Tränen auf sein Angesicht, und die beiden jungen Menschen fielen sich um den Hals, und da hat der wilde Heinz die kleine Wieb fast totgeküßt.

– – Es mußte schon spät sein, als sie ihr Boot nach dem großen Schiff zurückbrachten; sie hatten keine Stunde schlagen hören; aber alle Lichter in der Stadt schienen ausgelöscht.

Als Heinz an das elterliche Haus kam, fand er die Tür verschlossen; auf sein Klopfen antwortete die Mutter vom Flure aus; aber der Vater war schon zur Ruhe gegangen und hatte den Schlüssel mitgenommen; endlich hörte Heinz auch dessen Schritte, wie sie langsam von droben aus der Kammer die Treppe hinabkamen. Dann wurde schweigend die Tür geöffnet und, nachdem Heinz hineingelassen war, ebenso wieder zugeschlossen; erst als er seinen »Guten Abend« vorbrachte, sah Hans Kirch ihn an: »Hast du die Bürgerglocke nicht gehört? Wo hast du dich umhergetrieben?«

Der Sohn sah den Jähzorn in seines Vaters Augen aufsteigen; er wurde blaß bis unter seine dunkeln Locken, aber er sagte ruhig: »Nicht umhergetrieben, Vater«; und seine Hand faßte unwillkürlich nach dem kleinen Ringe, den er unter seiner offenen Weste barg.

Aber Hans Kirch hatte zu lange auf seinen Sohn gewartet. »Hüte dich!« schrie er und zuckte mit dem schweren Schlüssel gegen seines Sohnes Haupt. »Klopf nicht noch einmal so an deines Vaters Tür! Sie könnte dir verschlossen bleiben.«

Heinz hatte sich hoch aufgerichtet; das Blut war ihm ins Gesicht geschossen; aber die Mutter hatte die Arme um seinen Hals gelegt, und die heftige Antwort unterblieb, die schon auf seinen Lippen saß. »Gute Nacht, Vater!« sagte er, und schweigend die Hand der Mutter drückend, wandte er sich ab und ging die Treppe hinauf in seine Kammer.

Am andern Tage war er fort. Die Mutter ging still umher in dem ihr plötzlich öd gewordenen Hause; die kleine Wieb trug schwer an ihrem jungen Herzen; nachdenklich und fast zärtlich betrachtete sie auf ihrem Arm die roten Striemen, durch welche die Mutter für die Störung ihrer Nachtruhe sich an ihr erholt hatte; waren sie ihr doch fast wie ein Andenken an Heinz, das sie immer hätte behalten mögen; nur Hans Kirchs Dichten und Trachten strebte schon wieder rüstig in die Zukunft.

Nach sechs Wochen war ein Brief von Heinz gekommen; er brachte gute Nachricht; wegen kecken Zugreifens im rechten Augenblick hatte der Kapitän freiwillig seine Heuer erhöht. Die Mutter trat herein, als ihr Mann den Brief soeben in die Tasche steckte. »ich darf doch auch mitlesen?« frug sie scheu. »du hast doch gute Nachricht?«

»Ja, ja«, sagte Hans Kirch; »nun, nichts Besondres, als daß er dich und seine Schwester grüßen läßt.«

Am Tage darauf aber begann er allerlei Gänge in der Stadt zu machen; in die großen Häuser mit breiten Beischlägen und unter dunklem Lindenschatten sah man ihn der Reihe nach hineingehen. Wer konnte wissen, wie bald der Junge sein Steuermannsexamen hinter sich haben würde; da galt es auch für ihn, noch eine Stufe höher aufzurücken. Im Deputiertenkollegium hatte er bereits einige Jahre gesessen; jetzt war ein Ratsherrenstuhl erledigt, der von den übrigen Mitgliedern des Rates zu besetzen war.

Aber Hans Adams Hoffnungen wurden getäuscht; auf dem erledigten Stuhl saß nach einigen Tagen sein bisheriger Kollege, ein dicker Bäckermeister, mit dem er freilich weder an Reichtum noch an Leibesgewicht sich messen durfte. Verdrießlich war er eben aus einer Deputiertensitzung gekommen, wo nun der Platz des Bäckers leer geworden war, und stand noch, an einem Tabakendchen seinen Groll zerkauend, unter dem Schwanz des Riesenfisches, den sie Anno Siebenzig hier gefangen und zum Gedächtnis neben der Rathaustür aufgehangen hatten, als ein ältliches, aber wehrhaftes Frauenzimmer über den Markt und gerade auf ihn zukam; ein mit zwei großen Schinken beladener Junge folgte ihr.

»Das ging den verkehrten Weg, Hans Adam!« rief sie ihm schon von weitem zu.

Hans Adam hob den Kopf. »Du brauchst das nicht über die Straße hinzuschreien, Jule; ich weiß das ohne dich.«

Es war seine ältere Schwester, die nach ihres Mannes Tode mit der Kirchschen Rührigkeit eine Speckhökerei betrieb. »Warum sollte ich nicht schreien?« rief sie wiederum, mir kann's recht sein, wenn sie es alle hören! Du bist ein Geizhals, Hans Adam; aber du hast einen scharfen Kopf, und den können die regierenden Herren nicht gebrauchen, wenn er nicht zufällig auf ihren eignen Schultern sitzt; da paßt ihnen so eine blonde Semmel besser, wenn sie denn doch einmal an uns Mittelbürgern nicht vorbei können.«

»Du erzählst mir ganz was Neues!« sagte der Bruder ärgerlich.

»Ja, ja, Hans Adam, du bist auch mir zu klug, sonst säßest du nicht so halb umsonst in unserm elterlichen Hause!«

Die brave Frau konnte es noch immer nicht verwinden, daß von einem Kauflustigen ihrem Bruder einst ein höherer Preis geboten war, als wofür er das Haus in der Nachlaßteilung übernommen hatte. Aber Hans Kirch war diesen Vorwurf schon gewohnt, er achtete nicht mehr darauf, zum mindesten schien es für ihn in diesem Augenblicke nur ein Spornstich, um sich von dem erhaltenen Schlage plötzlich wieder aufzurichten. Äußerlich zwar ließ er den Kopf hängen, als sähe er etwas vor sich auf dem Straßenpflaster; seine Gedanken aber waren schon rastlos tätig, eine neue Bahn nach seinem Ziele hinzuschaufeln: das war ihm klar, es mußte noch mehr erworben und – noch mehr erspart werden; dem Druck des Silbers mußte bei wiederkehrender Gelegenheit auch diese Pforte noch sich öffnen; und sollte es für ihn selbst nicht mehr gelingen, für seinen Heinz, bei dessen besserer Schulbildung und stattlicherem Wesen würde es damit schon durchzubringen sein, sobald er seine Seemannsjahre nach Gebrauch als Kapitän beschlossen hätte.

Mit einer raschen Bewegung hob Hans Adam seinen Kopf empor. »Weißt du, Jule« – er tat wie beiläufig diese Frage –, »ob dein Nachbar Schmüser seinen großen Speicher noch verkaufen will?«

Frau Jule, die mit ihrer letzten Äußerung ihn zu einer ganz andern Antwort hatte reizen wollen und so lange schon darauf gewartet hatte, meinte ärgerlich, da tue er am besten selbst darum zu fragen.

»Ja, ja; da hast du recht.« Er nickte kurz und hatte schon ein paar Schritte der Straße zu getan, in der Fritz Schmüser wohnte, als die Schwester, unachtend des Jungen, der seitwärts unter seinen Schinken stöhnte, ihn noch einmal festzuhalten suchte; so wohlfeil sollte er denn doch nicht davonkommen. »Hand Adam!« rief sie; »wart noch einen Augenblick! Dein Heinz...«

Hans Adam stand bei diesem Namen plötzlich still. »Was willst du, Jule?« frug er hastig. »Was soll das mit meinem Heinz?«

»Nicht viel, Hans Adam; aber du weißt wohl nicht, was dein gewitzter Junge noch am letzten Abend hier getrieben hat?«

»Nun?« stieß er hervor, als sie eine Pause machte, um erst die Wirkung dieses Eingangs abzuwarten; »sag's nur gleich auf einmal, Jule; ein Loblied sitzt doch nicht dahinter!«

»Ja nachdem, Hans Adam, je nachdem! Bei der alten Tante war zum Adesagen freilich nicht viel Zeit; aber warum sollte er die schmucke Wiebe, die kleine Matrosendirne, nicht von neun bis elf spazierenfahren? Es möchte wohl ein kalt Vergnügen gewesen sein da draußen auf dem Sund; aber wir Alten wissen ja wohl noch, die Jugend hat allezeit ihr eigen Feuer bei sich.«

Hans Adam zitterte, seine Oberlippe zog sich auf und legte seine vollen Zähne bloß. »Schwatz nicht!« sagte er. »Sprich lieber, woher weißt du das?«

»Woher?« Frau Jule schlug ein fröhliches Gelächter auf – »das weiß die ganze Stadt, am besten Christian Jensen, in dessen Boot die Lustfahrt vor sich ging! Aber du bist ein Hitzkopf, Hans Adam, bei dem man sich leicht üblen Bescheid holen kann; und wer weiß denn auch, ob dir die schmucke Schwiegertochter recht ist? Im übrigen« – und sie faßte den Bruder an seinem Rockkragen und zog ihn dicht zu sich heran –, »für die neue Verwandtschaft ist's doch so am besten, daß du nicht auf den Ratsherrnstuhl hinaufgekommen bist.«

Als sie solcherweise ihre Worte glücklich angebracht hatte, trat sie zurück. »Komm, Peter, vorwärts!« rief sie dem Jungen zu, und bald waren beide in einer der vom Markte auslaufenden Gassen verschwunden.

Hans Kirch stand noch wie angedonnert auf derselben Stelle. Nach einer Weile setzte er sich mechanisch in Bewegung und ging der Gasse zu, worin Fritz Schmüsers Speicher lag; dann aber kehrte er plötzlich wieder um. Bald darauf saß er zu Hause an seinem Pult und schrieb mit fliegender Feder einen Brief an seinen Sohn, in welchem in verstärktem Maße sich der jähe Zorn ergoß, dessen Ausbruch an jenem letzten Abend durch die Dazwischenkunft der Mutter war verhindert worden.

Monate waren vergangen; die Plätze, von denen aus Heinz nach Abrede hätte schreiben sollen, mußten längst passiert sein, aber Heinz schrieb nicht; dann kamen Nachrichten von dem Schiffe, aber kein Brief von ihm. Hans Kirch ließ sich das so sehr nicht anfechten: »Er wird schon kommen«, sagte er zu sich selber; »er weiß gar wohl, was hier zu Haus für ihn zu holen ist.« Und somit, nachdem er den Schmüserschen Speicher um billigen Preis erworben hatte, arbeitete er rüstig an der Ausbreitung seines Handels und ließ sich keine Mühe verdrießen. Freilich, wenn er von den dadurch veranlaßten Reisen, teil nach den Hafenstädten des Inlandes, einmal sogar mit seinem Schoner nach England, wieder heimkehrte, »Brief von Heinz?« war jedesmal die erste hastige Frage an seine Frau, und immer war ein trauriges Kopfschütteln die einzige Antwort, die er darauf erhielt.

Die Sorge, der auch er allmählich sich nicht hatte erwehren können, wurde zerstreut, als die Zeitungen die Rückkehr der »Hammonia« meldeten. Hans Kirch ging unruhig in Haus und Hof umher, und Frau und Tochter hörten ihn oft heftig vor sich hinreden; denn der Junge mußte jetzt ja selber kommen, und er hatte sich vorgesetzt, ihm scharf den Kopf zu waschen. Aber eine Woche verging, die zweite ging auch bald zu Ende, und Heinz war nicht gekommen. Auf eingezogene Erkundigung erfuhr man endlich, er habe auf der Rückfahrt nach Abkommen mit dem Kapitän eine neue Heuer angenommen; wohin, war nicht zu ermitteln. »Er will mir trotzen!« dachte Hans Adam. »Sehen wir, wer's am längsten aushält von uns beiden!« –Die Mutter, welche nichts von jenem Briefe ihres Mannes wußte, ging in kummervollem Grübeln und konnte ihren Jungen nicht begreifen; wagte sie es einmal, ihren Mann nach Heinz zu fragen, so blieb er entweder ganz die Antwort schuldig oder hieß sie, ihm mit dem Jungen ein für allemal nicht mehr zu kommen.

In einem zwar unterschied er sich von der gemeinen Art der Männer: er bürdete der armen Mutter nicht die Schuld an diesen Übelständen auf; im übrigen aber war mit Hans Adam jetzt kein leichter Hausverkehr.

Sommer und Herbst gingen hin, und je weiter die Zeit verrann, desto fester wurzelte der Groll in seinem Herzen; der Name seines Sohnes wurde im eignen Hause nicht mehr ausgesprochen, und auch draußen scheute man sich, nach Heinz zu fragen.

Schon wurde es wieder Frühling, als er eines Morgens von seiner Haustür aus den Herrn Pastor mit der Pfeife am Zaune seines Vorgartens stehen sah. Hans Kirch hatte Geschäfte weiter oben in der Straße und wollte mit stummem Hutrücken vorbeipassieren; aber der Nachbar Pastor rief mit aller Würde pfarramtlicher Überlegenheit ganz laut zu ihm hinüber: »Nun, Herr Kirch, noch immer keine Nachricht von dem Heinz?«

Hans Adam fuhr zusammen, aber er blieb stehen, die Frage war ihm lange nicht geboten worden. »Reden wir von was anderm, wenn's gefällt, Herr Pastor!« sagte er kurz und hastig.

Aber der Pastor fand sich zur Befolgung dieser Bitte nicht veranlaßt. »Mein lieber Herr Kirch, es ist nun fast das zweite Jahr herum; Sie sollten sich doch einmal wieder um den Sohn bekümmern!«

»Ich dächte, Herr Pastor, nach dem vierten Gebote wär das umgekehrt!«

Der Pastor tat die Pfeife aus dem Munde: »Aber nicht nach dem Gebote, in welchem nach des Herrn Wort die andern alle enthalten sind, und was wäre Euch näher als Euer eigen Fleisch und Blut!«

»Weiß nicht, Ehrwürden«, sagte Hans Kirch, »ich halte mich ans vierte.«

Es war etwas in seiner Stimme, das es dem Pastor rätlich machte, nicht mehr in diesem Tone fortzufahren. »Nun, nun«, sagte er begütigend, »er wird ja schon wiederkehren, und wenn er kommt, er ist ja von Ihrer Art, Herr Nachbar, so wird es nicht mit leeren Händen sein!«

Etwas von dem Schmunzeln, das sich bei dieser letzten Rede auf des Pastors Antlitz zeigte, war doch auch auf das des andern übergegangen, und während sich der erstere mit einer grüßenden Handbewegung nach seinem Hause zurückwandte, trabte Hans Kirch munterer als seit lange die Straße hinauf nach seinem großen Speicher.

Es war am Tage danach, als der alte Postbote dieselbe Straße hinabschritt. Er ging rasch und hielt einen dicken Brief in der Hand, der er schon im Vorwege aus seiner Ledertasche hervorgeholt zu haben schien; aber ebenso rasch schritt, lebhaft auf ihn einredend, ein etwa sechzehnjähriges blondes Mädchen an seiner Seite. »Von einem guten Bekannten, sagst du? Nein, narre ich nicht länger, alter Marten! Sag's doch, von wem ist er denn?«

»Ei, du junger Dummbart«, rief der Alte, indem er mit dem Brief ihr vor den Augen gaukelte, »kann ich das wissen? Ich weiß nur, an wen ich ihn zu bringen habe.«

»An wen, an wen denn, Marten?«

Er stand einen Augenblick und hielt die Schriftseite des Briefes ihr entgegen.

Die geöffneten Mädchenlippen versandten einen Laut, der nicht zu einem Wort gedieh. »Von Heinz!« kam es dann schüchtern hintennach, und wie eine helle Lohe brannte die Freude auf dem jungen Antlitz.

Der Alte sah sie freundlich an. »Von Heinz?« wiederholte er schelmisch. »Ei, Wiebchen, mit den Augen ist das nicht darauf zu lesen!«

Sie sagte nichts; aber als er jetzt in der Richtung nach dem Kirchschen Hause zuschritt, lief sie noch immer nebenher.

»Nun«, rief er, »du denkst wohl, daß ich auch für dich noch einen in der Tasche hätte?«

Da blieb sie plötzlich stehen, und während sie traurig ihr Köpfchen schüttelte, ging der Bote mit dem dicken Briefe fort.

Als er die Kirchsche Wohnung betrat, kam eben die Hausmutter mit einem dampfenden Schüsselchen aus der Küche; sie wollte damit in das Oberhaus, wo im Giebelstübchen die kleine Lina an den Masern lag. Aber Marten rief sie an: »Frau Kirch! Frau Kirch! Was geben Sie für diesen Brief?«

Und schon hatte sie die an ihren Mann gerichtete Adresse gelesen und die Schrift erkannt. »Heinz!« rief auch sie, »oh, von Heinz!« Und wie ein Jubel brach es aus dieser stillen Brust. Da kam von obenher die Kinderstimme: »Mutter! Mutter!«

»Gleich, gleich, mein Kind!« Und nach einem dankbaren Nicken gegen den Boten flog sie die Treppen hinauf. »O Lina, Lina! Von Heinz, ein Brief von unserm Heinz!«

Im Wohnzimmer unten saß Hans Kirch an seinem Pulte, zwei aufgeschlagene Handelsbücher vor sich, er war mit seinem Verlustkonto beschäftigt, das sich diesmal ungewöhnlich groß erwiesen hatte. Verdrießlich hörte er das laute Reden draußen, das ihn in seiner Rechnung störte; als der Postbote hereintrat, fuhr er ihn an: »Was treibt Er denn für Lärmen draußen mit der Frau?«

Statt einer Antwort überreichte Marten ihm den Brief.

Fast grollend betrachtete er die Aufschrift mit seinen scharfen Augen, die noch immer der Brille nicht bedurften. »Von Heinz«, brummte er, nachdem er alle Stempel aufmerksam besichtigt hatte, »Zeit wär's denn auch einmal!«

Vergebens wartete der alte Marten, auch aus des Vaters Augen einen Freudenblitz zu sehen; nur ein Zittern der Hand – wie er zu seinem Trost bemerkte – konnte dieser nicht bewältigen, als er jetzt nach einer Schere langte, um den Brief zu öffnen. Und schon hatte er sie angesetzt, als Marten seinen Arm berührte: »Herr Kirch, ich darf wohl noch um dreißig Schilling bitten!«

»Wofür?« – Er warf die Schere hin. – »Ich bin der Post nichts schuldig!«

»Herr, Sie sehen ja wohl, der Brief ist nicht frankiert.«

Er hatte es nicht gesehen; Hans Adam biß die Zähne aufeinander: dreißig Schillinge; warum denn auch nicht die noch zum Verlust geschrieben! Aber – die Bagatelle, die war's ja nicht; nein – was dahinter stand! Was hatte doch der Pastor neulich hingeredet? Er würde nicht mit leeren Händen kommen! – Nicht mit leeren Händen! – Hans Adam lachte grimmig in sich hinein. – Nicht mal das Porto hatte er gehabt! Und der, der sollte im Magistrat den Sitz erobern, der für ihn, den Vater, sich zu hoch erwiesen hatte!

Hans Kirch saß stumm und starr an seinem Pulte; nur im Gehirne tobten ihm die Gedanken. Sein Schiff, sein Speicher, alles, was er in so vielen Jahren schwer erworben hatte, stieg vor ihm auf und addierte wie von selber die stattlichen Summen seiner Arbeit. Und das, das alles sollte er diesem... Er dachte den Satz nicht mehr zu Ende; sein Kopf brannte, es brauste ihm vor den Ohren. »Lump!« schrie er plötzlich, »so kommst du nicht in deines Vaters Haus!«

Der Brief war dem erschrockenen Boten vor die Füße geschleudert. »Nimm«, schrie er, »ich kauf ihn nicht; der ist für mich zu teuer!« Und Hans Kirch griff zur Feder und blätterte in seinen Kontobüchern.

Der gutmütige Alte hatte den Brief aufgehoben und versuchte bescheiden noch einige Überredung; aber der Hausherr trieb ihn fort, und er war nur froh, die Straße zu erreichen, ohne daß er der Mutter zum zweitenmal begegnet wäre.

Als er seinen Weg nach dem Südende der Stadt fortsetzte, kam Wieb eben von dort zurück; sie hatte in einer Brennerei, welche hier das letzte Haus bildete, eine Bestellung ausgerichtet. Ihre Mutter war nach dem plötzlichen Tode »ihres Mannes zur See« in aller Form Rechtens die Frau »ihres Mannes auf dem Lande« geworden und hatte mit diesem eine Matrosenschenke am Hafenplatz errichtet. Viel Gutes wurde von den neuen Wirtschaft nicht geredet; aber wenn an Herbstabenden die über der Haustür brennende rote Lampe ihren Schein zu den Schiffen hinabwarf, so saß es da drinnen in der Schenkstube bald Kopf an Kopf, und der Brenner draußen am Stadtende hatte dort gute Kundschaft.

Als Wieb sich dem alten Postboten näherte, bemerkte sie sogleich, daß er jetzt recht mürrisch vor sich hinsah; und dann – er hatte ja den Brief von Heinz noch immer in der Hand. »Marten!« rief sie – sie hätte es nicht lassen können –, »der Brief, hast du ihn noch? War denn sein Vater nicht zu Hause?«

Marten machte ein grimmiges Gesicht. »Nein, Kind, sein Vater war wohl nicht zu Hause; der alte Kirch war da; aber für den war der Brief zu teuer.«

Die blauen Mädchenaugen blickten ihn erschrocken an. »Zu teuer, Marten?«

»Ja, ja; was meinst du, unter dreißig Schillingen war er nicht zu haben.«

Nach diesen Worten steckte Marten den Brief in seine Ledertasche und trat mit einem andern, den er gleichzeitig hervorgezogen hatte, in das nächste Haus.

Wieb blieb auf der Gasse stehen. Einen Augenblick noch sah sie auf die Tür, die sich hinter dem alten Mann geschlossen hatte; dann, als käme ihr plötzlich ein Gedanke, griff sie schnell in ihre Tasche und klimperte darin wie mit kleiner Silbermünze. Ja, Wieb hatte wirklich Geld in ihrer Tasche; sie zählte es sogar, und es war eine ganze Handvoll, die sie schon am Vormittage hinter dem Schenktisch eingenommen hatte. Zwar, es gehörte nicht ihr, das wußte sie recht wohl; aber was kümmerte sie das, und mochte ihre Mutter sie doch immer dafür schlagen! »Marten«, sagte sie hastig, als dieser jetzt wieder aus dem Hause trat, und streckte eine Handvoll kleiner Münze ihm entgegen, »da ist das Geld, Marten; gib mir den Brief!«

Marten sah sie voll Verwunderung an.

»Gib ihn doch!« drängte sie. »Hier sind ja deine dreißig Schillinge!« Und als der Alte den Kopf schüttelte, faßte sie mit der freien Hand an seine Tasche: »Oh, bitte, bitte, lieber Marten, ich will ihn ja nur einmal zusammen mit seiner Mutter lesen.«

»Kind«, sagte er, indem er ihre Hand ergriff und ihr freundlich in die angstvollen Augen blickte, »wenn's nach mir ginge, so wollten wir den Handel machen; aber selbst der Postmeister darf dir keinen Brief verkaufen.« Er wandte sich von ihr ab und schritt auf seinem Botenwege weiter.

Aber sie lief ihm nach, sie hing sich an seinen Arm, ihr einfältiger Mund hatte die holdesten Bitt- und Schmeichelworte für den alten Marten und ihr Kopf die allerdümmsten Einfälle; nur leihen sollte er ihr zum mindesten den Brief; er sollte ihn ja noch heute abend wiederhaben.

Der alte Marten geriet in große Bedrängnis mit seinem weichen Herzen; aber ihm blieb zuletzt nichts übrig, er mußte das Kind gewaltsam von sich stoßen.

Da blieb sie zurück; mit der Hand fuhr sie an die Stirn unter ihr goldblondes Haar, als ob sie sich besinnen müsse; dann ließ sie das Geld in ihre Tasche fallen und ging langsam dem Hafenplatze zu. Wer den Weg entgegenkam, sah ihr verwundert nach; denn sie hatte die Hände auf die Brust gepreßt und schluchzte überlaut.

Seitdem waren fünfzehn Jahre hingegangen. Die kleine Stadt erschien fast unverändert; nur daß für einen jungen Kaufherrn aus den alten Familien am Markt ein neues Haus erbaut war, daß Telegraphendrähte durch die Gassen liefen und auf dem Posthausschilde jetzt mit goldenen Buchstaben »Kaiserliche Reichspost« zu lesen war; wie immer rollte die See ihre Wogen an den Strand, und wenn der Nordwest vom Ostnordost gejagt wurde, so spülte das Hochwasser an die Mauern der Brennerei, die auch jetzt noch in der roten Laterne ihre beste Kundschaft hatte; aber das Ende der Eisenbahn lag noch manche Meile landwärts hinter dem Hügelzuge, sogar auf dem Bürgermeisterstuhle saß trotz der neuen Segnungen noch im guten alten Stile ein studierter Mann, und der Magistrat behauptete sein altes Ansehen, wenngleich die Senatoren jetzt in »Stadträte« und die Deputierten in »Stadtverordnete« verwandelt waren; die Abschaffung der Bürgerglocke als eines alten Zopfes war in der Stadtverordnetenversammlung von einem jungen Mitgliede zwar in Vorschlag gebracht worden, aber zwei alte Herren hatten ihr das Wort geredet: die Glocke hatte sie in ihrer Jugend vor manchem dummen Streich nach Hause getrieben; weshalb sollte jetzt das junge Volk und das Gesinde nicht in gleicher Zucht gehalten werden? Und nach wir vor, wenn es zehn vom Turm geschlagen hatte, bimmelte die kleine Glocke hinterdrein und schreckte die Pärchen auseinander, welche auf dem Markt am Brunnen schwatzten.

Nicht so unverändert war das Kirchsche Haus geblieben. Heinz war nicht wieder heimgekommen; er war verschollen; es fehlte nur, daß er auch noch gerichtlich für tot erklärt worden wäre; von den jüngeren Leuten wußte mancher kaum, daß es hier jemals einen Sohn des alten Kirch gegeben habe. Damals freilich, als der alten Marten den Vorfall mit dem Briefe bei seinen Gängen mit herumgetragen hatte, war von Vater und Sohn genug geredet worden; und nicht nur von diesen, auch von der Mutter, von der man niemals redete, hatte man erzählt, daß sie derzeit, als es endlich auch ihr von draußen zugetragen worden, zum erstenmal sich gegen ihren Mann erhoben habe. »Hans! Hans!«, so hatte sie ihn angesprochen, ohne der Magd zu achten, die an der Küchentür gelauscht hatte; »das ohne mich zu tun, war nicht dein Recht! Nun können wir nur beten, daß der Brief nicht zu dem Schreiber wiederkehre; doch Gott wird ja so schwere Schuld nicht auf dich laden.« Und Hans Adam, während ihre Augen voll und tränenlos ihn angesehen, hatte hierauf nichts erwidert, nicht ein Sterbenswörtlein; sie aber hatte nicht nur gebetet; überallhin, wenn auch stets vergebens, hatte sie nach ihrem Sohne forschen lassen; die Kosten, die dadurch verursacht wurden, entnahm sie ohne Scheu den kleineren Kassen, welche sie verwaltete, und Hans Adam, obgleich er bald des innewurde, hatte sie still gewähren lassen. Er selbst tat nichts dergleichen; er sagte es sich beharrlich vor, der Sohn, ob brieflich oder in Person, müsse anders oder niemals wieder an die Tür des Elternhauses klopfen.

Und der Sohn hatte niemals wieder angeklopft. Hans Adams Haar war nur um etwas rascher grau geworden; der Mutter aber hatte endlich das stumme Leid die Brust zernagt, und als die Tochter aufgewachsen war, brach sie zusammen. Nur eins war stark in ihr geblieben, die Zuversicht, daß ihr Heinz einst wiederkehren werde; doch auch die trug sie im stillen. Erst da ihr Leben sich rasch zu Ende neigte, nach einem heftigen Anfall ihrer Schwäche, trat es einmal über ihre Lippen. Es war ein frostheller Weihnachtsmorgen, als sie, von der Tochter gestützt, mühsam die Treppe nach der oben belegenen Schlafkammer emporstieg. Eben, als sie auf halben Wege, tief aufatmend und wie hilflos um sich blickend, gegen das Geländer lehnte, brach die Wintersonne durch die Scheiben über der Haustür und erleuchtete mit ihrem blassen Schein den dunklen Flur. Da wandte die kranke Frau den Kopf zu ihrer Tochter. »Lina«, sagte sie geheimnisvoll, und ihre matten Augen leuchteten plötzlich in beängstigender Verklärung, »ich weiß es, ich werde ihn noch wiedersehen! Er kommt einmal so, wenn wir es gar nicht denken!«

»Meinst du, Mutter?« frug die Tochter fast erschrocken.

»Mein Kind, ich meine nicht; ich weiß es ganz gewiß!«

Dann hatte sie ihr lächelnd zugenickt; und bald lag sie zwischen den weißen Linnen ihres Bettes, welche in wenigen Tagen ihren toten Leib umhüllen sollten.

In dieser letzten Zeit hatte Hans Kirch seine Frau fast keinen Augenblick verlassen; der Bursche, der ihm sonst im Geschäfte nur zur Hand ging, war schier verwirrt geworden über die ihn plötzlich treffende Selbstverantwortlichkeit; aber auch jetzt wurde der Name des Sohnes zwischen den beiden Eltern nicht genannt; nur da die schon erlöschenden Augen der Sterbenden weit geöffnet und wie suchend in die leere Kammer blickten, hatte Hans Kirch, als ob er ein Versprechen gebe, ihre Hand ergriffen und gedrückt; dann hatten ihre Augen sich zur letzten Lebensruhe zugetan.

Aber wo war, was trieb Heinz Kirch in der Stunde, als seine Mutter starb?

Ein paar Jahre weiter, da war der spitze Giebel des Kirchschen Hauses abgebrochen und statt dessen ein volles Stockwerk auf das Erdgeschoß gesetzt worden; und bald hausete eine junge Wirtschaft in den neuen Zimmern des Oberbaues; denn die Tochter hatte den Sohn eines wohlhabenden Bürgers aus der Nachbarstadt geheiratet, der dann in das Geschäft ihres Vaters eingetreten war. Hans Kirch begnügte sich mit den Räumen des alten Unterbaues; die Schreibstube neben der Haustür bildete zugleich sein Wohnzimmer. Dahinter, nach dem Hofe hinaus, lag die Schlafkammer; so saß er ohne viel Treppensteigen mitten im Geschäft und konnte trotz des anrückenden Greisenalters und seines jungen Partners die Fäden noch in seinen Händen halten. Anders stand es mit der zweiten Seite seines Wesens; schon mehrmals war ein Wechsel in der Magistratspersonen eingetreten, aber Hans Kirch hatte keinen Finger darum gerührt; auch, selbst wenn er darauf angesprochen worden, kein Für oder Wider über die neuen Wahlen aus seinem Munde gehen lassen.

Dagegen schlenderte er jetzt oft, die Hände auf dem Rücken, bald am Hafen, bald in den Bürgerpark, während er sonst auf alle Spaziergänger nur mit Verachtung herabgesehen hatte. Bei anbrechender Dämmerung konnte man ihn auch wohl draußen über der Bucht auf dem hohen Ufer sitzen sehen; er blickte dann in die offene See hinaus und schien keinen der wenigen, die vorübergingen, zu bemerken. Traf es sich, daß aus dem Abendrot ein Schiff hervorbrach und mit vollen Segeln auf ihn zuzukommen schien, dann nahm er seine Mütze ab und strich mit der andern Hand sich zitternd über seinen grauen Kopf. – Aber nein, es geschahen ja keine Wunder mehr; weshalb sollte denn auch Heinz auf jenem Schiffe sein? – Und Hans Kirch schüttelte sich und trat fast zornig seinen Heimweg an.

Der ganze Ehrgeiz des Hauses schien jedenfalls, wenn auch in andrer Form, jetzt von dem Tochtermann vertreten zu werden; Herr Christian Martens hatte nicht geruht, bis die Familie unter den Mitgliedern der Harmoniegesellschaft figurierte, von der bekannt war, daß nur angesehene Bürger zugelassen wurden. Der junge Ehemann war, wovon der Schwiegervater sich zeitig und gründlich überzeugt hatte, ein treuer Arbeiter und keineswegs ein Verschwender; aber – für einen feinen Mann gelten, mit den Honoratioren einen vertraulichen Händedruck wechseln, etwa noch eine schwergoldene Kette auf brauner Samtweste, das mußte er daneben haben. Hans Kirch zwar hatte anfangs sich gesträubt; als ihm jedoch in einem stillen Nebenstübchen eine solide Partie Sechsundsechzig mit ein paar alten seebefahrenen Herren eröffnet wurde, ging auch er mit seinen Kindern in die Harmonie.

So war die Zeit verflossen, als an einem sonnigen Vormittage im September Hans Kirch vor seiner Haustür stand; mit seinem krummen Rücken, seinem hängenden Kopfe und wie gewöhnlich beide Hände in den Taschen. Er war eben von seinem Speicher heimgekommen; aber die Neugier hatte ihn wieder hinausgetrieben, denn durchs Fenster hatte er linkshin auf dem Markte, wo sonst nur Hühner und Kinder liefen, einen großen Haufen erwachsener Menschen, Männer und Weiber, und offenbar in lebhafter Unterhaltung miteinander wahrgenommen; er hielt die Hand ans Ohr, um etwas zu erhorchen; aber sie standen ihm doch zu fern. Da löste sich ein starkes, aber anscheinend hochbetagtes Frauenzimmer aus der Menge; sie mochte halb erblindet sein, denn sie fühlte mit einem Krückstock vor sich hin; gleichwohl kam sie bald rasch genug gegen das Kirchsche Haus dahergewandert. »Jule!« brummte Hans Adam. »Was will Jule?«

Seitdem der Bruder ihr vor einigen Jahren ein größeres Darlehen zu einem Einkauf abgeschlagen hatte, waren Wort und Gruß nur selten zwischen ihnen gewechselt worden; aber jetzt stand sie vor ihm; schon von weitem hatte sie ihm mit ihrer Krücke zugewinkt. Im ersten Antrieb hatte er sich umwenden und in sein Haus zurückgehen wollen; aber er blieb doch. »Was willst du, Jule?« frug er. »Was verakkordieren die da auf dem Markt?«

»Was die verakkordieren, Hans? Ja, leihst du mir jetzt die hundert Taler, wenn ich dir's erzähle?«

Er wandte sich jetzt wirklich, um ins Haus zu treten.

»Nun, bleib nur!« rief sie. »Du sollst's umsonst zu wissen kriegen; dein Heinz ist wieder da!«

Der Alte zuckte zusammen. »Wo? Was?« stieß er hervor und fuhr mit dem Kopf nach allen Seiten. Die Speckhökerin sah mit Vergnügen, wie seine Hände in den weiten Taschen schlotterten.

»Wo?« wiederholte sie und schlug den Bruder auf den krummen Rücken. »Komm zu dir, Hans! Hier ist er noch nicht; aber in Hamburg, beim Schlafbaas in der Johannisstraße!«

Hans Kirch stöhnte. »Weibergewäsch!« murmelte er. »Siebzehn Jahre fort; der kommt nicht wieder – der kommt nicht wieder.«

Aber die Schwester ließ ihn nicht los. »Kein Weibergewäsch, Hans! Der Fritze Reimers, der mit ihm in Schlafstelle liegt, hat's nach Haus geschrieben!«

»Ja, Jule, der Fritze Reimers hat schon mehr gelogen!«

Die Schwester schlug die Arme unter ihrem vollen Busen umeinander. »Zitterst du schon wieder für deinen Geldsack?« rief sie höhnend. »Ei nun, für dreißig Reichsgulden haben sie unsern Herrn Christus verraten, so konntest du dein Fleisch und Blut auch wohl um dreißig Schillinge verstoßen. Aber jetzt kannst du ihn alle Tage wiederhaben! Ratsherr freilich wird er nun wohl nicht mehr werden; du mußt ihn nun schon nehmen, wie du ihn dir selbst gemacht hast!«

Aber die Faust des Bruders packte ihren Arm; seine Lippen hatte sich zurückgezogen und zeigten das noch immer starke, vollzählige Gebiß. »Nero! Nero!« schrie er mit heiserer Stimme in die offene Haustür, während sogleich das Aufrichten des großen Haushundes drinnen hörbar wurde. »Weib, verdammtes, soll ich dich mit Hunden vor der Tür hetzen?«

Frau Jules sittliche Entrüstung mochte indessen nicht so tief gegangen sein; hatte sie doch selbst vor einem halben Jahre ihre einzige Tochter fast mit Gewalt an einen reichen Trunkenbold verheiratet, um von seinen Kapitalien in ihr Geschäft zu bringen; es hatte sie nur gereizt, ihrem Bruder, wie sie später meinte, für die hundert Taler auch einmal etwas auf den Stock zu tun. Und so war sie denn schon dabei, ihm wieder gute Worte zu geben, als vom Markte her ein älterer Mann zu den Geschwistern trat. »Kommt, Nachbar«, sagte dieser, indem er Hans Adams Hand faßte, »wir wollen in Ihr Zimmer gehen; das gehört nicht auf die Straße!«

Frau Jule nickte ein paarmal mit ihrem dicken Kopfe. »Das meine ich auch, Herr Rickerts«, rief sie, indem sie sich mit ihrem Krückstock nach der Straße hinunterfühlte; »erzählen Sie's ihm besser; seiner Schwester hat er es nicht glauben wollen! Aber, Hans, wenn's dir an Reisegeld nach Hamburg fehlen sollte?«

Sie bekam keine Antwort; Herr Rickerts trat mit dem Bruder schon in dessen Zimmer. »Sie wissen es also, Nachbar!« sagte er; »es hat seine Richtigkeit; ich habe den Brief von Fritze Reimers selbst gelesen.«

Hans Kirch hatte sich in seinen Lehnstuhl gesetzt und starrte, mit den Händen auf den Knien, vor sich hin. »Von Fritze Reimers?« frug er dann. »Aber Fritze Reimers ist ein Windsack, ein rechter Weißfisch!«

»Das freilich, Nachbar, und er hat auch diesmal seine eigne Schande nach Haus geschrieben. Beim Schlafbaas in der Johannisstraße haben sie abends in der Schenkstube beisammengesessen, deutsche Seeleute, aber aus allen Meeren, Fritze Reimers und noch zwei andre unsrer Jungens mit dazwischen. Nun haben sie geredet über woher und wohin; zuletzt, wo ein jeder von ihnen denn zuerst die Wand beschrien habe. Als an den Reimers dann die Reihe gekommen ist, da hat er – Sie kennen's ja wohl, Nachbar – das dumme Lied gesungen, worin sie den großen Fisch an unserm Rathaus in einen elenden Bütt verwandelt haben; kaum aber ist das Wort heraus gewesen, so hat vom andern Ende des Tisches einer gerufen: ›Das ist kein Bütt, das ist der Schwanz von einem Butzkopf, und der ist doppelt so lang als Arm und Bein bei dir zusammen!‹ Der Mann, der das gesprochen hat, ist vielleicht um zehn Jahre älter gewesen als unsre Jungens, die da mitgesessen, und hat sich John Smidt genannt. Fritze Reimers aber hat nicht geantwortet, sondern weiter fortgesungen, wie es in dem Liede heißt: ›Und sie handeln, sagt er, da mit Macht, sagt er; hab'n zwei Böte, sagt er, und 'ne Jacht!‹«

»Der Schnösel!« rief Hans Kirch; »und sein Vater hat bis an seinen Tod auf meinem Schoner gefahren!«

»Ja, ja, Nachbar; der John Smidt hat auch auf den Tisch geschlagen. ›Pfui für den Vogel, der sein eigen Nest beschmutzt!‹«

»Recht so!« sagte Hans Kirch; »er hätte ihn nur auf seinen dünnen Schädel schlagen sollen!«

»Das tat er nicht; aber als der Reimers ihm zugerufen, was er dabei denn mitzureden habe, da –«

Hans Kirch hatte den andern Arm gefaßt. »Da?« wiederholte er.

»Ja, Nachbar« – und des Erzählers Stimme wurde leiser –, »da hat John Smidt gesagt, er heiße eigentlich Heinz Kirch, und ob er denn auch nun noch etwas von ihm kaufen wolle. – Sie wissen es ja, Nachbar, unsre Jungens geben sich da drüben manchmal andre Namen, Smidt oder Mayer, oder wie es eben kommen mag, zumal wenn's mit dem Heuerwechsel nicht so ganz in Ordnung ist. Und dann, ich bin ja erst seit sechzehn Jahren hier; aber nach Hörensagen, es muß Ihrem Heinz schon ähnlich sehen, das!«

Hans Kirch nickte. Es wurde ganz still im Zimmer, nur der Perpendikel der Wanduhr tickte; dem alten Schiffer war, als fühle er eine erkaltende Hand, die den Druck der seinigen erwarte.

Der Krämer brach zuerst das Schweigen. »Wann wollen Sie reisen, Nachbar?« frug er.

»Heute nachmittag«, sagte Hans Kirch und suchte sich so gerade wie möglich aufzurichten.

»Sie werden guttun, sich reichlich mit Geld zu versehen; denn die Kleidung Ihres Sohnes soll just nicht im besten Stande sein.«

Hans Kirch zuckte. »Ja, ja; noch heute nachmittag.«

Dies Gespräch hatte eine Zuhörerin gehabt; die junge Frau, welche zu ihrem Vater wollte, hatte vor der halb offenen Tür des Bruders Namen gehört und war aufhorchend stehengeblieben. Jetzt flog sie, ohne einzutreten, die Treppe wieder hinauf nach ihrem Wohnzimmer, wo eben ihr Mann, am Fenster sitzend, sich zu besonderer Ergötzung eine Havanna aus dem Sonntagskistchen angezündet hatte. »Heinz!« rief sie jubelnd ihm entgegen, wie vor Zeiten ihre Mutter es gerufen hatte, »Nachricht von Heinz! Er lebt; er wird bald bei uns sein!« Und mit überstürzenden Worten erzählte sie, was sie unten im Flur erlauscht hatte. Plötzlich aber hielt sie inne und sah auf ihren Mann, der nachdenklich die Rauchwölkchen vor sich hinblies.

»Christian!« rief sie und kniete vor ihm hin; mein einziger Bruder! Freust du dich denn nicht?«

Der junge Mann legte die Hand auf ihren Kopf: »Verzeih mir, Lina; es kam so unerwartet; dein Bruder ist für mich noch gar nicht dagewesen; es wird ja nun so vieles anders werden.« Und behutsam und verständig, wie es sich für einen wohldenkenden Mann geziemt, begann er dann ihr dazulegen, wie durch diese nicht mehr vermutete Heimkehr die Grundlagen ihrer künftigen Existenz beschränkt, ja vielleicht erschüttert würden. Daß seinerseits die Verschollenheit des Haussohnes, wenn auch ihm selbst kaum eingestanden, wenigstens den zweiten Grund zum Werben um Hans Adams Tochter abgegeben habe, das ließ er freilich nicht zu Worte kommen, so aufdringlich es auch jetzt vor seiner Seele stand.

Frau Lina hatte aufmerksam zugehört. Da aber ihr Mann jetzt schwieg, schüttelte sie nur lächelnd ihren Kopf: »Du sollst ihn nur erst kennenlernen; oh, Heinz war niemals eigennützig.«

Er sah sie herzlich an. »Gewiß, Lina; wir müssen uns darein zu finden wissen; um desto besser, wenn er wiederkehrt, wie du ihn einst gekannt hast.«

Die junge Frau schlug den Arm um ihres Mannes Nacken: »Oh, du bist gut, Christian! Gewiß, ihr werdet Freunde werden!«

Dann ging sie hinaus; in die Schlafkammer, in die beste Stube, an den Herd; aber ihre Augen blickten nicht mehr so froh, es war auf ihre Freude doch ein Reif gefallen. Nicht, daß die Bedenken ihres Mannes auch ihr Herz bedrängten; nein, aber daß so etwas überhaupt nur sein könne; sie wußte selber kaum, weshalb ihr alles jetzt so öde schien.

Einige Tage später war Frau Lina beschäftigt, in dem Oberbau die Kammer für den Bruder zu bereiten; aber auch heute war ihr die Brust nicht freier. Der Brief, worin der Vater seine und des Sohnes Ankunft gemeldet hatte, enthielt kein Wort von einem frohen Wiedersehen zwischen beiden; wohl aber ergab der weitere Inhalt, daß der Wiedergefundene sich anfangs unter seinem angenommenen Namen vor dem Vater zu verbergen gesucht habe und diesem wohl nur widerstrebend in die Heimat folgen werde.

Als dann an dem bezeichneten Sonntagabend das junge Ehepaar zu dem vor dem Hause haltenden Wagen hinausgetreten war, sahen sie bei dem Lichtschein, der aus dem offenen Flur fiel, einen Mann herabsteigen, dessen wetterhartes Antlitz mit dem rötlichen Vollbart und dem kurzgeschorenen Haupthaar fast einen Vierziger anzudeuten schien; eine Narbe, die über Stirn und Auge lief, mochte indessen dazu beitragen, ihn älter erscheinen zu lassen, als er wirklich war. Nach ihm kletterte langsam Hans Kirch vom Wagen. »Nun, Heinz«, sagte er, nacheinander auf die Genannten hinweisend, »das ist deine Schwester Lina und das ihr Mann Christian Martens; ihr müßt euch zu vertragen suchen.«

Ebenso nacheinander streckte diesen jetzt Heinz die Hand entgegen und schüttelte die ihre kurz mit einem trockenen » Very well!« Er tat dies mit einer unbeholfenen Verlegenheit; mochte die Art seiner Heimkehr ihn bedrücken oder fühlte er eine Zurückhaltung in der Begrüßung der Geschwister; denn freilich, sie hatten von dem Wiederkehrenden sich ein andres Bild gemacht.

Nachdem alle in das Haus getreten waren, geleitete Frau Lina ihren Bruder die Treppe hinauf nach seiner Kammer. Es war nicht mehr dieselbe, in der er einst als Knabe geschlafen hatte, es war hier oben ja alles neu geworden; aber er schien nicht darauf zu achten. Die junge Frau legte das Reisegepäck, das sie ihm nachgetragen hatte, auf den Fußboden. »Hier ist dein Bett«, sagte sei dann, indem sie die weiße Schutzdecke abnahm und zusammenlegte; »Heinz, mein Bruder, du sollst recht sanft hier schlafen!«

Er hatte den Rock abgeworfen und war mit aufgestreiften Ärmeln an den Waschtisch getreten. Jetzt wandte er rasch den Kopf, und seine braunen blitzenden Augen ruhten in den ihren. »Dank, Schwester«, sagte er. Dann tauchte er den Kopf in die Schale und sprudelte mit dem Wasser umher, wie es wohl Leuten eigen ist, die dergleichen im Freien zu verrichten pflegen. Die Schwester, am Türpfosten lehnend, sah dem schweigend zu; ihre Frauenaugen musterten des Bruders Kleidung, und sie erkannte wohl, daß alles neu geschafft sein mußte; dann blieben ihre Blicke auf den braunen sehnigen Armen des Mannes haften, die noch mehr Narben zeigten als das Antlitz. »Armer Heinz«, sagte sie, zu ihm hinüberblickend, »die müssen schwere Arbeit getan haben!«

Er sah sie wieder an; aber diesmal war es ein wildes Feuer, das aus seinen Augen brach. »Demonio!« rief er, die aufgestreckten Arme schüttelnd, »allerlei Arbeit, Schwester! Aber – » basta y basta!« Und er tauchte wieder den Kopf in die Schale und warf das Wasser über sich, als müsse er, Gott weiß was, herunterspülen.

Beim Abendtee, den die Familie zusammen einnahm, wollte eine Unterhaltung nicht recht geraten. »Ihr seid weit umhergekommen, Schwager«, sagte nach einigen vergeblichen Anläufen der junge Ehemann; »Ihr müßt uns viel erzählen.«

»Weit genug«, erwiderte Heinz; aber zum Erzählen kam es nicht; er gab nur kurze allgemeine Antwort.

»Laß nur, Christian!« mahnte Frau Lina; »er muß erst eine Nacht zu Haus geschlafen haben.« Dann aber, damit es am ersten Abend nicht gar zu stille werde, begann sie selbst die wenigen Erinnerungen aus des Bruders Jugendjahren auszukramen, die sie nach eignem Erlebnis oder den Erzählungen der Mutter noch bewahrte.

Heinz hörte ruhig zu. »Und dann«, fuhr sie fort, »damals, als du dir den großen Anker mit deinem Namen auf den Arm geätzt hattest! Ich weiß noch, wie ich schrie, als du so verbrannt nach Hause kamst, und wie dann der Physikus geholt wurde. Aber« – und sie stutzte einen Augenblick – »war es denn nicht auf dem linken Unterarm?«

Heinz nickte. »Mag wohl sein; das sind so Jungensstreiche.«

»Aber, Heinz, es ist ja nicht mehr da; ich meinte, so was könne nie vergehen!«

»Muß doch wohl, Schwester; sind verteufelte Krankheiten da drüben; man muß schon oft zufrieden sein, wenn sie einem nicht gar die Haut vom Leibe ziehen.«

Hans Kirch hatte nur ein halbes Ohr nach dem, was hier gesprochen wurde. Noch mehr als sonst in sich zusammengesunken, verzehrte er schweigend sein Abendbrot; nur bisweilen warf er von unten auf einen seiner scharfen Blicken auf den Heimgekehrten, als wolle er prüfen, was mit diesem Sohn noch zu beginnen sei.

– – Aber auch für die folgenden Tage blieb dies wortkarge Zusammensein. Heinz erkundigte sich weder nach früheren Bekannten, noch sprach er von dem, was weiter denn mit ihm geschehen solle. Hans Adam frug sich, ob der Sohn das erste Wort von ihm erwarte oder ob er überhaupt nicht an das Morgen denke; »ja, ja«, murmelte er dann und nickte heftig mit seinem grauen Kopfe; »er ist's ja siebzehn Jahre so gewohnt geworden.«

Aber auch heimisch schien Heinz sich nicht zu fühlen. Hatte er kurze Zeit im Zimmer bei der Schwester seine Zigarre geraucht, so trieb es ihn wieder fort; hinab nach dem Hafen, wo er dem oder jenem Schiffer ein paar Worte zurief, oder nach dem großen Speicher, wo er teilnahmslos dem Abladen der Steinkohlen oder andern Arbeiten zusah. Ein paarmal, da er unten im Kontor gesessen hatte, hatte Hans Kirch das eine oder andre der Geschäftsbücher vor ihm aufgeschlagen, damit er von dem gegenwärtigen Stande des Hauses Einsicht nehme; aber er hatte sie jedesmal nach kurzem Hin-und Herblättern wie etwas Fremdes wieder aus der Hand gelegt.

In einem aber schien er, zur Beruhigung des jungen Ehemannes, der Schilderung zu entsprechen, die Frau Lina an jenem Vormittage von ihrem Bruder ihm entworfen hatte: an eine Ausnutzung seiner Sohnesrechte schien der Heimgekehrte nicht zu denken.

Und noch ein zweites war dem Frauenauge nicht entgangen. Wie der Bruder einst mit ihr, der soviel jüngeren Schwester, sich herumgeschleppt, ihr erzählt und mit ihr gespielt hatte, mit ihr und – wie sie von der Mutter wußte – früher auch mit einer andern, der er bis jetzt mit keinem Worte nachgefragt, und von der zu reden sie vermieden hatte, in gleicher Weise ließ er jetzt, wenn er am Nachmittage draußen auf dem Beischlag saß, den kleinen Sohn des Krämers auf seinem Schoß herumklettern und sich Bart und Haar von ihm zerzausen; dann konnte er auch lachen, wie Frau Lina meinte, es einst im Garten oder auf jenen Sonntagswanderungen mit der Mutter von ihrem Bruder Heinz gehört zu haben. Schon am zweiten Tage, da sie eben in Hut und Tuch aus der Haustür zu ihm treten wollte, hatte sie ihn so getroffen. Der kleine Bub stand auf seinen Knien und hielt ihn bei der Nase: »Du willst mir was vorlügen, du großer Schiffer!« sagte er und schüttelte derb an ihm herum.

»Nein, nein, Karl, by Jove, es gibt doch Meerfrauen; ich habe sie ja selbst gesehen.«

Der Knabe ließ ihn los. »Wirklich? Kann man die denn heiraten?«

»Oho, Junge! Freilich kann man das! Da drüben in Texas, könntst allerlei da zu sehen bekommen, kannte ich einen, der hatte eine Meerfrau; aber sie mußte immer in einer großen Wassertonne schwimmen, die in seinem Garten stand.«

Die Augen des kleinen Burschen leuchteten; er hatte nur einmal einen jungen Seehund so gesehen, und dafür hatte er einen Schilling zahlen müssen. »Du«, sagte er heimlich und nickte seinem bärtigen Freunde zu, »ich will auch eine Wasserfrau heiraten, wenn ich groß bin!«

Heinz sah nachdenklich den Knaben an. »Tu das nicht, Karl; die Wasserfrauen sind falsch; bleib lieber in deines Vaters Stor und spiel mit deines Nachbarn Katze.«

Die Hand der Schwester legte sich auf seine Schulter: »Du wolltest mit mir zu unsrer Mutter Grabe!«

Und Heinz setzte den Knaben zur Erde und ging mit Frau Lina nach dem Kirchhof. Ja, er hatte sich später auch von ihr bereden lassen, den alten Pastor, der jetzt mit einer Magd im großen Pfarrhaus wirtschaftete, und sogar auch Tante Jule zu besuchen, um die der Knabe Heinz sich wenig einst gekümmert hatte.

So war der Sonntagvormittag herangekommen, und die jungen Eheleute rüsteten sich zum gewohnten Kirchgang; auch Heinz hatte sich bereit erklärt. Hans Kirch war am Abend vorher besonders schweigsam gewesen, und die Augen der Tochter, die ihn kannte, waren mehrmals angstvoll über des Vaters Antlitz hingestreift. Jetzt kam es ihr wie eine Beruhigung, als sie ihn vorhin den großen Flurschrank hatte öffnen und wieder schließen hören, aus dem er selber seinen Sonntagsrock hervorzuholen pflegte.

Als aber bald danach die drei Kirchgänger in das untere Zimmer traten, stand Hans Kirch, die Hände auf dem Rücken, in seiner täglichen Kleidung an dem Fenster und blickte auf die leere Gasse; Hut und Sonntagsrock lagen wie unordentlich hingeworfen auf einem Stuhl am Pulte.

»Vater, es ist wohl an der Zeit!« erinnerte Frau Lina schüchtern.

Hans Adam hatte sich umgewandt. »Geht nur!« sagte er trocken, und die Tochter sah, wie seine Lippen zitterten, als sie sich über den starken Zähnen schlossen.

»Wie, du willst nicht mit uns, Vater?«

»Heute nicht, Lina!«

»Heute nicht, wo Heinz nun wieder bei uns ist?«

»Nein Lina«, er sprach die Worte leise, aber es war, als müsse es gleich danach hervorbrechen; »ich mag heute nicht allein in unsern Schifferstuhl.«

»Aber, Vater, du tust das ja immer«, sagte Frau Lina zagend; »Christian sitzt ja auch stets unten bei mir.«

»Ei was, dein Mann, dein Mann!« und ein zorniger Blick schoß unter den buschigen Brauen zu seinem Sohn hinüber, und seine Stimme wurde immer lauter – »dein Mann gehört dahin; aber die alten Matrosen, die mit fünfunddreißig Jahren noch fremde Kapitäne ihres Vaters Schiffe fahren lassen, die längst ganz anderswo noch sitzen sollten, die mag ich nicht unter mir im Kirchstuhl sehen!«

Er schwieg und wandte sich wieder nach dem Fenster, und niemand hatte ihm geantwortet; dann aber legte Heinz das Gesangbuch, das seine Schwester ihm gegeben hatte, auf das Pult. »Wenn's nur das ist, Vater«, sagte er, »der alte Matrose kann zu Hause bleiben; er hat so manchen Sonntag nur den Wind in den Tauen pfeifen hören.«

Aber die Schwester ergriff des Bruders, dann des Vaters Hände. »Heinz! Vater! Laßt das ruhen jetzt! Hört zusammen Gottes Wort; ihr werdet mit guten Gedanken wiederkommen, und dann redet miteinander, was nun weiter werden soll!« Und wirklich, mochte es nun den heftigen Mann beruhigt haben, daß er, zum mindesten vorläufig, sich mit einem Worte Luft geschafft – was sie selber nicht erwartet hatte, sie brachte es dahin, daß beide in die Kirche gingen.

Aber Hans Kirch, während unten, wie ihm nicht entging, sich aller Blicke auf den Heimgekehrten richteten, saß oben unter den andern alten Kapitänen und Reedern und starrte, wie einst, nach der Marmorbüste des alten Kommandeurs; das war auch ein Stadtjunge gewesen, ein Schulmeisterssohn, wie Heinz ein Schulmeistersenkel; wie anders war der heimgekommen!

– – Eine Unterredung zwischen Vater und Sohn fand weder nach dem Kirchgang noch am Nachmittage statt. Am Abend zog Frau Lina den Bruder in ihre Schlafkammer: »Nun, Heinz, hast du mit Vater schon gesprochen?«

Er schüttelte den Kopf: »Was soll ich mit ihm sprechen, Schwester?«

»Du weißt es wohl, Heinz; er will dich droben in der Kirche bei sich haben. Sag ihm; daß du dein Steuermannsexamen machen willst; warum hast du es nicht längst gesagt?«

Ein verächtliches Lachen verzerrte sein Gesicht: »Ist das eine Gewaltssache mit dem alten Schifferstuhl!« rief er. » Todos diablos, ich alter Kerl noch auf der Schulbank! Denk wohl, ich habe manche alte Bark auch ohne das gesteuert!«

Sie sah ihn furchtsam an; der Bruder, an den sie sich zu gewöhnen anfing, kam ihr auf einmal fremd, ja unheimlich vor. »Gesteuert?« wiederholte sie leise; »wohin hast du gesteuert, Heinz? Du bist nicht weit gekommen.«

Er blickte eine Weile seitwärts auf den Boden; dann reichte er ihr die Hand. »Mag sein, Schwester«, sagte er ruhig; »aber – ich kann noch nicht wie ihr; muß mich immer erst besinnen, wo ich hinzutreten habe; kennt das nicht, ihr alle nicht, Schwester! Ein halbes Menschenleben – ja rechne, noch mehr als ein halbes Menschenleben kein ehrlich Hausdach überm Kopf; nur wilde See oder wildes Volk oder beides miteinander! Ihr kennt das nicht, sag ich, das Geschrei und das Gefluche, mein eignes mit darunter; ja, ja, Schwester, mein eignes auch, es lärmt mir noch immer in den Ohren; laßt's erst stiller werden, sonst – es geht sonst nicht!«

Die Schwester hing an seinem Halse. »Gewiß, Heinz, gewiß, wir wollen Geduld haben; oh, wie gut, daß du nun bei uns bist!«

Plötzlich, Gott weiß woher, tauchte ein Gerücht auf und wanderte emsig von Tür zu Tür: der Heimgekehrte sei gar nicht Heinz Kirch, es sei der Hasselfritz, ein Knabe aus dem Armenhause, der gleichzeitig mit Heinz zur See gegangen war und gleich diesem seitdem nichts von sich hatte hören lassen. Und jetzt, nachdem es eine kurze Weile darum herumgeschlichen, war es auch in das Kirchsche Haus gedrungen. Frau Lina griff sich mit beiden Händen an die Schläfen; sie hatte durch die Mutter wohl von jenem andern gehört; wie Heinz hatte er braune Augen und braunes Haar gehabt und war wie dieser ein kluger wilder Bursch gewesen; sogar eine Ähnlichkeit hatte man derzeit zwischen ihnen finden wollen. Wenn alle Freude nun um nichts sein sollte, wenn es nun nicht der Bruder wäre! Eine helle Röte schlug ihr ins Gesicht: sie hatte ja an dieses Menschen Hals gehangen, sie hatte ihn geküßt – Frau Lina vermied es plötzlich, ihr zu berühren; verstohlen aber und desto öfter hafteten ihre Augen auf den rauhen Zügen ihres Gastes, während zugleich ihr innerer Blick sich mühte, unter den Schatten der Vergangenheit das Knabenantlitz ihres Bruders zu erkennen. Als dann auch der junge Ehemann zur Vorsicht mahnte, wußte Frau Lina sich auf einmal zu entsinnen, wie gleichgültig ihr der Bruder neulich an ihrer Mutter Grab erschienen sei; als ob er sich langweile, habe er mit beiden Armen sich über Eisenstangen der Umfassung gelehnt und dabei seitwärts nach den andern Gräbern hingestarrt; fast, als ob, wie bei dem Vaterunser nach der Predigt, nur das Ende abgewartet werden müsse.

Beiden Eheleuten erschien jetzt auch das ganze Gebaren des Bruders noch um vieles ungeschlachter als vordem; dies Sichumherwerfen auf den Stühlen, diese Nichtachtung von Frau Linas sauberen Dielen. Heinz Kirch, das sagten alle, und den Eindruck bewahrte auch Frau Linas eignes Gedächtnis, war ja ein feiner junger Mensch gewesen. Als beide dann dem Vater ihre Bedenken mitteilten, war es auch dem nichts Neues mehr; aber er hatte geschwiegen und schwieg auch jetzt; nur die Lippen drückte er fester aufeinander. Freilich, als er bald darauf seinen alten Pastor mit der Pfeife am Zaune seines Vorgartens stehen sah, konnte er doch nicht lassen, wie zufällig heranzutreten und so von weitem an ihm herumzuforschen.

»Ja, ja«, meinte der alte Herr, »es war recht schicklich von dem Heinz, daß er seinen Besuch mir gleich am zweiten Tage gönnte.«

»Schuldigkeit, Herr Pastor«, versetzte Kirch; »mag Ihnen aber auch wohl ergangen sein wie mir: es kostet Künste, in diesem Burschen mit dem roten Bart den alten Heinz herauszufinden.«

Der Pastor nickte; sein Gesicht zeigte plötzlich den Ausdruck oratorischer Begeisterung. »Ja, mit dem Barte!« wiederholte er nachdrücklich und fuhr mit der Hand, wie auf der Kanzel, vor sich hin. »Sie sagen es, Herr Nachbar; und wahrlich, seit dieser unzierliche Zierat Mode worden, kann man die Knaben in den Jünglingen nicht wiedererkennen, bevor man sie nicht selber sich bei Namen rufen hörte; das habe ich an meinen Pensionären selbst erfahren! Da war der blonde Dithmarscher, dem Ihr Heinz – er wollte jetzo zwar darauf vergessen haben – einmal den blutigen Denkzettel unter die Nase schrieb; der gleich wahrlich einem weißen Hammel, da er von hier fortging; und als er nach Jahren in meine friedliche Kammer so unerwartet eintrat – ein Löwe! Ich versichere Sie, Herr Nachbar, ein richtiger Löwe! Wenn nicht die alten Schafsaugen zum Glück noch standgehalten hätten, ich alter Mann hätte ja den Tod sonst davon haben können!« Der Pastor sog ein paarmal an seiner Pfeife und drückte sich das Samtkäppchen fester auf den weißen Kopf.

»Nun freilich«, meinte Hans Kirch; denn er fühlte wohl, daß er ein Lieblingsthema wachgerufen habe, und suchte noch einmal wieder anzuknüpfen; »solche Signale wie Ihr Dithmarscher hat mein Heinz nicht aufzuweisen.«

Aber der alte Herr ging wieder seinen eignen Weg. »Bewahre!« sagte er verächtlich und machte mit der Hand eine Bewegung, als ob er die Schafsaugen weit von sich in die Büsche werfe. »Ein Mann, ein ganzer Mann!« Dann hob er den Zeigefinger und beschrieb schelmisch lächelnd eine Linie über Stirn und Auge: »Auch eine Dekorierung hat er sich erworben; im Gefecht, Herr Nachbar, ich sage im Gefechte; gleich einem alten Studiosus! Zu meiner Zeit – Seeleute und Studenten, das waren die freien Männer, wir standen allzeit beieinander!«

Hans Kirch schüttelte den Kopf. »Sie irren, Ehrwürden; mein Heinz war nur auf Kauffahrteischiffen; im Sturm, ein Holzsplitter, eine stürzende Stenge tun wohl dasselbe schon.«

» Credo experto! Traue dem Sachkundigen!« rief der alte Herr und hob geheimnisvoll das linke Ohrläppchen, hinter welchem die schwachen Spuren einer Narbe sichtbar wurden. »Im Gefecht, Herr Nachbar; oh, wir haben auch pro patria geschlagen.«

Ein Lächeln flog über das Gesicht des alten Seemanns, das für einen Augenblick das starke Gebiß bloßlegte. »Ja, Herr Pastor; freilich, er war kein Hasenfuß, mein Heinz!«

Aber der frohe Stolz, womit diese Worte hervorbrachen, verschwand schon wieder; das Bild seines kühnen Knaben verblich vor dem des Mannes, der jetzt unter seinem Dache hauste.

Hans Kirch nahm kurzen Abschied; er gab es auf, es noch weiter mit der Geschwätzigkeit des Greisenalters aufzunehmen.

– – Am Abend war Ball in der Harmonie. Heinz wollte zu Hause bleiben; er passe nicht dahin; und die jungen Eheleute, die ihm auch nur wie beiläufig davon gesprochen hatten, waren damit einverstanden; denn Heinz, sie mochten darin nicht unrecht haben, war in dieser Gesellschaft für jetzt nicht wohl zu präsentieren. Frau Lina wollte ebenfalls zu Hause bleiben; doch sie mußte dem Drängen ihres Mannes nachgeben, der einen neuen Putz für sie erhandelt hatte. Auch Hans Kirch ging zu seiner Partie Sechsundsechzig; eine innere Unruhe trieb ihn aus dem Hause.

So blieb denn Heinz allein zurück. Als alle fort waren, stand er, die Hände in den Taschen, am Fenster seiner dunklen Schlafkammer, das nach Nordosten auf die See hinausging. Es war unruhiges Wetter, die Wolken jagten vor dem Mond; doch konnte er jenseit des Warders, in dem tieferen Wasser, die weißen Köpfe der Wellen schäumen sehen. Er starrte lange darauf hin; allmählich, als seine Augen sich gewöhnt hatten, bemerkte er auch drüben auf der Insel einen hellen Dunst; von dem Leuchtturm konnte das nicht kommen; aber das große Dorf lag dort, wo, wie er hatte reden hören, heute Jahrmarkt war. Er öffnete das Fenster und lehnte sich hinaus; fast meinte er, durch das Rauschen des Wassers die ferne Tanzmusik zu hören; und als packte es ihn plötzlich, schlug er das Fenster eilig zu und sprang, seine Mütze vom Türhaken reißend, in den Flur hinab. Als er ebenso rasch der Haustür zuging, frug die Magd ihn, ob sie mit dem Abschließen auf ihn warten solle; aber er schüttelte nur den Kopf, während er das Haus verließ.

Kurze Zeit danach, beim Rüsten der Schlafgemächer für die Nacht, betrat die Magd auch die von ihrem Gaste vorhin verlassene Kammer. Sie hatte ihr Lämpchen auf dem Vorplatze gelassen und nur die Wasserflasche rasch hineinsetzen wollen; als aber draußen eben jetzt der Mond sein volles Licht durch den weiten Himmelsraum ergoß, trat sie gleichfalls an das Fenster und blickte auf die wie im Silberschaum gekrönten Wellen; bald aber waren es nicht mehr diese; ihre jungen weit reichenden Augen hatte ein Boot erkannt, das von einem einzelnen Manne durch den sprühenden Gischt der Insel zugetrieben wurde.

Wenn Hans Kirch oder die jungen Eheleute in die Harmonie gegangen waren, um dort nähere Aufschlüsse über jenes unheimliche Gerücht zu erhalten, so mußte sie sich getäuscht finden; niemand ließ auch nur ein andeutendes Wort darüber fallen; es war wieder wie kurz zuvor, als ob es niemals einen Heinz Kirch gegeben hätte.

Erst am andern Morgen erfuhren sie, daß dieser am Abend bald nach ihnen fortgegangen und bis zur Stunde noch nicht wieder da sei; die Magd teilte auf Befragen ihre Vermutungen mit, die nicht weit vom Ziele treffen mochten. Als dann endlich kurz vor Mittag der Verschwundene mit stark gerötetem Antlitz heimkehrte, wandte Hans Kirch, den er im Flur traf, ihm den Rücken und ging rasch in seine Stube. Frau Lina, der er auf der Treppe begegnete, sah ihn vorwurfsvoll und fragend an; sie stand einen Augenblick, als ob sie sprechen wolle; aber – wer war dieser Mann? – Sie hatte sich besonnen und ging stumm vorüber.

Nach der schweigend eingenommenen Mittagsmahlzeit hatte Heinz sich oben in der Wohnstube des jungen Paares in die Sofaecke gesetzt. Frau Lina ging ab und zu; er hatte den Kopf gestützt und war eingeschlafen. Als er nach geraumer Zeit erwachte, war die Schwester fort; statt dessen sah er den grauen Kopf des Vaters über sich gebeugt; der Erwachende glaubte es noch zu fühlen, wie die scharfen Augen in seinem Antlitz forschten.

Eine Weile hafteten beider Blicke ineinander; dann richtete der Jüngere sich auf und sagte: »Laßt nur, Vater; ich weiß es schon, Ihr möchtet gern, daß ich der Hasselfritze aus der Armenkate wäre; möcht Euch schon den Gefallen tun, wenn ich mich selbst noch mal zu schaffen hätte.«

Hans Kirch war zurückgetreten: »Wer hat dir das erzählt?« sagte er. »Du kannst nicht behaupten, daß ich dergleichen von dir gesagt hätte.«

»Aber Euer Gesicht sagt mir's; und unsre junge Frau, sie zuckt vor meiner Hand, als sollt' sei eine Kröte fassen. Wußte erst nicht, was da unterwegs sei; aber heut nacht, da drüben, da schrien es beim Tanz die Eulen in die Fenster.«

Hans Kirch erwiderte nichts; der andere aber war aufgestanden und sah auf die Gasse, wo in Stößen der Regen vom Herbstwinde vorbeigetrieben wurde. »Eins aber«, begann er wieder, indem er sich finster zu dem Alten wandte, »mögt Ihr mir noch sagen! Warum damals, da ich noch jung war, habt Ihr das mit dem Brief mir angetan? Warum? Denn ich hätte Euch sonst mein altes Gesicht wohl werden heimgebracht.«

Hans Kirch fuhr zusammen. An diesen Vorgang hatte seit dem Tode seines Weibes keine Hand gerührt; er selbst hatte ihn tief in sich begraben. Er fuhr mit den Fingern in die Westentasche und biß ein Endchen von der schwarzen Tabaksrolle, die er daraus hervorgeholt hatte. »Einen Brief?« sagte er dann. »Mein Sohn Heinz war nicht für das Briefschreiben.«

»Mag sein, Vater; aber einmal – einmal hat er doch geschrieben; in Rio hatte er den Brief zur Post gegeben, und später, nach langer Zeit – der Teufel hatte wohl sein Spiel dabei – in San Jago, in dem Fiebernest, als die Briefschaften für die Mannschaft ausgeteilt wurden, da hieß es: Hier ist auch was für dich. Und als der Sohn vor Freude zitternd seine Hand ausstreckte u mit den Augen nur die Aufschrift des Briefes erst verschlingen wollte, da war's auch wirklich einer, der von Hause kam, und auch eine Handschrift von zu Hause stand darauf; aber – es war doch nur sein eigner Brief, der nach sechs Monaten uneröffnet wieder an ihn zurückkam.«

Es sah fast aus, als seien die Augen des Alten feucht geworden; als er aber den trotzigen Blick des Jungen sich gegenüber sah, verschwand das wieder. »Viel Rühmliches mag auch nicht darin gestanden haben!« sagte er grollend.

Da fuhr ein hartes Lachen aus des Jüngeren Munde und gleich darauf ein fremdländischer Fluch, den der Vater nicht verstand. »Da mögt Ihr recht haben, Hans Adam Kirch; ganz regulär war's just nicht hergegangen; der junge Bursche wär auch damals gern vor seinem Vater hingefallen; lagen aber tausend Meilen zwischen ihnen; und überdem – das Fieber hatte ihn geschüttelt, und er war erst eben von seinem elenden Lazarettbett aufgestanden! Und später dann – was meint Ihr wohl, Hans Kirch? Wen Vaters Hand verstoßen, der fragt bei der nächsten Heuer nicht, was unterm Deck geladen ist, ob Kaffeesäcke oder schwarze Vögel, die eigentlich aber schwarze Menschen sind; wenn's nur Dublonen gibt; und fragt auch nicht, wo die der Teufel holt, und wo dann wieder neue zu bekommen sind!«

Die Stimme, womit diese Worte gesprochen wurden, klang so wüst und fremd, daß Hans Kirch sich unwillkürlich frug: Ist das dein Heinz, den der Kantor beim Amensingen immer in die erste Reihe stellte, oder ist es doch der Junge aus der Armenkate, der nur auf deinen Beutel spekuliert? Er wandte wieder seine Augen prüfend auf des andern Antlitz; die Narbe über Stirn und Auge flammte brandrot. »Wo hast du dir denn das geholt?« sagte er, an seines Pastors Rede denkend. »Bist du mit Piraten im Gefecht gewesen?«

Ein desperates Lachen fuhr aus des Jüngeren Munde. »Piraten?« rief er. »Glaubt nur, Hans Kirch, es sind auch dabei brave Kerle! Aber laßt das; das Gespinst ist gar zu lang, mit wem ich all zusammen war!«

Der Alte sah ihn mit erschrockenen Augen an. »Was sagst du?« frug er so leise, als ob es niemand hören dürfe.

Aber bevor eine Antwort darauf erfolgen konnte, wurden schwerfällige Schritte draußen auf der Treppe laut; die Tür öffnete sich, und von Frau Lina geführt trat Tante Jule in das Zimmer. Während sie pustend und mit beiden Händen sich auf ihren Krückstock lehnend stehenblieb, war Heinz an ihr vorüber schweigend aus der Tür gegangen.

»Ist er fort?« sagte sie, mit ihrem Stocke hinter ihm herweisend.

»Wer soll fort sein?« frug Hans Kirch und sah die Schwester nicht eben allzu freundlich an.

»Wer? Nun, den du seit vierzehn Tagen hier in Kost genommen.«

»Was willst du wieder, Jule? Du pflegst mir sonst nicht so ins Haus zu fallen.«

»Ja, ja, Hans«, und sie winkte der jungen Frau, ihr einen Stuhl zu bringen, und setzte sich darauf; »du hast's auch nicht um mich verdient; aber ich bin nicht so, Hans; ich will dir Abbitte tun; ich will bekennen, der Fritze Reimers mag doch wohl gelogen haben, oder wenn nicht er, so doch der andre!«

»Was soll die Rederei?« sagte Hans Kirch, und es klang, als ob er müde wäre.

»Was es soll? Du sollst dich nicht betrügen lassen! Du meinst, du hast nun deinen Vogel wieder eingefangen; aber sieh nur zu, ob's auch der rechte ist!«

»Kommst du auch mit dem Geschwätz? Warum sollt's denn nicht der rechte sein?« Er sprach das unwirsch, aber doch, als ob es zu hören ihn verlange.

Frau Jule hatte sich in Positur gesetzt. »Warum, Hans? Als er am Mittwochvormittag mit der Lina bei mir saß – wir waren schon bei der dritten Tasse Kaffee, und noch nicht einmal hatte er Tante zu mir gesagt! – ›Warum‹, frug ich, ›nennst du mich denn gar nicht Tante?‹ – ›Ja, Tante‹, sagte er, ›du hast ja noch allein gesprochen!‹ Und, siehst du, Hans, das war beim erstenmal denn schon gelogen; denn das soll mir keiner nachsagen; ich lasse jedermann zu Worte kommen! Und als ich ihn dann nahe zu mir zog und mit der Hand und mit meinen elenden Augen auf seinem Gesicht herumfühlte – nun, Hans, die Nase kann doch nicht von Ost nach West gewachsen sein!«

Der Bruder saß mit gesenktem Kopf ihr gegenüber; er hatte nie darauf geachtet, wie seinem Heinz die Nase im Gesicht gestanden hatte. »Aber«, sagte er – denn das Gespräch von vorhin flog ihm durch den Kopf; doch schienen ihm die Worte schwer zu werden – »sein Brief von damals; wir redeten darüber; er hat ihn in San Jago selbst zurückerhalten!«

Die dicke Frau lachte, daß der Stock ihr aus den Händen fiel. »Die Briefgeschichte, Hans! Ja, die ist seit den vierzehn Tagen reichlich wieder aufgewärmt worden; davon konnte er für einen Drilling bei jedem Bettelkinde einen Suppenlöffel voll bekommen! Und er mußte dir doch auch erzählen, weshalb der echte Heinz denn all die Jahre draußen blieb. Laß dich nicht nasführen Hans! Warum denn hat er nicht mit dir wollen, als und ihn von Hamburg holtest? War's denn so schlimm, wieder einmal an die volle Krippe und ins warme Nest zu kommen? – Ich will's dir sagen; das ist's: er hat sich so geschwind nicht zu dem Schelmenwagstück resolvieren können!«

Hans Adam hatte seinen grauen Kopf erhoben, aber er sprach nicht dazwischen; fast begierig horchte er auf alles, was die Schwester vorbrachte.

»Und dann«, fuhr diese fort, »die Lina hat davon erzählt;« – – aber plötzlich stand sie auf und fühlte mit ihrer Krücke, die Lina ihr dienstfertig aufgehoben hatte, nach dem Fenster hin; von draußen hörte man zwei Männerstimmen in lebhafter Unterhaltung. »O Lina«, sagte Tante Jule; »ich hör's, der eine ist der Justizrat, lauf doch und bitte ihn, ein paar Augenblicke hier heraufzukommen!«

Der Justizrat war der alte Physikus; bei dem früheren Mangel passender Alterstitel hierzulande waren alle älteren Physici Justizräte.

Hans Kirch wußte nicht, was seine Schwester mit diesem vorhatte; aber er wartete geduldig, und bald auch trat der alte Herr mit der jungen Frau ins Zimmer. »Ei, ei«, rief er, »Tante Jule und Herr Kirch beisammen? Wo ist denn nun der Patient?«

»Der da«, sagte Tante Jule und wies auf ihren Bruder; »er hat den Star auf beiden Augen!«

Der Justizrat lachte. »Sie scherzen, liebe Madame; ich wollte ich hätte selbst nur noch die scharfen Augen unsers Freundes.«

»Mach fort, Jule«, sagte Hans Kirch; »was gehst du lange um den Brei herum!«

Die dicke Frau ließ sich indes nicht stören. »Es ist nur so sinnbildlich, mein Herr Justizrat«, erklärte sie mit Nachdruck. »Aber besinnen Sie sich einmal darauf, wie Sie vor so ein zwanzig Jahren hier auch ins Haus geholt wurden; die Lina, die große Frau jetzt, schrie damals ein Zetermordio durchs Haus; denn ihr Bruder Heinz hatte sich nach Jungensart einen schönen Anker auf den Unterarm geätzt und sich dabei weidlich zugerichtet.«

Hans Kirch fuhr mit seinem Kopf herum; denn die ihm derzeit unbeachtet vorübergegangene Unterhaltung bei der ersten Abendmahlzeit kam ihm plötzlich, und jetzt laut und deutlich, wieder.

Aber der alte Doktor wiegte das Haupt. »Ich besinne mich nicht; ich hatte in meinem Leben so viele Jungen unter den Händen.«

»Nun so, mein Herr Justizrat«, sagte Tante Jule; »aber Sie kennen doch dergleichen Jungensstreiche hier bei uns; es fragt sich nur, und das möchten wir von Ihnen wissen, ob denn in zwanzig Jahren solche in Anker ohne Spur verschwinden könne?«

»In zwanzig Jahren?« erwiderte jetzt der Justizrat ohne Zögern; »ei, das kann gar leicht geschehen!«

Aber Hans Kirch mischte sich ins Gespräch: »Sie denken, wie sie's jetzt machen, Doktor, so mit blauer Tusche; nein, der Junge war damals nach der alten gründlichen Manier ans Werk gegangen; tüchtige Nadelstiche und dann mit Pulver eingebrannt.«

Der alte Arzt rieb sich die Stirn. »Ja, ja; ich entsinne mich auch jetzt. Hm! – Nein, das dürfte wohl unmöglich sein; das geht bis auf die cutis; der alte Hinrich Jakobs läuft noch heut mit seinem Anker.«

Tante Jule nickte beifällig; Frau Lina stand, die Hand an der Stuhllehne, blaß und zitternd neben ihr.

»Aber«, sagte Hans Kirch, und auch bei ihm schlich sich die Stimme nur wie mit Zagen aus der Kehle, »sollte es nicht Krankheiten geben? Da drüben in den heißen Ländern?«

Der Arzt bedachte sich eine Weile und schüttelte dann sehr bestimmt den Kopf. »Nein, nein; das ist nicht anzunehmen; es müßten denn die Blattern ihm den Arm zerrissen haben.«

Eine Pause entstand, während Frau Jule ihre gestrickten Handschuhe anzog. »Nun, Hans«, sagte sie dann; »ich muß nach Haus; aber du hast nun die Wahl: den Anker oder die Blatternarben! Was hat dein neuer Heinz denn aufzuweisen? Die Lina hat nichts von beiden sehen können; nun sieh du selber zu, wenn deine Augen noch gesund sind!«

– – Bald danach ging Hans Kirch die Straße hinauf nach seinem Speicher; er hatte die Hände über dem Rücken gefaltet, der Kopf hing ihm noch tiefer als gewöhnlich auf die Brust. Auch Frau Lina hatte das Haus verlassen und war dem Vater nachgegangen; als sie in den unteren dämmerhellen Raum des Speichers trat, sah sie ihn in der Mitte desselben stehen, als müsse er sich erst besinnen, weshalb er denn hierhergegangen sei. Bei dem Geräusche des Kornumschaufelns, das von den oberen Böden herabscholl, mochte er den Eintritt der Tochter überhört haben; denn er stieß sie fast zurück, als er sie jetzt so plötzlich vor sich sah: »Du, Lina! Was hast du hier zu suchen?«

Die junge Frau zitterte und wischte sich das Gesicht mit ihrem Tuche. »Nichts, Vater«, sagte sie; »aber Christian ist unten am Hafen, und da litt es mich nicht so allein zu Hause mit ihm – mit dem fremden Menschen! Ich fürchte mich; oh, es ist schrecklich, Vater!«

Hans Kirch hatte während dieser Worte wieder seinen Kopf gesenkt; jetzt hob er wie aus einem Abgrunde seine Augen zu denen seiner Tochter und blickte sie lange und unbeweglich an. »Ja, ja, Lina«, sagte er dann hastig; »Gott Dank, daß es ein Fremder ist!«

Hierauf wandte er sich rasch, und die Tochter hörte, wie er die Treppen zu dem obersten Bodenraum hinaufstieg.

Ein trüber Abend war auf diesen Tag gefolgt; kein Stern war sichtbar; feuchte Dünste lagerten auf der See. Im Hafen war es ungewöhnlich voll von Schiffen, meist Jachten und Schoner; aber auch ein paar Vollschiffe waren dabei und außerdem der Dampfer, welcher wöchentlich hier anzulegen pflegte. Alles lag schon in tiefer Ruhe, und auch auf dem Hafenplatz am Bollwerk entlang schlenderte nur ein einzelner Mann: wie es den Anschein hatte, müßig und ohne eine bestimmte Absicht. Jetzt blieb er vor dem einen der beiden Barkschiffe stehen, auf dessen Deck ein Junge sich noch am Gangspill zu schaffen machte; er rief einen »Guten Abend« hinüber und fragte, wie halb gedankenlos, nach Namen und Ladung des Schiffes. Als ersterer genannt wurde, tauchte ein Kopf aus der Kajüte, schien eine Weile den am Ufer Stehenden zu mustern, spie dann weit hinaus ins Wasser und tauchte wieder unter Deck. Schiff und Schiffer waren nicht von hier; der am Ufer schlenderte weiter; vom Warder drüben kam dann und wann ein Vogelschrei; von der Insel her drang nur ein schwacher Schein von den Leuchtfeuern durch den Nebel. Als er an die Stelle kam, wieder die Häuserreihe näher an das Wasser tritt, schlug von daher ein Gewirr von Stimmen an sein Ihr und veranlaßte ihn, stillzustehen. Von einem der Häuser fiel ein roter Schein in die Nacht hinaus; er erkannte es wohl, wenngleich sein Fuß die Schwelle dort noch nicht überschritten hatte; das Licht kam aus der Laterne der Hafenschenke. Das Haus war nicht wohl beleumdet; nur fremde Matrosen und etwa die Söhne von Setzschiffern verkehrten dort; er hatte das alles schon gehört. – Und jetzt erhob das Lärmen sich von neuem, nur daß auch eine Frauenstimme nun dazwischen kreischte. – Ein finsteres Lachen fuhr über das Antlitz des Mannes; beim Schein der roten Laterne und den wilden Lauten hinter den verhangenen Fenstern mochte allerlei in seiner Erinnerung aufwachen, was nicht guttut, wenn es wiederkommt. Dennoch schritt er darauf zu, und als er eben von der Stadt her die Bürgerglocke läuten hörte, trat er in die niedrige, aber geräumige Schenkstube.

An einem langen Tische saß eine Anzahl alter und junger Seeleute; ein Teil derselben, zu denen sich der Wirt gesellt zu haben schien, spielte mit beschmutzten Karten; ein Frauenzimmer, über die Jugendblüte hinaus, mit blassem, verwachtem Antlitz, dem ein Zug des Leidens um den noch immer hübschen Mund nicht fehlte, trat mit einer Anzahl dampfender Gläser herein und verteilte sie schweigend an die Gäste. Als sie an den Platz eines Mannes kam, dessen kleine Augen begehrlich aus dem grobknochigen Angesicht hervorspielten, schob sie das Glas mit augenscheinlicher Hast vor ihn hin; aber der Mensch lachte und suchte sie an ihren Röcken festzuhalten: »Nun, Ma'am, habt Ihr Euch noch immer nicht besonnen? Ich bin ein höflicher Mann, versichere Euch! Aber ich kenne die Weibergeographie: Schwarz oder Weiß, ist alles eine Sorte!«

»Laßt mich«, sagte das Weib; »bezahlt Euer Glas und laßt mich gehen!«

Aber der andre war nicht ihrer Meinung; er ergriff sie und zog sie jäh zu sich heran, daß das vor ihm stehende Glas umstürzte und der Inhalt sie beide überströmte. »Sieh nur, schöne Missis!« rief er, ohne darauf zu achten, und winkte mit seinem rothaarigen Kopfe nach einem ihm gegenübersitzenden Burschen, dessen flachsblondes Haar auf ein bleiches, vom Trunke gedunsenes Antlitz herabfiel; »sieh nur, der Jochum mit seinem greisen Kalbsgesicht hat nichts dagegen einzuwenden! Trink aus, Jochum, ich zahle dir ein neues!«

Der Mensch, zu dem er gesprochen hatte, goß mit blödem Schmunzeln sein Glas auf einen Zug hinunter und schob es dann zu neuem Füllen vor sich hin.

Einen Augenblick ruhten die Hände des Weibes, mit denen sie sich aus der gewaltsamen Umarmung zu lösen versucht hatte; ihre Blicke fielen auf den bleichen Trunkenbold, und es war, als wenn Abscheu und Verachtung sie eine Weile alles andre vergessen ließen.

Aber ihr Peiniger zog sie nur fester an sich: »Siehst du, schöne Frau! Ich dächte doch, der Tausch wäre nicht so übel! Aber, der ist's am Ende gar nicht! Nimm dich in acht, daß ich nicht aus der Schule schwatze!« Und da sie wiederum sich sträubte, nickte er einem hübschen, braunlockigen Jüngling zu, der am unteren Ende des Tisches saß. »Heinz, du Gründling«, rief er, »meinst du, ich weiß nicht, wer gestern zwei Stunden nach uns aus der roten Laterne unter Deck gekrochen ist?«

Die hellen Flammen schlugen dem armen Weibe ins Gesicht; sie wehrte sich nicht mehr, sie sah nur hilfesuchend um sich. Aber es rührte sich keine Hand; der junge hübsche Bursche schmunzelte nur und sah vor sich in sein Glas.

Aus einer unbesetzten Ecke des Zimmers hatte bisher der zuletzt erschienene Gast dem allem mit gleichgültigen Augen zugesehen; und wenn er jetzt die Faust erhob und dröhnend vor sich auf die Tischplatte schlug, so schien auch dies nur mehr wie aus früherer Gewohnheit, bei solchem Anlaß nicht den bloßen Zuschauer abzugeben. »Auch mir ein Glas!« rief er, und es klang fast, als ob er Händel suche.

Drüben war alles von den Sitzen aufgesprungen. »Wer ist das? Der will wohl unser Bowiemesser schmecken? Werft ihn hinaus! Goddam, was will der Kerl?«

»Nur auch ein Glas!« sagte der andre ruhig. »Laßt euch nicht stören! Haben, denk ich, hier wohl alle Platz!«

Die drüben waren endlich doch auch dieser Meinung und blieben an ihrem Tische; aber das Frauenzimmer hatte dabei Gelegenheit gefunden, sich zu befreien, und trat jetzt an den Tisch des neuen Gastes. »Was soll es sein?« frug sie höflich; aber als er ihr Bescheid gab, schien sie es kaum zu hören; er sah verwundert, wie ihre Augen starrt und doch wie abwesend auf ihn gerichtet waren und wie sie noch immer vor ihm stehenblieb.

»Kennen Sie mich?« sagte er und warf mit rascher Bewegung seinen Kopf zurück, so daß der Schein der Deckenlampe auf sein Antlitz fiel.

Das Weib tat einen tiefen Atemzug, und die Gläser, die sie in der Hand hielt, schlugen hörbar aneinander: »Verzeihen Sie«, sagte sie ängstlich; »Sie sollen gleich bedient werden.«

Er blickte ihr nach, wie sie durch eine Seitentür hinausging; der Ton der wenigen Worte, welche sie zu ihm gesprochen, war ein so andrer gewesen, als den er vorhin von ihr gehört hatte; langsam hob er den Arm und stützte seinen Kopf darauf; es war, als ob er mit allen Sinnen in eine weite Ferne denke. Es hätte ihm endlich auffallen müssen, daß seine Bestellung noch immer nicht ausgeführt sei; aber er dachte nicht daran. Plötzlich, während am andern Tisch die Karten mit den Würfeln wechselten, erhob er sich. Wäre die Aufmerksamkeit der übrigen Gäste auf ihn statt auf das neue Spiel gerichtet gewesen, er wäre sicher ihrem Hohne nicht entgangen; denn der hohe kräftige Mann zitterte sichtbar, als er jetzt mit auf den Tisch gestemmten Händen dastand.

Aber es war nur für einige Augenblicke; dann verließ er das Zimmer durch dieselbe Tür, durch welche vorhin die Aufwärterin hinausgegangen war. Ein dunkler Gang führte ihn in eine große Küche, welche durch eine an der Wand hängende Lampe kaum erhellt wurde. Hastig war er eingetreten; seine raschen Augen durchflogen den vor ihm liegenden wüsten Raum; und dort stand sie, die er suchte; wie unmächtig, die leeren Gläser noch in den zusammengefalteten Händen, lehnte sie gegen die Herdmauer. Einen Augenblick noch, dann trat er zu ihr. »Wieb!« rief er; »Wiebchen, kleines Wiebchen!«

Es war eine rauhe Männerstimme, die diese Worte rief und jetzt verstummte, als habe sie allen Odem an sie hingegeben.

Und doch, über das verblühte Antlitz des Weibes flog es wie ein Rosenschimmer, und während zugleich die Gläser klirrend auf den Boden fielen, entstieg ein Aufschrei ihrer Brust; wer hätte sagen mögen, ob es Leid, ob Freude war. »Heinz!« rief sie; »Heinz, du bist es; oh, sie sagten, du seist es nicht.«

Ein finstres Lächeln zuckte um den Mund des Mannes: »Ja, Wieb; ich wußt's wohl schon vorher; ich hätte nicht mehr kommen sollen. Auch dich – das alles war ja längst vorbei – ich wollte dich nicht wiedersehen, nichts von dir hören, Wieb; ich biß die Zähne aufeinander, wenn dein Name nur darüberwollte. Aber – gestern abend – es war wieder einmal Jahrmarkt drüben – wie als Junge hab' ich mir ein Boot gestohlen; ich mußte, es ging nicht anders; vor jeder Bude, auf allen Tanzböden hab' ich dich gesucht; ich war ein Narr, ich dachte, die alte Möddersch lebe noch; o süße kleine Wieb, ich dachte wohl nur an dich; ich wußte selbst nicht, was ich dachte!« Seine Stimme bebte, seine Arme streckten sich weit geöffnet ihr entgegen.

Aber sie warf sich nicht hinein; nur ihre Augen blickten traurig auf ihn hin: »O Heinz!« rief sie; »du bist es! Aber ich, ich bin's nicht mehr! – Du bist zu spät gekommen, Heinz!«

Da riß er sie an sich und ließ sie wieder los und streckte beide Arme hoch empor: »Ja, Wieb, das sind auch nicht mehr die unschuldigen Hände, womit ich damals dir die roten Äpfel stahl; by Jove, das schleißt, so siebzehn Jahre unter diesem Volk!«

Sie war neben dem Herde auf die Knie gesunken: »Heinz«, murmelte sie, »o Heinz, die alte Zeit!«

Wie verlegen stand er neben ihr; dann aber bückte er sich und ergriff die eine ihrer Hände, und sie duldete es still.

»Wieb«, sagte er leise, »wir wollen sehen, daß wir uns wiederfinden, du und ich!«

Sie sagte nichts; aber er fühlte eine Bewegung ihrer Hand, als ob sie schmerzlich in der seinen zucke.

Von der Schenkstube her erscholl ein wüstes Durcheinander; Gläser klirrten, mitunter dröhnte ein Faustschlag. »Kleine Wieb«, flüsterte er wieder, »wollen wir weit von all den bösen Menschen fort?«

Sie hatte den Kopf auf den steinernen Herd sinken lassen und stöhnte schmerzlich. Da wurden schlurfende Schritte in dem Gange hörbar, und als Heinz sich wandte, stand ein Betrunkener in der Tür; es war derselbe Mensch mit dem schlaffen gemeinen Antlitz, den er vorhin unter den andern Schiffern schon bemerkt hatte. Er hielt sich an dem Türpfosten, und seine Augen schienen, ohne zu sehen, in dem dämmerigen Raum umherzustarren. »Wo bleibt der Grog?« stammelte er. »Sechs neue Gläser. Der rote Jakob flucht nach seinem Grog!«

Der Trunkene hatte sich wieder entfernt; sie hörten die Tür der Schenkstube hinter ihm zufallen.

»Wer war das?« frug Heinz.

Wieb erhob sich mühsam. »Mein Mann«, sagte sie; »er fährt als Matrose auf England; ich diene bei meinem Stiefvater hier als Schenkmagd.«

Heinz sagte nichts darauf; aber seine Hand fuhr nach der behaarten Brust, und es war, als ob er gewaltsam etwas von seinem Nacken reiße. »Siehst du«, sagte er tonlos und hielt einen kleinen Ring empor, von dem die Enden einer zerrissenen Schnur herabhingen, »da ist auch noch das Kinderspiel! Wär's Gold gewesen, er wär so lang wohl nicht bei mir geblieben. Aber sonst – ich weiß nicht, war's um dich? Es war wohl nur ein Aberglaube, weil's doch noch das letzte Stück von Hause war.«

Wieb stand ihm gegenüber, und er sah, wie ihre Lippen sich bewegten.

»Was sagst du?« frug er.

Aber sie antwortete nicht; es war nur, als flehten ihre Augen um Erbarmen. Dann wandte sie sich und machte sich daran, wie es ihr befohlen war, den heißen Trank zu mischen. Nur einmal stockte sie in ihrer Arbeit, als ein feiner Metallklang auf dem steinernen Fußboden ihr Ohr getroffen hatte. Aber sie wußte es, sie brachte nicht erst umzusehen; was sollte er denn jetzt noch mit dem Ringe!

Heinz hatte sich auf einen hölzernen Stuhl gesetzt und sah schweigend zu ihr hinüber; sie hatte das Feuer geschürt, und die Flammen lohten und warfen über beide einen roten Schein. Als sie fortgegangen war, saß er noch da; endlich sprang er auf und trat in den Gang, der nach der Schenkstube führte. »Ein Glas Grog; aber ein festes!« rief er, als Wieb ihm von dort her aus der Tür entgegenkam; dann setzte er sich wieder allein an seinen Tisch. Bald darauf kam Wieb und stellte das Glas vor ihn hin, und noch einmal sah er zu ihr auf; »Wieb, kleines Wiebchen!« murmelte er, als sie fortgegangen war; dann trank er, und als das Glas leer war, rief er nach einem neuen, und als sie es schweigend brachte, ließ er es, ohne aufzusehen, vor sich hinstellen.

Am andern Tische lärmten sie und kümmerten sich nicht mehr um den einsamen Gast; eine Stunde der Nacht schlug nach der andern, ein Glas nach dem andern trank er; nur wie durch einen Nebel sah er mitunter das arme schöne Antlitz des ihm verlorenen Weibes, bis er endlich dennoch nach den andern fortging und dann spät am Vormittag mit wüstem Kopf in seinem Bett erwachte.

In der Kirchschen Familie war es schon kein Geheimnis mehr, in welchem Hause Heinz diesmal seine Nacht verbracht hatte. Das Mittagsmahl war, wie am gestrigen Tage, schweigend eingenommen; jetzt am Nachmittage saß Hans Adam Kirch in seinem Kontor und rechnete. Zwar lag unter den Schiffen im Hafen auch das seine, und die Kohlen, die es von England gebracht hatte, wurden heut gelöscht, wobei Hans Adam niemals sonst zu fehlen pflegte; aber diesmal hatte er seinen Tochtermann geschickt; er hatte Wichtigeres zu tun: er rechnete, er summierte und subtrahierte, er wollte wissen, was ihn dieser Sohn, den er sich so unbedacht zurückgeholt hatte, oder – wenn es nicht sein Sohn war – dieser Mensch noch kosten dürfe. Mit rascher Hand tauchte er seine Feder ein und schrieb seine Zahlen nieder; Sohn oder nicht, das stand ihm fest, es mußte jetzt ein Ende haben. Aber freilich – und seine Feder stockte einen Augenblick –, um weniges würde er ja schwerlich gehen; und – wenn es dennoch Heinz wäre, den Sohn durfte er mit wenigem nicht gehen heißen. Er hatte sogar daran gedacht, ihm ein für allemal das Pflichtteil seines Erbes auszuzahlen; aber die gerichtliche Quittung, wie war die zu beschaffen? Denn sicher mußte es doch gemacht werden, damit er nicht noch einmal wiederkomme. Er warf die Feder hin, und der Laut, der an den Zähnen ihm verstummte, klang beinahe wie ein Lachen: es war ja aber nicht sein Heinz! Der Justizrat, der verstand es doch; und der alte Hinrich Jakobs trug seinen Anker noch mit seinen achtzig Jahren!

Hans Kirch streckte die Hand nach einer neben ihm liegenden Ledertasche aus; langsam öffnete er sie und nahm eine Anzahl Kassenscheine von geringem Werte aus derselben. Nachdem er sie vor sich ausgebreitet und dann einen Teil und nach einigem Zögern noch einen Teil davon in die Ledertasche zurückgelegt hatte, steckte er die übrigen in ein bereit gehaltenes Kuvert; er hatte genau die mäßige Summe abgewogen.

Er war nun fertig; aber noch immer saß er da, mit herabhängendem Unterkiefer, die müßigen Hände an den Tisch geklammert. Plötzlich fuhr er auf, seine grauen Augen öffneten sich weit: »Hans! Hans!« hatte es gerufen; hier im leeren Zimmer, wo, wie er jetzt bemerkte, schon die Dämmerung in allen Winkeln lag. Aber er besann sich; nur seine eignen Gedanken waren über ihn gekommen; es war nicht jetzt, es war schon viele Jahre her, daß ihn diese Stimme so gerufen hatte. Und dennoch, als ob er widerwillig einem außer sich Gehorsam leiste, öffneten seine Hände noch einmal die Ledertasche und nahmen zögernd eine Anzahl großer Kassenscheine aus derselben. Aber mit jedem einzelnen, den Hans Adam jetzt der vorher bemessenen kleinen Summe zugesellte, stieg sein Groll gegen den, der dafür Heimat und Vaterhaus an ihn verkaufen sollte; denn was zum Ausbau langgehegter Lebenspläne hatte dienen sollen, das mußte er jetzt hinwerfen, nur um die letzten Trümmer davon wegzuräumen.

– – Als Heinz etwa eine Stunde später, von einem Gange durch die Stadt zurückkehrend, die Treppe nach dem Oberhaus hinaufging, trat gleichzeitig Hans Adam unten aus seiner Zimmertür und folgte ihm so hastig, daß beide fast miteinander in des Sohnes Kammer traten. Die Magd, welche oben auf dem Vorplatz arbeitete, ließ bald beide Hände ruhen; sie wußte es ja wohl, daß zwischen Sohn und Vater nicht alles in Ordnung war, und drinnen hinter der geschlossenen Tür schien es jetzt zu einem heftigen Gespräch zu kommen. – Aber nein, sie hatte sich getäuscht, es war nur immer die alte Stimme, die sie hörte; und immer lauter und drohender klang es, obgleich von der andern Seite keine Antwort darauf erfolgte; aber vergebens strengte sie sich an, von dem Inhalte etwas zu verstehen; sie hörte drinnen den offenen Fensterflügel im Winde klappern und ihr war, als würden die noch immer heftiger hervorbrechenden Worte dort in die dunkle Nacht hinaus geredet. Dann endlich wurde es still; aber zugleich sprang die Magd, von der aufgestoßenen Kammertür getroffen, mit einem Schrei zur Seite und sah ihren gefürchteten Herrn mit wirrem Haar und wild blickenden Augen die Treppe hinabstolpern, und hörte, wie die Kontortür aufgerissen und wieder zugeschlagen wurde.

Bald danach trat auch Heinz aus seiner Kammer; als er unten im Flut der Schwester begegnete, ergriff er fast gewaltsam ihre beiden Hände und drückte sie so heftig, daß sie verwundert zu ihm aufblickte; als sie aber zu ihm sprechen wollte, war er schon draußen auf der Gasse. Er kam auch nicht zur Abendmahlzeit; aber als die Bürgerglocke läutete, stieg er die Treppe wieder hinauf und ging in seine Kammer.

– – Am andern Morgen in der Frühe stand Heinz vollständig angekleidet droben vor dem offenen Fenster; die scharfe Luft strich über ihn hin, aber es schien ihm wohlzutun; fast mit Andacht schaute er auf alles, was, wie noch im letzten Hauch der Nacht, dort unten vor ihm ausgebreitet lag. Wie bleicher Strahl glänzte die breitere Wasserstraße zwischen dem Warder und der Insel drüben, während auf dem schmaleren Streifen zwischen jenem und dem Festlandsufer schon der bläulichrote Frühschein spielte. Heinz betrachtete das alles; doch nicht lange stand er so; bald trat er an einen Tisch, auf welchem das Kuvert mit den so widerwillig abgezählten Kassenscheinen noch an derselben Stelle lag, wo es Hans Kirch am Abende vorher gelassen hatte.

Ein bitteres Lächeln umflog seinen Mund, während er den Inhalt hervorzog und dann, nachdem er einige der geringeren Scheine an sich genommen hatte, das übrige wieder an seine Stelle brachte. Mit einem Bleistift, den er auf dem Tische fand, notierte er die kleine Summe, welche er herausgenommen hatte, unter der größeren, die auf dem Kuvert verzeichnet stand; dann, als er ihn schon fortgelegt hatte, nahm er noch einmal den Stift und schrieb darunter: » Thanks for the alms and farewell for ever.« Er wußte selbst nicht, warum er das nicht auf deutsch geschrieben hatte.

Leise, um das schlafende Haus nicht zu wecken, nahm er sein Reisegepäck vom Boden; noch leiser schloß er unten im Flut die Tür zur Straße auf, als er jetzt das Haus verließ.

In einer Nebengasse hielt ein junger Bursche mit einem einspännigen Gefährte; das bestieg er und fuhr damit zur Stadt hinaus. Als sie auf die Höhe des Hügelzuges gelangt waren, von wo aus man diese zum letzten Male erblicken kann, wandte er sich um und schwenkte dreimal seine Mütze. Dann ging's im Trabe in das weite Land hinaus.

Aber einer im Kirchschen Hause war dennoch mit ihm wach gewesen. Hans Kirch hatte schon vor dem Morgengrauen aufrecht in seinem Bett gesessen; mit jedem Schlage der Turmuhr hatte er schärfer hingehorcht, ob nicht ein erstes Regen im Oberhause hörbar werde. Nach langem Harren war ihm gewesen, als würde dort ein Fensterflügel aufgestoßen; aber es war wieder still geworden, und die Minuten dehnten sich und wollten nicht vorüber. Sie gingen dennoch; und endlich vernahm er das leise Knarren einer Tür, es kam die Treppe in den Flur hinab, und jetzt – er hörte es deutlich, wie der Schlüssel in dem Schloß der Haustür drehte. Er wollte aufspringen; aber nein, er wollte es ja nicht; mit aufgestemmten Armen blieb er sitzen, während nun draußen auf der Straße kräftige Mannestritte laut wurden und nach und nach in unhörbare Ferne sich verloren.

Als das übrige Haus allmählich in Bewegung kam, stand er auf und setzte sich zu seinem Frühstück, das ihm, wie jeden Morgen, im Kontor bereitgestellt war. Dann griff er nach seinem Hute – einen Stock hatte er als alter Schiffer bis jetzt noch nicht gebraucht – und ging, ohne seine Hausgenossen gesehen zu haben, an den Hafen hinab, wo er seinen Schwiegersohn bereits mit der Leitung des Löschens beschäftigt fand. Diesem von den letzten Vorgängen etwas mitzuteilen, schien er nicht für nötig zu befinden; aber er sandte ihn nach dem Kohlenschuppen und gab ihm Aufträge in die Stadt, während er selber hier am Platze blieb. Wortkarg und zornig erteilte er seine Befehle; es hielt schwer, ihm heute etwas recht zu machen, und wer ihn ansprach, erhielt meist keine Antwort; aber es geschah auch bald nicht mehr, man kannte ihn ja schon.

Kurz vor Mittag war er wieder in seinem Zimmer. Wie aus unwillkürlichem Antrieb hatte er hinter sich die Tür verschlossen; aber er saß kaum in seinem Lehnstuhl, als von draußen Frau Linas Stimme dringend Einlaß begehrte. Unwirsch stand er auf und öffnete. »Was willst du?« frug er, als die Tochter zu ihm eingetreten war.

»Schelte mich nicht, Vater«, sagte sie bittend; »aber Heinz ist fort, auch sein Gepäck; oh, er kommt niemals wieder!«

Er wandte den Kopf zur Seite: »Ich weiß das, Lina; darum hättst du dir die Augen nicht dick zu weinen brauchen.«

»Du weißt es, Vater?« wiederholte sie und sah ihn wie versteinert an.

Hans Kirch fuhr zornig auf: »Was stehst du noch? Die Komödie ist vorbei; wir haben gestern miteinander abgerechnet.«

Aber Frau Lina schüttelte nur ernst den Kopf. »Das fand ich oben auf seiner Kammer«, sagte sie und reichte ihm das Kuvert mit den kurzen Abschiedsworten und dem nur kaum verkürzten Inhalt. »O Vater, er war es doch! Er ist es doch gewesen!«

Hans Kirch nahm es; er las auch, was dort geschrieben stand; er wollte ruhig bleiben, aber seine Hände zitterten, daß aus der offenen Hülle die Scheine auf den Fußboden hinabfielen.

Als er sie eben mit Linas Hilfe wieder zusammengerafft hatte, wurde an die Tür gepocht, und ohne die Aufforderung dazu abzuwarten, war eine blasse Frau hereingetreten, deren erregte Augen ängstlich von dem Vater zu der Tochter flohen.

»Wieb!« rief Frau Lina und trat einen Schritt zurück.

Wieb rang nach Atem. »Verzeihung!« murmelte sie. »Ich mußte; Ihr Heinz ist fort; Sie wissen es vielleicht nicht; aber der Fuhrmann sagte es, er wird nicht wiederkommen, niemals!«

»Was geht das dich an!« fiel ihr Hans Kirch ins Wort.

Ein Laut des Schmerzes stieg aus ihrer Brust, daß Linas Augen unwillkürlich voll Mitleid auf diesem einst so holden Antlitz ruhten. Aber Wieb hatte dadurch wieder Mut gewonnen. »Hören Sie mich!« rief sie. »Aus Barmherzigkeit mit Ihrem eignen Kinde! Sie meinen, er sei es nicht gewesen; aber ich weiß es, daß es niemand anders war! Das«, und sie zog die Schnur mit dem kleinen Ringe aus ihrer Tasche, »es ist ja einerlei nun, ob ich's sage – das gab ich ihm, da wir noch halbe Kinder waren; denn ich wollte, daß er mich nicht vergesse! Er hat's auch wieder heimgebracht und hat es gestern vor meinen Augen in den Staub geworfen.«

Ein Lachen, das wie Hohn klang, unterbrach sie. Hans Kirch sah sie mit starren Augen an: »Nun, Wieb, wenn's denn dein Heinz gewesen ist, es ist nicht viel geworden aus euch beiden.«

Aber sie achtete nicht darauf, sie hatte sich vor ihm hingeworfen. »Hans Kirch!« rief sie und faßte beide Hände des alten Mannes und schüttelte sie. »Ihr Heinz, hören Sie es nicht? Er geht ins Elend, er kommt niemals wieder! Vielleicht – o Gott, sei barmherzig mit uns allen! Es ist noch Zeit vielleicht!«

Auch Lina hatte sich jetzt neben sie geworfen; sie scheute es nicht mehr, sich mit dem armen Weibe zu vereinigen. »Vater«, sagte sei und streichelte die eingesunkenen Wangen des harten Mannes, der jetzt dies alles über sich ergehen ließ, »du sollst diesmal nicht allein reisen, ich reise mit dir; er maß ja jetzt in Hamburg sein; oh, ich will nicht ruhen, bis ich ihn gefunden habe, bis wir ihn wieder hier in unsern Armen halten! Dann wollen wir es besser machen, wir wollen Geduld mit ihm haben; oh, wir hatte sie nicht, mein Vater! Und sag nur nicht, daß du nicht mit uns leidest, dein bleiches Angesicht kann doch nicht lügen! Sprich nur ein Wort, Vater, befiehl mir, daß ich den Wagen herbestelle, ich will gleich selber laufen, wir haben ja keine Zeit mehr zu verlieren!« Und sie warf den Kopf an ihres Vaters Brust und brach in lautes Schluchzen aus.

Wieb war aufgestanden und hatte sich bescheiden an die Tür gestellt; ihre Augen sahen angstvoll auf die beiden hin.

Aber Hans Kirch saß wie ein totes Bild; sein jahrelang angesammelter Groll ließ ihn nicht los; denn erst jetzt, nach diesem Wiedersehen mit dem Heimgekehrten, war in der grauen Zukunft keine Hoffnung mehr für ihn. »Geht!« sagte er endlich, und seine Stimme klang so hart wir früher; »mag er geheißen haben, wie er will, der diesmal unter meinem Dach geschlafen hat; mein Heinz hat schon vor siebzehn Jahren mich verlassen.«

Für fremde Augen mochte es immerhin den Anschein haben, als ob Hans Kirch auch jetzt noch in gewohnter Weise seinen mancherlei Geschäften nachgehe; in Wirklichkeit aber hatte er das Steuer mehr und mehr in die Hand des jüngeren Teilhabers der Firma übergehen lassen; auch aus dem städtischen Kollegium war er, zur stillen Befriedigung einiger ruheliebender Mitglieder, seit kurzer Zeit geschieden; es drängte ihn nicht mehr, in den Gang der kleinen Welt, welche sich um ihn her bewegte, einzugreifen.

Seit wieder die ersten scharfen Frühlingslüfte wehten, konnte man ihn oft auf der Bank vor seinem Hause sitzen sehen, trotz seiner jetzt fast weißen Haare als alter Schiffer ohne jede Kopfbedeckung. – Eines Morgens kam ein noch weißerer Mann die Straße hier herab und setzte sich, nachdem er näher getreten war, ohne weiteres an seine Seite. Es war ein früherer Ökonom des Armenhauses, mit dem er als Stadtverordneter eines manches zu verhandeln gehabt hatte; der Mann war später in gleicher Stellung an einen andern Ort gekommen, jetzt aber zurückgekehrt, um hier in seiner Vaterstadt seinen Alterspfennig zu verzehren. Es schien ihn nicht zu stören, daß das Antlitz seines früheren Vorgesetzten ihn keineswegs willkommen hieß; er wollte ja nur plaudern, und er tat es um so reichlicher, je weniger er unterbrochen wurde; und eben jetzt geriet er an einen Stoff, der unerschöpflicher als jeder andre schien. Hans Kirch hatte Unglück mit den Leuten, die noch weißer als er selber waren; wo sie von Heinz sprechen sollten, da sprachen sie von sich selber, und wo sie von allem andern sprechen konnten, da sprachen sie von Heinz. Er wurde unruhig und suchte mit schroffen Worten abzuwehren; aber der geschwätzige Greis schien nichts davon zu merken. »Ja, ja; ei du mein lieber Herrgott!« fuhr er fort, behaglich in seinem Redestrome weiterschwimmend; »der Hasselfritze und der Heinz, wenn ich an die beiden Jungen denke, wie sie sich einmal die großen Anker an die Arme brannten! Ihr Heinz, ich hörte wohl, der mußte vor dem Doktor liegen; den Hasselfritze aber hab' ich selber mit dem Haselstock kuriert.«

Er lachte ganz vergnüglich über sein munteres Wortspiel; Hans Kirch aber war plötzlich aufgestanden und sah mit offenem Munde gar grimmig auf ihn herab. »Wenn Er wieder schwatzen will, Fritz Peters«, sagte er, »so suche Er sich eine andre Bank; da drüben bei dem jungen Doktor steht just eine hagelneue!«

Er war ins Haus gegangen und wanderte in seinem Zimmer hin und wider; immer tiefer sank sein Kopf zur Brust hinab, dann aber erhob er ihn allmählich wieder. Was hatte er denn eigentlich vorhin erfahren? Daß der Hasselfritze ebenfalls das Ankerzeichen hätte haben müssen? Was war's denn weiter? – Welchen Gast er von einem Sonntag bis zum andern oder ein paar Tage noch länger bei sich beherbergt hatte, darüber brauchte ihn kein andrer aufzuklären.

Und auch dieser Tag ging vorüber, und die dann kamen, nahmen ihren gleichmäßigen Verlauf. – Im Oberhause wurde ein Kind geboren; der Großvater frug, ob es ein Junge sei; es war ein Mädchen, und er sprach dann nicht mehr darüber. Aber was hätte es ihm auch geholfen, wenn es ein künftiger Christian oder günstigenfalls ein Hans Martens gewesen wäre! Nur die Unruhe, die jetzt oft nächtens über seinem Kopfe in dem Schlafzimmer des jungen Paares herrschte, störte ihn.

Eines Abends, da es schon Herbst geworden – es jährte sich grade mit der Abreise seines Sohnes –, war Hans Kirch wie gewöhnlich mit dem Schlage zehn in seine nach der Hofseite belegene Schlafkammer getreten. Es war die Zeit der Äquinoktialstürme, und hier hinaus hörte man die ganze Gewalt des Wetters; bald heulte es in den obersten Luftschichten, bald fuhr es herab und tobte gegen die kleinen Fensterscheiben. Hans Kirch hatte seine silberne Taschenuhr hervorgezogen, um sie, wie jeden Abend, aufzuziehen; aber er stand noch immer mit dem Schlüssel in der Hand, hinaushorchend in die wilde Nacht.

Das Balken und Sparrenwerk des neuen Daches krachte, als ob es aus den Fugen solle; aber er hörte es nicht; seine Gedanken fuhren draußen mit dem Sturm. »Südsüdwest!« murmelte er vor sich hin, während er den Uhrschlüssel in die Tasche steckte und die Uhr unaufgezogen über seinem Bette an den Haken hing. – Wer jetzt auf See war, hatte keine Zeit zum Schlafen; aber er war ja seit lange nicht mehr auf See; er wollte schlafen, wie er es bei manchem Sturm hier schon getan hatte; die Stürme kamen ja allemal im Äquinoktium, er hatte sie so manches Mal gehört.

Aber es mußte heute noch etwas andres dabei sein; Stunden waren schon vergangen, und noch immer lag er wach in seinen Kissen. Ihm war, als könne er Hunderte von Meilen weit hinaushorchen nach einem klippenvollen Küstenwasser des Mittelländischen Meeres, das er in seiner Jugend als Matrose einst befahren hatte; und als endlich ihm die Augen zugefallen waren, riß er gleich darauf mit Gewalt sich wieder empor; denn ganz deutlich hatte er ein Schiff gesehen, ein Vollschiff mit gebrochenen Masten, das von turmhohen Wellen auf und ab geschleudert wurde. Er suchte sich völlig zu ermuntern, aber wieder drückte es ihm die Augen zu, und wiederum erkannte er das Schiff; deutlich sah er zwischen Bugspriet und Vordersteven die Gallion, eine weiße mächtige Fortuna, bald in der schäumenden Flut versinken, bald wieder stolz emportauchen, als ob sie Schiff und Mannschaft über Wasser halten wolle. Dann plötzlich hörte er einen Krach; er fuhr jäh empor und fand sich aufrecht in seinem Bette sitzend.

Alles um ihn her war still, er hörte nichts; er wollte sich besinnen, ob es nicht eben vorher noch laut gestürmt habe; da überfiel es ihn, als sei er nicht allein in seiner Kammer; er stützte beide Hände auf die Bettkanten und riß weit die Augen auf. Und – da war es, dort in der Ecke stand sein Heinz; das Gesicht sah er nicht, denn der Kopf war gesenkt, und die Haare, die von Wasser trieften, hingen über die Stirn herab; aber er erkannte ihn dennoch – woran, das wußte er nicht und frug er sich auch nicht. Auch von den Kleidern und von den herabhängenden Armen troff das Wasser; es floß immer mehr herab und bildete einen breiten Strom nach seinem Bette zu.

Hans Kirch wollte rufen, aber er saß wie gelähmt mit seinen aufgestemmten Armen; endlich brach ein lauter Schrei aus seiner Brust, und gleich darauf hörte er es über sich in der Schlafkammer der jungen Leute poltern, und auch den Sturm hörte er wieder, wie er grimmig an den Pfosten seines Hauses rüttelte.

Als bald danach sein Schwiegersohn mit Licht hereintrat, fand dieser ihn in seinen Kissen zusammengesunken. »Wir hörten Euch schreien«, frug er, »was ist Euch, Vater?«

Der Alte sah starr nach jener Ecke. »Er ist tot«, sagte er, »weit von hier.«

»Wer ist tot, Vater? Wen meint Ihr? Mein Ihr Euren Heinz?«

Der Alte nickte. »Das Wasser«, sagte er; »geh da fort, du stehst ja mitten in dem Wasser!«

Der Jünger fuhr mit dem Lichte gegen den Fußboden: »Hier ist kein Wasser, Vater, Ihr habt nur schwer geträumt.«

»Du bist kein Seemann, Christian; was weißt du davon!« sagte der Alte heftig. »Aber ich weiß es, so kommen unsre Toten.«

»Soll ich Euch Lina schicken, Vater?« frug Christian Martens wieder.

»Nein, nein, sie soll bei ihrem Kinde bleiben; geh nur, laß mich allein!«

Der Schwiegersohn war mit dem Lichte fortgegangen, und Hans Kirch saß im Dunkeln wieder aufrecht in seinem Bette; er streckte zitternd die Arme nach jener Ecke, wo eben noch sein Heinz gestanden hatte; er wollte ihn noch einmal sehen, aber er sah vergebens in undurchdringliche Finsternis.

– – Es ging schon in den Vormittag, als Frau Lina, da sie unten in die Stube trat, das Frühstück ihre Vaters unberührt fand; als sie dann in die Schlafkammer ging, lag er noch in seinem Bette; er konnte nicht aufstehen, denn ein Schlaganfall hatte ihn getroffen, freilich nur an der einen Seite und ohne ihn am Sprechen zu behindern. Er verlangte nach seinem alten Arzte, und die Tochter lief selbst nach dem Hause des Justizrats und stand bald wieder zugleich mit diesem an des Vaters Lager.

Es war nicht gar so schlimm, es würde wohl so vorübergehen, lautete dessen Ausspruch. Aber Hans Kirch hörte kaum darauf; mehr als bei seiner Krankheit waren seine Gedanken bei den Vorgängen der verflossenen Nacht; Heinz hatte sich gemeldet, Heinz war tot, und der Tote hatte alle Rechte, die er noch eben dem Lebenden mehr hatte zugestehen wollen.

Als Frau Lina es ihm ausreden wollte, berief er sich eifrig auf den Justizrat, der ja seit Jahr und Tag in manches Seemannshaus gekommen sei.

Der Justizrat suchte zu beschwichtigen. »Freilich«, fügte er hinzu, »wir Ärzte kennen Zustände, wo Träume selbst am hellen Werktag das Gehirn verlassen und dem Menschen leibhaftig in die Augen schauen.«

Hans Kirch warf verdrießlich seinen Kopf herum: »Das ist mir zu gelehrt, Doktor; wie war's denn damals mit dem Sohn des alten Rickerts?«

Der Arzt faßte den Puls des Kranken. »Es trifft, es trifft auch nicht«, sagte er bedächtig; das war der ältere Sohn; der jüngere, der sich auch gemeldet haben sollte, fährt noch heute seines Vaters Schiff.«

Hans Kirch schwieg; er wußte es doch besser als alle andern, was weit von hier in dieser Nacht geschehen war.

Wie der Arzt es vorhergesagt hatte, so geschah es. Nach einigen Wochen konnte der Kranke das Bett und allmählich auch das Zimmer, ja sogar das Haus verlassen; nur bedurfte er dann, gleich seiner Schwester, eines Krückstockes, den er bisher verschmäht hatte. Von seinem früheren Jähzorn schien meist nur eine weinerliche Ungeduld zurückgeblieben; wenn es ihn aber einmal wie vordem überkam, dann brach er hinterher erschöpft zusammen.

Als es Sommer wurde, verlangte er aus der Stadt hinaus, und Frau Lina begleitete ihn mehrmals auf dem hohen Uferwege um die Bucht, von wo er nicht nur die Inseln, sondern ostwärts auch das freie Wasser sehen konnte. Da das Ufer an mehreren Stellen tief und steil gegen den Strand hin abfällt, so wagte man ihn hier nicht allein zu lassen und gab ihm zu andern Malen, wenn die Tochter keine Zeit hatte, einen der Arbeiter oder sonst eine andre sichere Person zur Seite.

– – Auf den Sommer war der Herbst gefolgt, und es war um die Zeit, da Heinzens kurze Einkehr in das Elternhaus zum zweitenmal sich jährte. Hans Kirch saß auf einem sandigen Vorsprunge des steilen Ufers und ließ die Nachmittagssonne seinen weißen Kopf bescheinen, während er die Hände vor sich auf seinen Stock gefaltet hielt und seine Augen über die glatte See hinausstarrten. Neben ihm stand ein Weib, anscheinend in gleicher Teilnahmslosigkeit, welche den Hut des alten Mannes in der herabhängenden Hand hielt. Sie mochte kaum über dreißig Jahre zählen; aber nur ein schärferes Auge hätte in diesem Antlitz die Spuren einer früh zerstörten Anmut finden können. Sei schien nichts davon zu hören, was der alte Schiffer, ohne sich zu rühren, vor sich hin sprach; es war auch nur ein Flüstern, als ob er es den leeren Lüften anvertraue; allmählich aber wurde es lauter: »Heinz, Heinz!« rief er. »Wo ist Heinz Kirch geblieben?«Dann wieder bewegte er langsam seinen Kopf: »Es ist auch einerlei, denn es kennt ihn keiner mehr.«

Da seufzte das Weib an seiner Seite, daß er sich wandte und zu ihr aufsah. Als sie das blasse Gesicht zu ihm niederbeugte, suchte er ihre Hand zu fassen: »Nein, nein, Wieb, du – du kanntest ihn; dafür« – und er nickte vertraulich zu ihr auf – »bleibst du auch bei mir, solang ich lebe; und auch nachher – ich habe in meinem Testament das festgemacht; es ist nur gut, daß dein Taugenichts von Mann sich totgetrunken.«

Als sie nicht antwortete, wandte er seinen Kopf wieder ab, und seine Augen folgten einer Möwe, die vom Strande über das Wasser hinausflog. »Und dort«, begann er wieder, und seine Stimme klang jetzt ganz munter, während er mit seinem Krückstock nach dem Warder zeigte, »da hat er damals dich herumgefahren? Und dann schalten sie vom Schiff herüber?« – Und als sie schweigend zu ihm herabnickte, lachte er leise vor sich hin. Aber bald verfiel er wieder in sein Selbstgespräch, während seine Augen vor ihm in die große Leere starrten. »Nur in der Ewigkeit, Heinz! Nur in der Ewigkeit!« rief er, in plötzliches Weinen ausbrechend, und streckte zitternd beide Arme nach dem Himmel.

Aber seine laut gesprochenen Worte erhielten diesmal eine Antwort. »Was haben wir Menschen mit der Ewigkeit zu schaffen?« sprach eine heisere Stimme neben ihm. Es war ein herabgekommener Tischler, den sie in der Stadt den »Sozialdemokraten« nannten; er glaubte ein Loch in seinem Christenglauben entdeckt zu haben und pflegte nun nach Art geringer Menschen gegen andre damit zu trotzen.

Mit einer raschen Bewegung, die weit über die Kraft des gebrochenen Mannes hinauszugehen schien, hatte Hans Kirch sich zu dem Sprechenden gewandt, der mit verschränkten Armen stehenblieb. »Du kennst mich wohl nicht, Jürgen Hans?« rief er, während der ganze Leib zitterte. »Ich bin Hans Kirch, der seinen Sohn verstoßen hat, zweimal! Hörst du es, Jürgen Hans? Zweimal hab' ich meinen Heinz verstoßen, und darum hab' ich mit der Ewigkeit zu schaffen!«

Der andre war dicht an ihn herangetreten. »Das tut mir leid, Herr Kirch«, sagte er und wog ihm trocken jedes seiner Worte zu; »die Ewigkeit ist in den Köpfen alter Weiber!«

Ein fieberhafter Blitz fuhr aus den Augen des greisen Mannes. »Hund!« schrie er, und ein Schlag des Krückstocks pfiff jäh am Kopf des andern vorüber.

Der Tischler sprang zur Seite, dann stieß er ein Hohngelächter aus und schlenderte den Weg zur Stadt hinab.

Aber die Kraft des alten Mannes war erschöpft; der Stock entfiel seiner Hand und rollte vor ihm den Hang hinunter, und er wäre selber nachgestürzt, wenn nicht das Weib sich rasch gebückt und ihn in ihren Armen aufgefangen hätte.

Neben ihm kniend, sanft und unbeweglich, hielt sie das weiße Haupt an ihrer Brust gebettet, denn Hans Kirch war eingeschlafen. – Das Abendrot legte sich über das Meer, ein leichter Wind hatte sich erhoben, und drunten rauschten die Wellen lauter an den Strand. Noch immer beharrte sie in ihrer unbequemen Stellung; erst als schon die Sterne schienen, schlug er die Augen zu ihr auf: »Er ist tot«, sagte er, »ich weiß es jetzt gewiß; aber – in der Ewigkeit, da will ich meinen Heinz schon wiederkennen.«

»Ja«, sagte sie leise, »in der Ewigkeit.«

Vorsichtig von ihr gestützt, erhob er sich, und als sie seinen Arm um ihren Hals und ihren Arm ihm um die Hüfte gelegt hatte, gingen sie langsam nach der Stadt zurück. Je weiter sie kamen, desto schwerer wurde ihre Last; mitunter mußten sie stillstehn, dann blickte Hans Kirch nach den Sternen, die ihm einst so manche Herbstnacht an Bord seiner flinken Jacht geschienen hatten, und sagte: »Es geht schon wieder«, und sie gingen langsam weiter. Aber nicht nur von den Sternen, auch aus den blauen Augen des armen Weibes leuchtete ein milder Strahl; nicht jener mehr, der einst in einer Frühlingsnacht ein wildes Knabenhaupt an ihre junge Brust gerissen hatte, aber ein Strahl jener allbarmherzigen Frauenliebe, die allen Trost des Lebens in sich schließt.

Noch während der nächsten Jahre, meist an stillen Nachmittagen und wenn die Sonne sich zum Untergange neigte, konnte man Hans Kirch mit seiner steten Begleiterin auf dem Uferwege sehen; zur Zeit des Herbst-Äquinoktiums war er selbst beim Nordoststurm nicht daheim zu halten. Dann hat man ihn auf dem Friedhof seiner Vaterstadt zur Seite seiner stillen Frau begraben.

Das von ihm begründete Geschäft liegt in den besten Händen; man spricht schon von dem »reichen« Christian Martens, und Hans Adams Tochtermanne wird der Stadtrat nicht entgehen;

auch ein Erbe ist längst geboren und läuft schon mit dem Ranzen in die Rektorschule; – wo aber ist Heinz Kirch geblieben?

Der Herr Etatsrat

Wir hatten über Personen und Zustände gesprochen, wie sie zur Zeit meiner Jugend in unsrer Vaterstadt gewesen waren, und zuletzt auch einer eigentümlichen und derzeit nicht eben in bester Weise viel besprochenen Persönlichkeit Erwähnung getan.

»Sie müssen die Bestie ja noch in Person gekannt haben?« wandte sich ein etwas derber junger Freund zu mir. »Ich habe nur so von fern darüber reden hören.«

»Wenn Sie«, erwiderte ich, »mit diesem Worte den Herrn Etatsrat bezeichnen wollen, so habe ich ihn in gewisser Beziehung allerdings gekannt; ihn und auch die Seinen. Übrigens gehörte er ohne Zweifel zu der Gattung homo sapiens; denn er hatte unbewegliche Ohren und ging, wenn er nicht betrunken war, trotz seiner kurzen Beine aufrecht. Freilich soll eine Nachtwächterfrau, da sie einst im Schummerabend ihm begegnete, mit Zetergeschrei davongelaufen sein, weil sie ihn für einen Tanzbären hielt, den sie tags vorher auf dem Jahrmarkte gesehen hatte. Und in der Tat, der dicke braunrote Kopf mit dem kurzgeschorenen Schwarzhaar, welcher unmittelbar aus dem fleischigen Brustkasten herausgewachsen schien, mochte alten Frauen immerhin einen gerechten Schrecken einjagen.

Bei uns Jungen war die Wirkung freilich eine andre. Mir ist noch wohl erinnerlich, wie einst an einem Sonntagvormittage ein armer Bube unter dem Versprechen eines Sechslings bei der etatsrätlichen Gartenplanke von uns angestellt wurde, um uns zu rufen, sobald der mächtige Herr den einzigen Ort betreten hätte, worin er derzeit außer seinem Hause noch in Person zu sehen war.

Und bald, auf einen vorsichtig erteilten Wink des Jungen, lagen auch wir mit plattgedrückten Nasen an der Planke. ›Dat es em! Dat is em!‹ ging es flüsternd von dem einen zum andern, als endlich die groteske Gestalt, aus einer riesigen Meerschaumpfeife rauchend, unter dröhnendem Räuspern auf dem Gartensteige dahergewatschelt kam und sich dann in einer offenen Laube in einen kräftig gezimmerten Lehnsessel sinken ließ. Nachdem er den verlorenen Atem wiedergewonnen hatte, blickte er mit einer herablassenden Miene um sich und räusperte sich dann noch einmal, daß es weit über die Nachbargärten hinscholl. Diesmal aber war es unverkennbar ein demonstratives Räuspern: ›Ihr kleinen Leute, wisset es alle, der Herr Etatsrat wird jetzt seine Gartenruhe halten!‹ Dann suchte er seinen dicken Kopf zwischen den Schultern aufzurichten und rief ein paarmal hintereinander: ›Käfer – Käfer!‹

Es war kein Insekt, das auf diesen Ruf erschien, sondern ein etwa achtzehnjähriger Bursche, der als Schreiber und Bedienter in einer Person bei ihm beschäftigt wurde. Vom Hause her brachte er erst einen kleinen Tisch, dann einen Schemel, einen Tabakskasten, eine Zeitung und zuletzt auf einem Präsentierbrettchen ein großes Kelchglas, aus dem dein starker Dampf emporstieg. Der Bursche mit seinem zarten, blassen Gesicht und den weichgelockten braunen Haaren sah keineswegs so übel aus; aber die Art, womit er alle diese Dings schob und rückte und dem Herrn Etatsrat handgerecht zu machten wußte, war von einer so glatten Beflissenheit und doch wiederum so unverkennbar von verstohlenem Trotz begleitet, daß ich schon damals einen mir sehr unbewußten Widerwillen gegen diesen Käfer faßte. Mir sind im späteren Leben ähnliche Gesichter begegnet, welche, ohne daß etwas Besonderes von ihnen ausgegangen wäre, meine flache Hand ins Zucken brachten und mir dadurch über meine derzeitigen Gefühle und Wünsche in betreff jenes schmucken Gesellen zur völligen Klarheit halfen.

Wie lange übrigens damals der Herr Etatsrat in seinem Gartensessel ruhte und wie oft der dampfende Kelch geleert wurde, vermag ich nicht zu sagen; jedenfalls hörten wir noch mehrere Male das ›Käfer – Käfer!‹ und sahen den geschmeidigen Burschen mit einer neuen Füllung aus dem Hause kommen.«

Ob der Herr Etatsrat, welcher eine höhere Stelle in dem Wasserbauwesen unsers Landes bekleidete, wirklich mit so viel Verstand und Kenntnissen ausgestattet war, wie man dies von ihm behauptete, oder ob diese Behauptung nur aus einem unwillkürlichen Drange hervorgegangen war, sei es, die breiten Schatten dieser Persönlichkeit durch eine Zutat von Licht zu mildern, oder aber dieselben noch etwas kräftiger herauszuarbeiten, darüber vermag ich nicht zu urteilen. Wenigstens scheint es, daß es ihm an jenem Dritten, wodurch alle andern geistigen Eigenschaften erst für die tatsächliche Anwendung flüssig werden, ich meine, daß es an Phantasie ihm nicht gebrochen habe; nur pflegte sie, zum mindesten außerhalb seines Faches, sich nicht eben mit Dingen zu beschäftigen, welche andrer Menschen Herz erfreuen.

So befand sich in seinem, übrigens mit dem kärglichsten Geräte ausgestatteten Gartensaale ein sehr hoher Schrank in Gestalt eines Altars, welchen er genau nach eignen Zeichnungen hatte anfertigen lassen. Am Fußende des schwarzen Kreuzes, welches durch die Türleisten gebildet wurde, lagen die Symbole des Todes: Schädel und Beinknochen, in abscheulicher Natürlichkeit aus Buchs geschnitten; darunter, so daß sie bequem von einem davorstehenden Stuhle aus gehandhabt werden konnte, sah man eine Glasharmonika, zu deren rechter Seite eine Punschbowle von getriebenem Silber stand.

Wenn die Nachbarn abends von ihren Höfen oder Gärten aus die Töne der Harmonika vernahmen, und das geschah im Hochsommer mehrmals in der Woche, dann wußten sie schon, daß bis nach Mitternacht auf keinen Schlaf zu rechnen sei; denn der Herr Etatsrat saß an seinem Altare und spielte auf seinem Lieblingsinstrument; aber er spielte nicht nur, er sang auch dazu. Nicht etwa, wie man hätte glauben mögen, Lieder des Todes und der Auferstehung; wer hinten an der Gartenplanke lauschen wollte, konnte Melodie und Worte des »Landesvaters«, des »Fürst von Thoren« und andrer alter Studentenlieder deutlich genug erkennen.

Drinnen im Saale, wenn vom Garten aus kein Licht mehr durch die Fenster drang, brannte dann zu jeder Seite des Altars eine Kerze auf hohem Silberleuchter; die mächtige Schale war mit dampfendem Trank gefüllt, und je nach Beendigung eines Liedes, mitunter auch einer Strophe, faßte der Herr Etatsrat sie bei den silbernen Ohren und ließ einen breiten Strom über seine dehnbaren Lippen fließen. Bisweilen, wenn, von irgendeinem Zuge bewegt, die Kerzen flackerten und die Schatten in den Augenhöhlen des Totenkopfes spielten, unterbrach er auch wohl seinen Gesang und stierte eine Weile darauf hin. Aber der Anblick des Todes schien für ihn nur das Gewürz zu den Freuden des Lebens; kameradschaftlich, aber doch als müsse er den armen Burschen zur Ruhe verweisen, klopfte er mit dem Harmonikahammer auf die Stirn des Schädels und intonierte dann nur um so dröhnender: »Freude, Göttin edler Herzen«, oder wozu sonst der Geist ihn treiben mochte.

Ich habe übrigens, wie ich bemerken muß, diese Dinge nicht aus eigner Wahrnehmung, sondern von dem nächsten Grundnachbarn des Herrn Etatsrats, einem alten Schnurren liebenden Rotgießermeister, der im Abenddunkel mitunter durch den Grenzzaun schlüpfte und dann an einem der unverhangenen Saalfenster in stillvergnügter Einsamkeit diesen musikalischen Festen beiwohnte; oft bis nach Mitternacht, um, wie er sagte, das Ende nicht zu versäumen, was bei einer richtigen Komödie ja doch das Beste sein müsse.

Und in der Tat, dieses Ende ließ bisweilen nichts zu wünschen übrig. Wenn die Bowle auf die Neige ging, begann der heiße Trank den Herrn Etatsrat allgemach zu drangsalieren; der Lauscher draußen sah es deutlich, wie unter dem schwarzen Borstenhaar der dicke Kopf gleich einer Feuerkugel glühte.

Dann riß der Herr Etatsrat an seinem Halstuch, daß ihm die Augen aus den Höhlen quollen und der teilnehmende Rotgießermeister erst wieder aufatmete, wenn endlich das Tuch mit zorniger Gebärde fortgeschleudert wurde. Diesem folgte alsbald unter mühseliger und gefahrvoller Häutung noch das eine oder andre Gewandstück, bis er zuletzt in greuelvoller Unterkleidung dasaß.

Aber nicht jedesmal gelang ihm dies in gleicher Weise; mitunter – und das war eben das Hauptstück für den vergnüglichen Zuschauer – erscholl um solche Zeit aus dem Saale ein dumpfer Fall, und abgerissene, elementare Laute, einem Windstoß in der Esse nicht unähnlich, drangen in die Nacht hinaus. Wenn dann nach einer Weile die Hausgenossenschaft zusammenstürzte, rannten die Mägde wohl mit Geschrei im selben Augenblicke wieder fort; denn auf dem Fußboden neben seinem Altar lag der Herr Etatsrat gleich einem ungeheuren Roßkäfer auf dem Rücken und arbeitete mit seinen kurzen Beinen ganz vergebens in der Luft umher, bis

Herr Käfer, das allmählich immer unentbehrlicher gewordene Faktotum, und der einzige Sohn des Hauses den Verunglückten mit geübter Kunst wieder aufgerichtet hatten und in seinem Kabinett zur Ruhe brachten.

Dieser Sohn war von guter und heiterer Gemütsart und hatte vom Vater nichts als das ungewöhnlich große, bei ihm jedoch mit spärlichem, erbsenblondem Haar bewachsene Haupt, welches er mit seinem Halstuch zwischen zwei spitzen Vatermördern derart einzuschnüren pflegte, daß die runden Augen stets mit etwas gewaltsamer Freundlichkeit daraus hervorsahen; darunter aber saß ein ebenso zierliches als winziges Körperchen mit lächerlich kleinen Händen und Füßen, welche letzteren ihn übrigens befähigt hatten, sich zum geschickten und nicht unbeliebten Tänzer auszubilden.

Der Vater hatte ihn auf den Namen Archimedes taufen lassen, ohne jedoch später die Mittel zu gewähren, welche dem Sohn eine Nachfolge seines klassischen Taufpaten hätten ermöglichen können. Zwar kümmerte er sich nicht darum, daß Archimedes auf der städtischen Gelehrtenschule, wo er in der Tat für die Mathematik eine glückliche Begabung zeigte, aus einer Klasse in die andre rückte, und auch die stets erst nach mehrfachen Anmahnungen des Pedellen und unter allerlei Zornausbrüchen erfolgende Auskehrung des Quartalschulgeldes veranlaßte hierin keine Unterbrechung; statt aber dann den absolvierten Primaner auf die Universität zu schicken, gebrauchte ihn der Vater zu untergeordneten Arbeiten seines Amtes oder kümmerte sich auch gar nicht weiter um den Sohn.

Wenn der kleine Archimedes sich einmal zu der schüchternen Bitte aufschwang, ihn nun doch endlich zu der Alma mater zu entlassen, dann blickte der Herr Etatsrat ihn nur eine Weile strafend mit seinen stieren Augen an und sagte leise, aber nachdrücklich: »Zeige einmal her, Archimedes, wie steht es mit der Schleusenrechnung?« oder: »Wie weit bist du denn eigentlich mit der Karte vom Westerkoog gediehen?« Dann holte Archimedes voll stillen Zorns die halb oder ganz vollendete Arbeit, war aber zugleich für lange Zeit mit seinen Bitten aus dem Felde geschlagen.

So blieb er denn zurück, während seine Schulgenossen erst lustige Studenten wurden, dann einer nach dem andern sein Examen machte und auch wohl schon in die praktischen Geschäfte seines erwählten Berufes eintrat. Dabei machte es sich von selbst, daß Archimedes mit der Prima unsrer Gelehrtenschule in einem gewissen Verkehr blieb, auch nachdem der letzte fort war, der noch zugleich mit ihm unserm armen Kollaborator das Leben sauer gemacht hatte. Dies geschah schon dadurch, daß er zur Aufbesserung seines spärlichen Taschengeldes, das ihm der Vater für seine Kontorarbeiten zufließen ließ, an faule oder schwach beanlagte Schüler einen nicht üblen Unterricht in der Mathematik erteilte. Ich, der ich jene beiden Arten in mir vereinigte, genoß diesen schon als Sekundaner, konnte jedoch hergebrachtermaßen seines freundschaftlichen Umganges erst als Primaner teilhaftig werden. Noch lebhaft entsinne ich mich, daß in meiner letzten Sekundanerzeit mir die Aussicht auf dieses Aufrücken kein geringerer Ehrenpunkt war als der Übergang in die höhere Klasse selbst; denn Archimedes imponierte uns durch eine gewisse Fertigkeit seiner geselligen Manieren, wie er denn überhaupt, soweit es sich nicht um seinen Vater handelte, unbefangen genug in seinen zierlichen Stiefeln auftrat. Er hatte, vielleicht das Erbteil aus seiner mütterlichen Familie, etwas von dem Wesen der Offiziere aus meiner Knabenzeit, bei denen ich nie darüber ins klare kam, ob die eigentümlich stramme Haltung ihres Kopfes, welche ihrer verbindlichen Höflichkeit stets die Waage hielt, mehr die Folge der steifen Halsbinden oder ihres ritterlichen Standesbewußtseins war.

»Trefflich, trefflich!« pflegte Archimedes auszurufen, wenn ich später, in meiner Primanerzeit, den Vorschlag zu einem ihm wohlgefälligen Unternehmen tat, sei es zu einem Thé dansant oder zu einer Schlittenpartie, wo es galt, bei jungen und jüngsten Damen den Kavalier zu machen. »Trefflich, trefflich, lieber Freund; wir werden das in Überlegung ziehen!« Und während um seinen Mund das verbindlichste Lächeln spielte, sahen mich unter den kriegerisch aufgezogenen Brauen die richtigen Offiziersaugen an, wie ich sie als Kind bei unserm Vetter Major bewundert hatte, wenn er in der roten Galauniform meiner Mutter seine Neujahrsvisite machte.

Indessen fanden dergleichen Vorschläge meist nur ihre Ausführung, wenn in den Ferien unsre Studenten wieder eingerückt waren, von denen übrigens die sportslustigen vor allen zu seinen Freunden zählten. Dann war seine Festzeit, in der er förmlich aufblühte; noch sehe ich ihn mit leuchtenden Augen zwischen ihnen sitzen, während sie prahlend ihre glücklichen Torheiten vor ihm auskramten. »Brillant – brillant!« rief er, wenn die Geschichte ihren mit Spannung erwarteten Höhepunkt erstiegen hatte, streckte den eingeschnürten Kopf gegen den Erzähler und stemmte beide Hände an die Hüften. Was Wunder, daß die andern erzählten, solange auch nur ein Tittelchen noch übrig war!

So kam es, daß er in der alten Universitätsstadt, welche er andauernd in der Phantasie bewohnte, allmählich besser Bescheid wußte als die, welche zwar in Wirklichkeit, aber nur vorübergehend dort zu Hause waren. Hatte er jedoch den Ankömmlingen ihre Studenten-und Professorengeschichten glücklich abgewonnen, so ruhte er nicht, bis mir oder im Notfall auch ohne Damenwelt die eine oder andre Lustbarkeit zustande kam. Da sein Stundengeld ihn niemals ohne eine kleine Kasse ließ, so wurde es bei solchem Anlaß fast zur Regel, daß Archimedes, nachdem die andern die Erschöpfung ihrer Kasse eingestanden hatten, seine wohlbekannte grünseidene Börse hervorzog und mit einem wahrhaft kindlichen Triumphe den für diese Festzeit abgesparten Inhalt auf der Tischplatte tanzen ließ, dann aber bereitwillig auf den nächsten Wechsel seiner Freunde Vorschuß leistete.

Freilich zu dem stets ersehnten Besuche der Universität reichte diese bescheidene Kasse nicht; und der Tag, welcher am Ende der Ferien die Studenten unsrer Vaterstadt wiederum entführte, war für Archimedes, was für den lustigen Katholiken der Aschermittwoch ist. Er pflegte ihn auch selber so zu nennen, und wenn ich am Nachmittage darauf sein Zimmer betrat, so traf ich ihn mit den Händen in der Tasche eifrig auf und ab gehend, als ob er einen Gesundheitsbrunnen abzuwandeln habe; erst nach einer Weile blieb er vor mir stehen und fuhr ohne weiteren Gruß mit der Hand über seine Stirn. »Asche, Asche, lieber Freund!« sagte er dann seufzend, und sein Finger machte das Zeichen des Kreuzes.

Sprach ich hierauf: »Wollen wir nicht lieber unsre Mathematik vornehmen?«, so war er auch hierzu bereit, legte Buch und Tafel auf den Tisch, und wir nahmen unsre Stunde. War dieselbe in aller Pünktlichkeit gehalten worden, dann – es war sicher darauf zu rechnen – stellte Archimedes zwei kleine geschliffene Gläser auf den Tisch und füllte sie mit einem feinen Kopenhagener Kümmel, den er sich, ich weiß nicht woher, mitunter zu verschaffen wußte. »Trink einmal«, sagte er während des Einschenkens; »das vertreibt die Grillen!« Und gleichzeitig leerte er auf einen Zug sein Glas.

»Ich habe keine Grillen, Archimedes«, pflegte ich zu erwidern; »und wer kann so früh am Tag schon trinken!«

»Freilich, freilich!« stieß er hervor. »Aber« – und er begann wieder mit den Händen in der Tasche auf und ab zu schreiten, wobei seine Augen wie ins Leere um sich blickten.

Eine Weile sah ich dem zu; dann hieß es: »Prosit, Archimedes!« und von seiner Seite wie im Echo: »Prosit!« und darauf, wie aus Träumen auffahrend, während ich zur Tür hinausging, noch einmal: »Prosit, prosit, lieber Freund!«

Diese Szene hat sich in fast wörtlicher Wiederholung mehr als einmal zwischen uns abgespielt.

Ich hätte wohl schon erwähnen sollen, daß Archimedes eine Schwester hatte; sie war zugleich sein einziges Geschwister, jedoch um viele Jahre jünger als der Bruder. Gesehen hatte ich sie bis zu meiner Sekundanerzeit nur im Vorübergehen, dagegen oftmals von ihr reden hören; denn sie war eines der Hauptkapitel einer unverheirateten Hausfreundin, die wir, nicht etwa, weil sie alles konnte, aber weil sie alles wußte, »Tante Allmacht« nannten.

Daß die Mutter des Kindes bald nach dessen Geburt ihr freudloses Leben hingegeben hatte, war freilich bekannt genug; Tante Allmacht aber, deren Magd vordem in dem etatsrätlichen Hause gedient hatte, wußte noch hinzuzufügen, daß ihr durch den unvermuteten Eintritt ihres Herrn Gemahls in die Wochenstube gleich jener Nachtwächterfrau ein Schrecken widerfahren sei, dem sie in ihrem Zustande und bei ihrer zarteren Organisation notwendig habe erliegen müssen. Da kein weibliches Wesen wieder in das Haus kam, welches die Stelle der Mutter hätte vertreten können, so mußte, nachdem die unumgängliche Säugamme entlassen war, die kleine Waise zwischen Köchin und Hausmagd aufwachsen, »die, Gott tröste es«, sagte Tante Allmacht, »dort alle Halbjahr neue Gesichter haben! – Meine Stine«, setzte sie hinzu, »die gute Kreatur, hat freilich ein rundes Jahr in dem unseligen Hause ausgehalten, bloß um des lieben Kindes willen, das sich sogar sein bißchen Mittag in der Küche betteln mußte. Wenn's Abend wurde, dann hat es freilich wohl der gutmütige junge Mensch, der Archimedes, mit auf seine Stube genommen; da saß es dann auf einem Schemelchen und verschmauste sein Butterbrot, und Stine hatte ihm auch mitunter noch ein Ei dazu gekocht. Sie war nicht bang, meine Stine, vor diesem Herrn Etatsrat; sie hat ihn manches Mal vor seiner alten Harmonika wieder auf die Beine gestellt, als der Musche Käfer das noch lange nicht gewagt hat; und bei solchem Anlaß hat sie's denn auch einmal durchgesetzt, daß das arme Kind aus der Klippschule zum mindesten in die ordentliche Mädchenschule gekommen ist; denn sie hat ihm keine Handreichung tun wollen, bevor der musikalische Oger ihr nicht solches mit teuren Eiden zugeschworen hatte. Wohin die kleine Phia, ob sie nach rechts oder links ihren Schulweg nahm, darum hat das Ungeheuer sich nicht gekümmert; nur wenn zu Ende des Quartals das jetzt etwas höhere Schulgeld gezahlt werden mußte, hat es einen argen Sturm gesetzt; denn der Herr Etatsrat hat es der treuen Magd in ihrem Lohne kürzen wollen; aber – sie wußte ihn zu bestehen, und um sein Getobe, darum quälte sie sich soviel, als wenn der Wind um unsre Ecke weht.«

So hatte Tante Allmacht wieder einmal geredet, als ich tags darauf meinen ersten Mathematikunterricht bei Archimedes hatte. Er war eben beschäftigt, mir die außerordentliche Einfachheit des pythagoreischen Lehrsatzes auseinanderzusetzen, als sich die Stubentür öffnete und ich zugleich eine junge lebhafte Stimme rufen hörte: »Archi, hilf mir, ich kann das dumme Exempel nicht...«

Ein fein gebautes, etwa zwölfjähriges Mädchen mit zwei langen schwarzen Haarzöpfen stand im Zimmer; sie war, da sie einen Fremden bei ihrem Bruder sah, plötzlich verstummt und hielt diesem nun mit einer halb bittenden, halb verschämten Gebärde ihre große Rechentafel hin.

»Wollen Sie nicht erst Ihrer Schwester helfen?« sagte ich zu Archimedes, von dem mir derzeit das vertrauliche Du noch nicht zuteil geworden war.

Er entschuldigte sich höflich, daß er seine Schwester von dieser neuen Stunde noch nicht in Kenntnis gesetzt habe; dann winkte er sie zu sich. »Nun aber rasch, mein lieber kleiner Dummbart!« sagte er und legte den einen Arm um das jetzt an seiner Seite stehende Mädchen, während sie ihr Köpfchen an das seine lehnte, als habe sie nun ihren ganzen kleinen Notstand auf den Bruder abgeladen.

Archimedes hatte ihre Tafel vor sich auf den Tisch gelegt. »Du mußt aber auch hübsch selbst mit zusehen, Phia!« sagte er, indem er bereits den Griffel in Bewegung setzte.

»Ja, Archi!« Und sie sah für ein Weilchen gehorsam auf ihre Rechnerei herab, in welcher der Bruder unter stummem Kopfschütteln und manchem nicht zu unterdrückenden »Außerordentlich!« eine ziemliche Verwüstung anzurichten begann.

Ich hatte indessen Muße, mir diese in ihrem Äußeren so ungleichen Geschwister zu betrachten. Das Mädchen erinnerte in keinem Zuge weder an den Bruder noch an den Vater; ihr schmales Antlitz war blaß – auffallend blaß; dies trat noch mehr hervor, wenn sie, noch zärtlicher sich an ihren Bruder drängend, unter tiefem Atemholen ihre dunklen Augen von der Tafel aufschlug, bis eine neue, leise gesprochene Ermahnung sie hastig wieder abwärts blicken ließ. – »Das Kind einer toten Mutter«, so hatte ich von einer alten feinen Dame ihr Äußeres einmal bezeichnen hören; meine Phantasie ging jetzt noch weiter: ich hatte vor kurzem in einem englischen Buche von den Willis gelesen, welche im Mondesdämmer über Gräbern schweben; seit dieser Stunde dachte ich mir jene jungfräulichen Geister nur unter der Gestalt der blassen Phia Sternow; aber auch umgekehrt blieb an dem Mädchen selber etwas von jenem bleichen Märchenschimmer haften.

»Nein, kleine Phia«, hörte ich jetzt Archimedes sagen, »du wirst dein Leben lang kein Rechenmeister!«

Ich sah noch, wie sie fast heimlich die Arme um den Hals des Bruders schlang; dann war sie, ich weiß nicht wie, verschwunden, und Archimedes hatte seine Augen zärtlich auf die geschlossene Stubentür gerichtet. »Sie kann nicht rechnen«, sagte er. »Außerordentlich; aber sie kann gar nicht rechnen!«

Eine Art phantastischen Mitleids mit diesem Kinde hatte sich meiner bemächtigt. Jetzt begann wieder, wenn ich dort vorbeiging, durch die Plankenritzen in den etatsrätlichen Garten hineinzuspähen, hinter welchem sich ein wenig benutzter Fußweg mit dem Kirchhofswege kreuzte. Und oftmals nach der Nachmittagsschulzeit, wenn die Gartenruhe des Herrn Etatsrats längst vorüber war, habe ich sie dort beobachtet; meistens in dem vom Hause abgelegeneren Teile, wo die an der Planke hingereihten Linden und eine Menge alter Obstbäume die darunterliegenden Rasenpartien fast ganz beschatteten. Hier sah ich sie, in der niedrigen Astgabel eines Baumes sitzen, an einem Kranz aus Immergrün und Primeln winden, von Zeit zu Zeit ihn an die Stirn hebend, ob er noch nicht passen wolle; ich sah sie dann, da ich nach längerer Zeit denselben Weg zurückkam, das dunkle Köpfchen mit dem fertigen Kranze geschmückt, auf den schon dämmerigen Gartensteigen hin und wider wandeln, die Hände ineinandergefaltet, wie in heimlicher Glückseligkeit. Als es Herbst geworden war, sammelte sie wohl auch einen Apfel aus dem tiefen Grase und biß frisch hinein mit ihren weißen Zähnchen; aber immer sah ich sie allein; niemals war eine Gespielin bei ihr, welche mit ihr in die saftigen Äpfel hätte beißen oder sie in ihrem Primelkranze hätte bewundern können. Den letzteren hatte ich einige Tage nach seiner Anfertigung auf einem vernachlässigten Grabe des nahen Kirchhofs liegen sehen; es mochte ihr leid geworden sein, sich so für sich allein damit zu schmücken.

Aber auch in der Schule schien die Tochter des Etatsrats keine Genossin zu haben, wenigstens hatte ich mehrfach beobachtet, wie sie auf dem Heimwege mit ihrer schweren Büchertasche allein hinter dem plaudernden Schwarm einherging, der Arm in Arm die ganze Straßenbreite einnahm.

»Warum«, sagte ich zu meiner Schwester, »laßt ihr Sophie Sternow so allein gehen?«

Sie sah mich mit ihren lebhaften Augen an. »Bist du plötzlich Sophie Sternows Ritter geworden?«

Beschämt, meine zarten Empfindungen verraten zu haben, erwiderte ich lässig: »Ich meinte nur, sie tut mir leid; ist sie denn nicht nett?«

»Nett? Ich weiß nicht; ich glaube wohl, daß sie ganz nett ist.«

»Du sagst das, ja, als wenn du Almosen austeiltest!«

»Nein, nein; ich kann sie ganz gut leiden, aber sie will nur immer meine Freundin werden!«

»Und warum willst du das denn nicht?«

»Warum? Ich habe ja schon eine; man kann doch nicht zwei Freundinnen haben!«

»So könntest du sie doch einmal zu dir einladen«, sagte ich nach einigem Bedenken.

»Die Blasse scheint dir ja sehr am Herzen zu liegen!« erwiderte meine Schwester mit einem unausstehlichen Anstarren.

»Ach, Unsinn! Sie dauert mich; ihr Mädchen seid hartherzige Kreaturen.«

Nach diesem geschwisterlichen Zwiegespräche kam Archimedes' Schwester einige Male in unser Haus. Mit Genugtuung beobachtete ich, wie meine Mutter das schmächtige Mädchen zärtlich an sich heranzog; es war unverkennbar, daß diese sich dann Gewalt antat, um nicht die ungewohnte Liebkosung mit allem Ungestüm der Jugend zu erwidern. Im übrigen war sie schüchtern, besonders wenn sie die Hand zum Abschied reichte; es schien sie dann zu drücken, daß sie nicht auch ihrerseits meine Schwester zu sich einladen konnte. Aber eines Sonntagsvormittags erschien sie strahlend mit vor Freude geröteten Wangen. »Ich soll dich einladen«, sagte sie zu meiner Schwester; »ich darf noch viele einladen; mein Vater hat es mir erlaubt!«

Und wirklich, der Herr Etatsrat hatte es erlaubt. Er hatte kürzlich herausgefunden, daß er eine Tochter habe, welche abends, wo die geröteten Augen ihm nicht selten ihren Dienst versagten, zum Vorlesen von Zeitungen und auch wohl amtlicher Aktenstücke trefflich zu gebrauchen sei; dann hatte er sich auch fernerer Vaterpflichten entsonnen und schließlich seine Tochter aufgefordert, »die kleinen Fräulein«, welche mit ihr in die Schule gingen, auf den Sonntag zu sich einzuladen.

Nach geheimem Zwiegespräch zwischen unsern Eltern wurde, wohl nicht ganz unbedenklich, meiner Schwester die Zusage gestattet, und Phia Sternow ging mit leuchtenden Augen weiter, um auch ihre übrigen Gäste einzuladen.

Der Tag verging. Als wir übrigen im elterlichen Hause bei unsrer Abendmahlzeit saßen und eben hin und her erwogen wurde, ob ich oder unser Kutscher meine Schwester von der etatsrätlichen Gesellschaft heimgeleiten solle, ging draußen die Haustür, und die Besprochene stand plötzlich vor uns, den Hut etwas verschoben auf dem Kopfe, ihren Umhang über dem Arm.

»Da bist du?« rief meine Mutter. »Ist die Gesellschaft denn schon aus?«

»Nein, Mutter – noch nicht; ich bin nur fortgelaufen.«

»Fortgelaufen? – War's denn nicht gut sein dort?«

»O – ja, zuerst! Phia war reizend! Wir waren alle im Garten; die andern spielten Greif um die großen Rasen; Phia und ich aber saßen ganz allein miteinander auf dem Altan; wißt ihr, da in der Ecke, wo man nach dem Kirchhof hinübersieht. Sie kannte all die kleinen Kindergräber und erzählte so wunderbare Geschichten von den toten Kindern; man sah sie ordentlich mit ihren kleinen blassen Gesichtern zwischen den Kirchhofsblumen laufen; ihr könnt es euch nicht denken, so reizend und so unbeschreiblich traurig! Ich sah sie an und frug, ob sie das alles doch nicht nur geträumt habe; da fiel sie mir um den Hals und küßte mich.«

Meine Mutter hörte teilnehmend zu; mein Vater sagte: »Das ist recht schön, Margrete; aber vor den toten Kindern bist du doch nicht fortgelaufen!?«

Meine Schwester nickte ein paarmal kräftig. »Wart nur, Papa! – Um acht Uhr, nach dem Abendessen – es war übrigens sehr gut, zuletzt Schokoladenpudding mit Vanillecreme –, da kam der Herr Etatsrat zu uns in den Gartensaal. Es ist ganz gewiß, er mußte sich an eine Stuhllehne halten, als er uns seinen Diener machte; er ist so wunderlich gewachsen! Dann setzte er sich vor seinen Altar und spielte auf seiner Glasharmonika, und wir sollten danach tanzen. ›Versteht ihr Menuett, kleine Fräulein? Tra-la-lala-lala-lala!‹ Er sang das mit einer ganz fürchterlichen Stimme und sagte, es sei aus dem Don Juan. Aber wir konnten kein Menuett. ›Immer zu Diensten der Damen‹ rief er, und dann spielte er einen Walzer, und danach tanzten wir miteinander.«

»Wo war denn der gute Archimedes?« frug ich dazwischen. »An dem hättet ihr doch wenigstens einen Herrn gehabt.«

»Der gute Archimedes? Ja, der kam auch mal herein und wollte mit mir tanzen; aber der Herr Etatsrat sagte, unsre Eltern würden es als sehr unschicklich vermerken, wenn er gestatten wollte, daß eine so junge männliche Person allein zwischen all den kleinen Fräulein tanze. Und so mußte er wieder zum Saal hinaus. Aber paßt nur auf, das Schlimmste kommt nun noch!«

Mein Vater lächelte doch. »Was war denn das, Margrete?«

»Ja, glaub nur, es war schlimm genug! So eine riesengroße silberne Bowle, ganz voll von Punsch, und so stark, ich glaube, ich wurde schon vom bloßen Riechen schwindlig! Und dabei sagte der schreckliche Mensch: ›Das ist ein wenig Zuckerwasser für die Damen!‹ Eigentlich, weißt du, Papa, es schmeckte ganz gut; aber ich mußte doch greulich danach husten, als ich nur eben davon nippte. Der Herr Etatsrat aber trank gleich drei Gläser nacheinander, und er goß sich noch jedesmal etwas dazu aus einer kleinen Flasche, die er neben seinem Altar stehen hatte. – Und dann mußten wir wieder tanzen, und dann trank er auf unsre Gesundheit: ›Die Rosen im Lebensgarten, die Damen leben hoch!‹ Sehr schön, nicht wahr? Wir mußten alle mit ihm anstoßen, und dann füllte er sein Glas wieder, bis er zuletzt einen Kopf hatte wie eine Feuerkugel – ganz greulich sah er aus! ›Tanzet, kleine Fräulein, tanzet!‹ rief er immer; aber er konnte gar nicht mehr Takt halten; ich glaube gewiß, Papa, er war betrunken!«

»Ich glaube auch, Margrete.«

»Ja, und wir waren auch so bange; wir saßen alle in der weitesten Ecke, ganz übereinander wie die Fliegen. Mich dauerte nur Phia – Papa, wenn ich solche Angst vor dir haben müßte, schrecklich! – Wie ein kleiner Geist stand sie vor uns und flehte uns ordentlich an: ›Wollt ihr nicht mehr tanzen? Oh, bitte, versucht es doch noch einmal!‹ Sie streckte die Arme aus, daß eine von uns sie aufnehmen möchte, denn sie tanzte immer nur als Dame; als wir uns aber nicht aus unsrer Ecke wagten, ging sie von der einen zu der andern und bat uns um Verzeihung, und wir möchten doch nicht böse sein, daß sie uns zu sich eingeladen habe. Und da wollten wir auch wieder tanzen, aber als wir eben ein wenig im Garten waren, da fing der schreckliche Etatsrat auf einmal an zu singen: ›Was kommt dort von der Höh, was kommt dort von der ledernen Höh?‹ – Kennt ihr es? Ein ganz scheußliches Studentenlied! – Und dabei wurde er so hitzig, daß er sich das Tuch vom Halse riß und es dicht vor meine Füße schleuderte!«

»Und dann, Margarete?« frug mein Vater, als sie hoch aufatmend innehielt.

»Dann? Ja, glaubt nur, daß ich mich erschrocken hatte! Dann – bin ich fortgelaufen. Hu! Ich mußte ganz dicht bei dem fürchterlichen Mann vorbei; ich weiß noch selbst nicht, wie ich aus dem Saal gekommen bin.«

Arme Phia! dachte ich in demselben Augenblicke, als meine Mutter diese Worte aussprach.

Mein Vater wiegte leise den Kopf und sagte nachdenklich wie zu sich selber: »Es geht doch nicht; das darf nicht wieder kommen.«

Und es ging auch nicht. Für Phia Sternow blieb dieses Fest mit ihren Jugendgenossinnen das einzige ihres Lebens.

Als endlich bei Beginn eines Sommersemesters auch die Zeit meines Abganges zur Universität heranrückte, verfiel Archimedes in eine große Traurigkeit; die Szene mit den kleinen Gläsern, da es nachher nicht mehr möglich war, hatte sich schon jetzt in einigen Variationen abgespielt, und das Mitleid bedrängte mich derart, daß es sich notwendig in irgendeiner heldenhaften Tat entladen mußte.

Bei dem Abschiedsbesuche, den ich Archimedes auf seinem oben nach dem Garten hinaus liegenden Zimmer abstattete, bot sich hierzu die günstigste Gelegenheit; denn da ich, während mein armer Freund schweigend auf und ab wandelte, ebenso stumm und erregten Herzens aus dem Fenster blickte, gewahrte ich drunten den Herrn Etatsrat, der, in einer großen Zeitung lesend, in seinem Gartenstuhle saß. Mein Entschluß war sofort gefaßt; ich nahm kurzen Abschied, drängte den verbindlichen Archimedes zurück, als er mich die Treppe hinabbegleiten wollte, ging dann aber, statt auf die Straße, hinten nach dem Garten und stand gleich darauf dem Herrn Etatsrat gegenüber.

Er schien trotz meines Grußes meine Anwesenheit nicht zu bemerken, wenigstens las er ruhig weiter, während ich ebenso ruhig, aber keineswegs mit besonderer Behaglichkeit, vor ihm stehenblieb. Endlich ließ er den Arm mit dem Zeitungsblatte sinken. »Was wollen Sie, mein Freund?« sagte er. »Nicht wahr, Sie sind der Sohn des Justizrats Soundso?«

Diese Worte sind nicht etwa eine Abkürzung seiner Rede; er sprach das wirklich, obgleich er mit meinem Vater längst in mannigfacher, mitunter vielleicht ein wenig heikler Geschäftsverbindung stand.

Etwas betroffen suchte ich meine Gedanken möglichst rasch zu ordnen und plädierte dann auch mit allen Gründen des Kopfes und des Herzens und, wie ich mehr und mehr zu empfinden meinte, in siegversprechendster Weise für den Lebenswunsch des armen Archimedes.

Der Herr Etatsrat hatte mich ausreden lassen, dann aber winkte er mich näher zu sich heran und legte, nachdem ich Folge geleistet hatte, seine Hand schwer auf meine Schulter. »Junger Mann«, begann er mit immer gewaltigerem Brustton, »Sie haben sonder Zweifel davon reden hören: vor meiner Zeit war hier kein Deich, der standhielt; Menschen und Vieh ersoffen gleich wie zu Noä Zeiten; hier war nichts als Pestilenz und gelbes Fieber! Erst von mir, von dem Sie einst erzählen mögen, daß Sie den Mann mit eignen Augen noch gesehen haben, datiert die eigentliche Ära unsers Deichbauwesens! Holländische Staatsingenieure wurden hergesandt, um die Konstruktion meiner Profile zu studieren; denn es ist mein Werk, daß diese ehrenreiche Stadt samt Ihnen, junger Freund, und dem Justizrat, Ihrem Vater, nicht Anno fünfundzwanzig von der Flut verschlungen worden, und daß hier, wo ich jetzt die Ehre Ihrer Unterhaltung genieße, nicht Hai und Rochen miteinander konversieren! Aber« – und die vorquellenden Augen verbaten sich jeden Widerspruch – »nach mir ist mein Sohn Archimedes der erste Mathematikus des Landes!«

Er zog seine Hand zurück und machte gegen mich von seinem Sessel aus eine Art unbehilflichen Entlassungskompliments.

Unwillkürlich erwiderte ich dasselbe und ging dann recht beschämt davon, in der, wie ich noch jetzt meine, wohlbegründeten Überzeugung, daß meine grüne Beredsamkeit gegen diese Art denn doch nicht aufzukommen vermöge.

So blieb denn Archimedes abermals zurück, während ich voll mutiger Erwartung in das neue Leben hinaussteuerte.

Ich habe hier nicht von mir und meinem Studentenleben zu reden, sonst müßte ich erzählen, wie diese Erwartungen nur zum kleinsten Teil erfüllt wurden; denn die Leute, mit denen ich zusammentraf, erschienen mir, sei es durch ihre Persönlichkeit oder nur durch ihr derzeitiges Tun und Treiben, um einige Stufen niedriger als die, welche ich zurückgelassen hatte. So kam es, daß ich manchen Brief in meine Heimat sandte und wiederum von dort empfing; auch Archimedes schrieb mir einige Male; sein Übergewicht an Jahren, seine treuherzige Anhänglichkeit boten für das ihm etwa Fehlende genügenden Ersatz, und seine Briefe waren so ganz er selber, daß ich beim Lesen ihn leibhaftig vor mir sah, den kleinen guten Mann mit seinem erbsengelben Haarpull, seinem verbindlichen Lächeln bei dem kriegerischen Aufblick seiner runden Äuglein. Das freilich war die Hauptsache, denn seine Mitteilungen beschränkten sich auf die einfachen Vorkommnisse seines Lebens. Einmal aber, im Hochsommer, war eine neue Art der Unterhaltung für ihn aufgekommen. Der Herr Etatsrat hatte gegen irgendwelchen Ungehorsam seines Leibes den Gebrauch des »Erdbades«, wie er diese selbst ersonnene Kur nannte, für notwendig befunden; ob von jener nur allzu gründlichen Heilkraft unsrer guten Mutter Erde ausgehend, ob in andrer Anleitung, mochte er selbst am besten wissen. Um aber zugleich die Gunst der Seeluft zu genießen, ließ er sich – und es geschah dies einen um den andern Tag – eine Stunde weit an den Strand hinausfahren, und da er hierbei außer dem Kutscher noch einer weiteren Hilfe bedurfte, so mußte Archimedes stets bei diesem aufsitzen. Unweit eines dort belegenen Dorfkruges, an einer Stelle, wo neben zwei im Sande steckenden Spaten bereits ein entsprechend tiefes Loch gegraben war, wurde haltgemacht und der Herr Etatsrat aus dem verdeckten Wagen unter das Angesicht des Himmels herausgeschafft. Glücklicherweise aber verschwand er unter dem eifrigen Schaufeln des Kutschers und eines bereitstehenden Arbeiters gleich darauf wieder in den Schoß der Erde, so daß nach vollbrachter Arbeit nur noch der braunrote Kopf über der weiten Strandfläche hervorsah.

Die Wellen rauschten, die Möwen schrien, der Herr Etatsrat badete.

Dann folgte der zweite Teil der Kur. Das mächtige Haupt drehte sich mühsam nach der Gegend des Dorfkruges: »Sohn Archimedes«, rief es, »eile jetzo, deinen Vater zu erquicken!«

Auf diese pathetisch vorgebrachten Worte schritt Archimedes nach dem Kruge, wo unter den Flaschen auf dem Schenkregal eine mit der Aufschrift »Pomeranzen« prangte. Nachdem er, wie nicht unbillig, sich zuvörderst selbst erquickt hatte, kehrte er eilig mit mehreren Gläsern dieses Trankes an den Strand zurück und kredenzte sie dort in gewohnter Zierlichkeit dem über unkindliche Säumnis scheltenden Haupte seines Vaters.

Damit war das Bad beendet; nur daß sich alle dann noch nach dem Wirtshause begaben, wo der Herr Etatsrat sich eine letzte Stärkung nicht entgehen ließ; für Archimedes war von seinem Vater als das ihm angemessenste Getränk ein für allemal ein Glas Eierbier bestellt, welches er denn auch mit vielsagendem Lächeln zu sich nahm. Bei einer der letzten Fahrten aber geschah etwas Unerwartetes. »Sohn Archimedes«, begann der Herr Etatsrat feierlich, als er nach genossenem Erdbade pustend in dem Flickenpolsterstuhle des Wirtes ruhte, »heute, als an deinem siebenundzwanzigsten Geburtstage, darfst auch du wohl einmal von diesem Tranke kosten, welcher den Jünglingen Verderben, den Männern aber Labsal ist!«

Herablassend winkte seine schwere Hand dem Wirte; dieser aber, während er den braunen Saft ins Glas goß, warf einen verständnisvollen Blick erst auf Herrn Archimedes, sodann auf eine hübsche Reihe von Kreidestrichen, welche an der Stubentür verzeichnet standen.

Der Zusammenhang dieser Gebärde wurde völlig klar, als später, nachdem die Zeche des Etatsrats in hergebrachter Weise durch den Kutscher berichtigt worden, auch Archimedes seine damals gerade wohlgefüllte Börse zog und hierauf jene Striche sämtlich von der Tür verschwanden.

Er hatte diese Vorgänge in jenem harmlos-heiteren Ton erzählt, der im persönlichen Verkehr mich immer freundlich anzusprechen pflegte; gleichwohl entsinne ich mich, daß ich derzeit diesen Brief nicht ohne ein Gefühl von Unbehaglichkeit beiseitelegte. Vorübergehend kam mir auch wohl die Frage, weshalb denn der Herr Etatsrat nicht sein Faktotum Käfer statt des ihm fernstehenden Sohnes bei diesen Badefahrten mit sich führe; aber freilich, der Schlingel mochte es schon verstanden haben, sich von solchen Dingen frei zu machen.

Ein Jahr war dahingegangen, die Ferienzeit war fast verstrichen, und die andern Studenten waren längst schon heimgereist, durch mancherlei Umstände aber war es gekommen, daß ich nur die letzten Tage vor Beginn des neuen Sommersemesters im elterlichen Hause verleben konnte. Als ich eintraf, sah ich wohl, daß Archimedes schon unter dem grauenhaften Gespinst der Abschiedsstimmung einherwandelte. »Asch, Asche, lieber Freund!« rief er sogleich nach der ersten Freude des Wiedersehens. »Um ein paar Tage seid ihr alle wieder fort: und schau nur her!« – er hob das spärliche Haar von seinen Schläfen – »da kommen schon die silbernen! Wenn ihr wiederkehrt, ihr werden einen alten Mann dann finden!«

Und freilich, ein paar weiße Härchen zeigten sich, und der kurze Rest der Ferien ging rasch zu Ende. Es wurde indessen anders, als irgendeiner es erwarten konnte.

Ich weiß nicht sicher, ob Archimedes immer einen schwarzen Frack und einen glattgebürsteten Zylinder trug; ich glaube es fast; unvergeßlich ist mir, wie ich ihn so am letzten Tage vor der Abreise zu mir in die Stube treten sah, während ich am Fußboden knien meinen Koffer packte.

Archimedes sagte nichts, er ging nur, sein Stöckchen schwingend, mit sehr elastischen Schritten auf und ab; dann räusperte er sich ein paarmal, machte seine exaktesten Kopfbewegungen, aber sagte wieder nichts.

»Nun?« rief ich.

»Nun?« rief Archimedes.

Ich faßte ihn jetzt recht fest ins Auge; aber in meinem Leben habe ich nicht so die Freude auf einem Menschenantlitz ausgeprägt gesehen.

»Archimedes«, rief ich, »was ist geschehen?«

Er räusperte sich noch einmal; er schien zu geizen mit der gleichwohl stumm von seinen Lippen redenden Glücksbotschaft. »Lieber Freund«, sagte er endlich mit erkünstelter Trockenheit und tickte mit seinem Stöckchen mich leise auf der Schulter; »ich möchte nur bescheiden bei dir anfragen, ob morgen noch ein Plätzchen auf deines Vaters Wagen offen ist?«

Ich erhob mich von meinem Koffer und betrachtete meinen kleinen Freund, der mit seinem Stöckchen wippte, als ob er ein mutiges Pferd besteigen wolle.

»Wart nur«, sagte ich, wie viele sind wir denn? Peter Krümp, der Rantzauer, Jochen Fürchterlich – – freilich, es ist just ein Platz noch offen! Willst du uns begleiten, oder…am Ende gar? Hat der Alte herausgerückt?«

»Halt!« rief Archimedes. »Bester Freund, du sollst noch Ratsherr werden!« Und damit zog er seine bekannte grünseidene Börse aus der Tasche, deren außerordentlicher Umfang mir heute zum erstenmal recht erkennbar wurde, und setzte daraus einen Stapel blanker Speziestaler nach dem andern auf den Tisch. »Schau her!« rief er. »Hier Kollegiengelder, für die du kein Verständnis hast; dann in schwindender Proportion, hier für eine Kneipe in der Wolfsschlucht, hier für den etwas mageren Kosttisch, an dem die Theologen futtern!« Er warf mit kurzem

Lachen seinen Kopf zurück und sah mich ganz verwegen an. »Ja, ja, Bester, ich fürchte mich nicht vor den zähen Pfannekuchen und werde sie keineswegs wie gewisse Leute so schnöde an die Stubentüren nageln! Und somit, das erste Semester wäre in Sicherheit!«

Auf einmal begann er, sein Stöckchen schwingend, wieder auf und ab zu wandeln; sein Gesicht hatte einen ernsten, fast sorgenvollen Ausdruck angenommen.

»Woran denkst du, Archimedes?« frug ich.

»Hm, im Grunde nicht so außerordentlich!« Und er setzte noch immer seinen Spaziergang fort. »Meine arme kleine Schwester; sie hatte an mir doch einen Kameraden!«

Ich schwieg beklommen, denn auch mit meiner Schwester hatte der Verkehr ja aufgehört.

»Ich weiß wohl«, fuhr er fort; »der Alte ist ja eigentümlich; das ist kein Haus für junge Damen.« Er schwieg plötzlich und schneuzte sich heftig mit seinem großen rotseidenen Taschentuche.

»Archimedes«, sagte ich, »die Mädchen könnten ja doch hier zusammenkommen! Mutter und Schwester haben deine Phia beide gern.« Ich sagte das aufs Geratewohl; ich konnte nicht anders.

Er blieb stehen. »Ist das dein Ernst? Darf ich es ihr sagen?« rief er lebhaft.

»Gewiß darfst du das.«

Seine Augen leuchteten ordentlich. »Trefflich, trefflich!« rief er und drückte mir die Hand. »Freilich, wenn der Alte sie nur fahren läßt! Abends muß sie ihm vorlesen, bis ihr die Brust weh tut; sie ist nicht stark, die kleine Phia. Und Tages… nach ihrer Konfirmation ist gleich die eine Dienstmagd abgeschafft; sie hat so viel zu tun, das arme Ding. Aber gewiß, ich werd's ihr sagen; nun wird die Reise viel fröhlicher vonstatten gehen!«

Aber Archimedes hatte noch ein Bedenken oder wenigstens noch einen Widerhaken im Gemüte; und ich war nun einmal sein Vertrauter.

»Weißt du auch«, begann er wieder, »wem ich diese außerordentliche, ja ganz unglaubliche Erfüllung meines Wunsches zu verdanken habe?«

»Ich denke, deinem Vater«, erwiderte ich, »du sagtest es ja schon.«

Archimedes vollführte einen scharfen Hieb mit seinem Stöckchen durch die Luft. »Freilich, Bester; aber – der Günstling, der Haus-und Kassenverwalter Käfer hat es hinter meinem Rücken bei dem Alten durchgesetzt; die Sache ist ganz sicher, Phia hat es mir versichert; sie hält diesen Käfer für den besten aller Menschen! Siehst du, das wurmt mich; ich mag dieser Kreatur nichts zu verdanken haben.«

»Nun«, sagte ich – ich weiß nicht, wie es mir eben auf die Zunge kam –, »vielleicht hast du ihm auch nichts zu danken; vielleicht mag's ihm selber daran liegen, dich aus dem Hause loszuwerden.«

Archimedes starrte mich fast erschrocken an. »Du sagst es!« rief er; »aber ich habe auch schon daran gedacht! Nur wüßte ich eigentlich nicht, warum; ich habe mich nie darum gekümmert, wie aus des Alten Schatulle das Silber in seine Tasche fließt; glaubt er indessen durch meine Abwesenheit diesen Strom noch zu verstärken – basta! So möge er seinen Lohn dahinhaben!«

Damit war unsre Unterhaltung zu Ende. »Auf morgen denn!« rief Archimedes in seiner alten Fröhlichkeit; die Ausprägung jenes letzten Gedankens schien seine Bedenklichkeit ganz verscheucht zu haben. Und auch mir schien damit alles erklärt zu sein; denn Herr Käfer mußte augenscheinlich nicht wenig Geld verbrauchen. Er kleidete sich gut, man konnte sagen, mit Geschmack; er ließ sich auch sonst nichts abgehen. Trotz seines noch immer etwas weibischen Gesichtes machte er keine üble Figur, so daß alte Damen ihn einen feinen jungen Menschen nannten; auch ich selber wäre vielleicht weniger dagegen gewesen, wenn ich ihn mir nicht zehn Jahre früher durch die Planke so genau betrachtet hätte. Er war unablässig bemüht, sich in die bessere Gesellschaft einzudrängen, und hatte es sogar fertiggebracht, mit einer Anzahl von drei weißen Kugeln von der Harmoniegesellschaft zurückgewiesen zu werden. Und somit machte auch ich mir keine weiteren Gedanken.

Am Tage darauf, am schönsten Junimorgen, fuhren wir Studenten ab. Archimedes war anfänglich etwas still. »Ein harter Abschied«, flüsterte er mir zu und drückte krampfhaft meine Hand. Aber die Abschiedsstimmung hielt nicht stand; am Waldesrande, etwa eine Meile hinter unsrer Vaterstadt, sprangen wir alle vom Wagen und schmückten Pferde und Geschirr mit frischem Buchengrün, uns selbst nicht zu vergessen. Der junge Kutscher meines Vaters, »Thoms Knappe« von uns genannt, hatte die Fahrt schon mehrmals mitgemacht; er kannte alle unsre Lieder und sang mit seiner klingenden Tenorstimme frisch dazwischen, als es jetzt wieder in das freie Land hinausging. Ich entsinne mich kaum einer Reise, wo mir die Sonne so ins Herz gelacht hätte; es war aber auch nicht allein die Sonne: zur Seite des rollenden Wagens flogen die hellsten Genien des Lebens, Hoffnung und Jugend, mit ihrer weithin leuchtenden Aureole.

Auf der Hälfte des Weges, in dem großen baumreichen Dorfe, wo man im Vorüberfahren in des Hardesvogts Garten den kleinen Springbrunnen mit der goldenen Kugel spielen sah, vor dem stattlichen Wirtshause, dem der mit dunklen Tannen bestandene Hügel gegenüberlag, wurden die dampfenden Pferde abgeschirrt und den Herren Studenten das helle Staatszimmer zur Mittagstafel eingeräumt. Und bald auch saßen wir alle, Thoms Knappe nicht ausgenommen, um den sauber gedeckten Tisch; glänzende Schinkenschnitte, Eier und Eierkuchen, und was sonst noch in den hoch beladenen Schüsseln aufgetragen wurde, verschwand mit unglaublicher Geschwindigkeit. Buttermilch wurde nicht getrunken, vielmehr kann nicht verschwiegen werden, daß neben jedem Teller ein tüchtiges Glas Grog seinen erquickenden Dampf versandte, während zur Tafelmusik Finken und Rotschwänze drüben aus den Tannen schlugen.

Mit einem unsäglich frohen Angesicht saß Archimedes neben mir; er schien alles, was ihn daheim belastet hatte, hinter sich geworfen zu haben; so oft er mit vergnügtem Lächeln sein dampfendes Glas zum Munde führte, machte er seine kriegerischsten Augen, als wollte er sagen: »Leben, wo bist du? Komm heraus, wir wollen dich bestehen!« Und »Prosit! Prosit, Archimedes!« klang es von allen Seiten.

Einige Tage nach unsrer Ankunft in der Stadt der Alma mater, da ich auf meinem Zimmer mich eben mit dem rätselvollen Kapitel der Korrealobligationen plagte, stand Archimedes plötzlich vor mir; er nickte mir zu, hob sich auf den Fußspitzen und drückte den Kopf in den Nacken, als fordere er mich heraus, ihn zu betrachten.

»Alle Wetter, Archimedes!« rief ich; »wo hast du dir dies strahlende Angesicht geholt?«

Er hob den Kopf noch höher aus den spitzen Vatermördern. »Nur drei Häuser weit von hier, lieber Freund; von dem rectore magnifico! Ich bin Student, immatrikuliert – data dextera – der alte Celeberrimus in Schlafrock und Pantoffeln! Wahrhaft rührend, ganz erhebend! Aber«, fuhr er fort, indem er sich zum Fenster wandte, »dein Spiegel hängt auch ganz verteufelt hoch!« Und damit nahm er mir mein dickes schweinsledernes corpus juris vor der Nase fort und legte es als Schemel auf den Fußboden; nachdem er also seiner Kürze nachgeholfen hatte, betrachtete er sich in der fleckigen Spiegelscheibe mit augenscheinlichem Behagen. »Student!« sagte er noch einmal. »Meinst du nicht auch, der Schnurrbart ist in den kurzen acht Tagen doch schon hübsch gewachsen! Vivat der Alte! Weißt du, wir wollen heute abend seine Gesundheit trinken; ich werde sehr guten Stoff besorgen. Nicht so, du willst doch? Der Alte hat es in der Tat verdient!«

»Freilich will ich, Archimedes«, erwiderte ich; »sage nur auch die andern an, alles übrige werde ich besorgen.«

»Trefflich, trefflich!« rief Archimedes. »Aber hier hast du dein corpus juris wieder; ich muß zunächst nun meine mathematica belegen; denn, lieber Freund, es soll höllisch jetzt geochst werden!«

Wie tanzend schritt er nach der Tür, nachdem er mir ein paarmal mutig zugenickt hatte; plötzlich aber hielt er inne. »Weiß der Henker«, sagte er; ich muß immer wieder an diesen Schuft, den Käfer, denken! Er ist nicht mal ein ordentlicher Käfer, höchstens ein Insekt der siebenten Ordnung, so eine Schnabelkerfe oder dergleichen etwas!«

Meine Gedanken waren schon wieder bei den Korrealobligationen. »Was kümmert dich der Bursche«, sagte ich obenhin, »der ist ja weit von hier!«

»Freilich, freilich«, erwiderte Archimedes, indem er aus der Tür ging; »wir wollen die Naturgeschichte ruhen lassen.« –

Die kleine Kneiperei ging dann auch am Abend zur Herzensberuhigung unsres Freundes in bester Heiterkeit vonstatten; als wir aber feierlich die Gesundheit seines Alten tranken, flüsterte er mir ganz ergrimmt ins Ohr: »Und daß er bald der Schnabelkerfe einen Fußtritt gebe!« Dann stürzte er sein volles Glas hinunter.

Es ist mir später klargeworden, daß in betreff jenes Menschen eine unbestimmte Furcht in seiner Seele lag, die er selber freilich nicht mehr bestätigt sehen sollte. Im weiteren Verlaufe des Semesters erwähnte er desselben nicht wieder; seine Arbeiten mochten diese Dinge bei ihm zurückgedrängt haben; denn seiner Ankündigung gemäß betrieb er diese vom Morgenrot bis in die Mitternacht hinein.

Bei Beginn der Herbstferien reiste Archimedes nach Hause, weil mit dem Semester auch seine dafür berechnete Kasse ihr Ende erreicht hatte; ich blieb noch, um unter Benutzung der Universitätsbibliothek eine bestimmte Materie durchzuarbeiten. Erst kurz vor dem Wiederbeginn der Kollegien folgte auch ich, um wenigstens ein paar Tage mit den Meinen zu verleben.

Archimedes fand ich besonders heiter und in großer Regsamkeit. »Du kommst verteufelt spät, lieber Freund!« rief er mir entgegen; »aber der Alte ist splendid gewesen, ich reise wieder mit euch! Übrigens...« Und nun erfuhr ich, daß am letzten Tage noch ein Ball stattfinden solle, den ich nicht versäumen dürfe; seine kleine Phia würde auch erscheinen.

Dann schwieg er eine Weile und sah mit seinem kindlichen Lächeln zu mir auf. »Weißt du, lieber Freund«, begann er wieder, »ich habe dabei auf dich gerechnet! Sie hat noch keinen Ball besucht; sie hat daher nicht so ihre gewohnten Tänzer wie die andern; nicht wahr; du hilfst mir, sie gleich ein wenig mit hineinzubringen?«

Ich dachte plötzlich wieder an die Willis. »Deine Schwester muß ja bezaubernd tanzen«, sagte ich. »Wie wär's mit Polonäse und Kotillon? Willst du meine Bitte überbringen?«

Archimedes drückte mir die Hand. »Trefflich, trefflich, lieber Freund! Aber nun muß ich zum Schuster, ob meine neuen Lackierten doch auch fertig sind!« –

Am Morgen des Festabends waren wir alle in Bewegung; die einen, um Handschuhe oder seidene Strümpfe einzukaufen – denn Archimedes war der einzige, der stets in Lackstiefeln tanzte –, die andern, um bei dem Gärtner einen heimlichen Strauß für die Angebetete zu bestellen. Diese letzteren belächelte Archimedes, indem er sanft den Kopf emporschob; er hatte niemals eine Herzdame, sondern nur eine allgemeine kavaliermäßige Verehrung für das ganze Geschlecht, worin er vor allem seine Schwester einschloß. Ich entsinne mich fast keiner Schlittenpartie, wobei sie nicht die Dame des eignen Bruders war; es schien bei solchem Anlaß, als möge er sie keinem Dritten anvertrauen; sorgsam vor der Abfahrt breitete er alle Hüllen um und über sie, während das blasse Gesichtchen ihn dankbar anlächelte; und ebenso sorgsam und ritterlich hob er bei Beendigung der Fahrt sie wieder aus dem Schlitten.

So war denn Archimedes zum Festordner wie geschaffen und auch diesmal dazu gewählt worden. Als ich, wie gewöhnlich sein Gehilfe bei solcher Gelegenheit, am Vormittag des Festes in den Ballsaal trat, wo noch einiges mit dem Wirte zu ordnen war, fand ich ihn mit diesem bereits in lebhafter Unterhaltung. »Vorzüglich, ganz vorzüglich!« hörte ich ihn eben sagen; »also noch ein Dutzend Spiegellampetten an den Wänden, damit die Toiletten der Damen sich im gehörigen Lüster präsentieren, und, Liebster, nicht zu vergessen die bewußten Draperien, um auch die Musikantenbühne in etwas zu verschönern!«

Während der Wirt sich entfernte, schritt Archimedes auf mich zu, der ich am andern Ende des Saales die Tischchen mit den Kotillonraritäten revidierte; aber der Ausdruck seines guten Gesichts schien den heiteren Worten, die ich erst eben von ihm gehört hatte, wenig zu entsprechen.

»Was fehlt dir, Archimedes?« frug ich. »Deine Schwester ist heute abend doch nicht abgehalten?«

»Nein, nein!« rief er. »Sie wird schon kommen, und wenn auch erst um zehn Uhr, nachdem der Alte zur Ruhe gegangen ist; aber ich denke sie noch früher loszunesteln!«

»Nun also, was ist es denn?«

»Oh, es ist eigentlich nichts, lieber Freund; aber dieser Käfer, der Herr Hausverwalter! Ich glaube, das arme Ding fürchtet sich ordentlich vor ihm. Stelle dir's vor, er unterstand sich heute, auf mein Zimmer zu kommen und uns beiden zu erklären, der Herr Etatsrat werde das sehr übel, vermerken, wenn das Fräulein auf den Ball ginge; und das Fräulein hing so verzagt an seinem unverschämten Munde; es fehlte nur noch, daß er ihr geradezu den Ball verboten hätte!«

Archimedes zuckte mit seinem Stöckchen ein paarmal heftig durch die Luft. »Ich werde diesem Käfer noch die Flügeldecken ausreißen!« sagte er und machte seine Offiziersaugen. »Der Mensch unterstand sich sogar, mich bei meinem Vornamen anzureden; da habe ich ihm denn seinen Standpunkt klargemacht und ihn hierauf sanft aus der Tür geschoben; siehst du« – und er erhob den Arm –, »mit dieser meiner eignen Hand, die leider ohne Handschuh war!« Er ging ein paarmal auf und nieder. »Zu toll, zu toll!« rief er. »Während meiner Philippika hatte das Kind mich fortwährend am Rock gezupft; nun der Bursche fort war, bat sie mich unter Tränen, sie doch zu Hause zu lassen. Aber sie soll nicht; sie soll auch einmal wie andre eine Freude haben; und sie hat mir's denn endlich auf versprochen.«

Archimedes steckte beide Hände in die Taschen und blickte eine Weile schweigend gegen die Saaldecke. »Das arme Ding«, sagte er; »sie hatte so ein Paar große erschrockene Kinderaugen! Wenn der Halunke es sie später nur nicht entgelten läßt! Nun, am Ende, wir sind denn doch nicht aus der Welt!«

Und allmählich beruhigten sich seine Gesichtszüge, und sein gutes Lächeln trat wieder um seinen wohlgeformten Mund. »Aber noch eines, lieber Freund«, begann er aufs neue; »ich weiß, du bist auch so etwas für die Blumensträuße, und du meinst es stets aufs trefflichste; aber – sende ihr keinen! Nicht um meiner Grille halber, es würde sie ja wohl erfreuen; es ist nur – in unsrem Hause paßt das mit den Blumensträußen nicht. Aber komm und hilf mir; die kleine Phia soll denn doch nicht ohne Blumen auf den Ball!«

Und dann gingen wir miteinander fort und kauften die schönste dunkelrote Rose für das Haar des blassen Mädchens.

Meine Schwester war von einem leichten Unwohlsein befallen; so kam es, daß ich abends allein und erst kurz vor Beginn des Tanzes in das Vorzimmer des Ballsaales trat.

Archimedes kam mir schon entgegen. »Ah!« rief er, »vortrefflich, daß du da bist! Nun wollen wir auch sofort beginnen!«

Aber ich hielt ihn noch zurück. »Einen Augenblick!« sagte ich. »Ich muß mir erst die Handschuh knöpfen.« In Wahrheit aber wollte ich ihn selber nur betrachten; dieser kunstvoll frisierte Haarpull, der kohlschwarz gewichste Schnurrbart, dazu das fröhliche und doch gemessene Werfen des Kopfes, das elegante Schwenken des kleinen Chapeau claque – in Wahrheit, er imponierte mir noch immer.

»Deine Schwester ist doch drinnen?« frug ich dann, nach der offenen Tür des Saales zeigend, indem ich mich zugleich für vollkommen tanzfähig erklärte.

Er drückte mir die Hand. »Alles in Ordnung, lieber Freund!«

Als dann gleich darauf die Musik einsetzte, schritt Archimedes erhobenen Hauptes in den Saal, und ich folgte ihm, um meiner Dame zur Polonäse die Hand zu reichen. Aber sie war nicht unter ihren Altersgenossinnen, die am Ende des Saales wich wie zu einem Blumenbeet zusammengeschart hatten; ich fand sie gleich am Eingang bei einem mir unbekannten, unschönen und plump gekleideten Mädchen sitzend. Sophie Sternow trug ein weißes Kleid mit silberblauem Gürtelbande; das glänzende, an den Schläfen schlicht herabgestrichene Haar war im Nacken zu einem schweren Knoten aufgeschürzt; aber weder die Rose, welche ihr Bruder unter meinem Beirat vormittags für sie gekauft hatte, noch sonst ein Schmuck, wie ihn die Mädchen lieben, war daran zu sehen.

Ein leichtes Rot flog über ihr Antlitz, als ich auf sie zutrat. »Freund Archimedes«, sagte ich, »wird mir hoffentlich den Tanz gesichert haben; ich möchte nicht zu spät gekommen sein.«

Ein flüchtiger Blick aus ihren dunklen Augen streifte mich. »Ich danke Ihnen«, sagte sie fast demütig, indem sie, mich kaum berührend, ihre Hand auf den ihr dargereichten Arm legte, »aber auch ohnedies wären Sie nicht zu spät gekommen.«

Ich hatte sie lange nicht gesehen; aber Archimedes irrte, das waren keine Kinderaugen mehr.

Wir tanzten dann, und ich würde noch jetzt sagen, daß sie trefflich tanzte; nur empfand ich in ihren anmutigen Bewegungen nichts von jener frohen Kraft der Jugend, die sonst in den Rhythmen des Tanzes so gern ihren Ausdruck findet. Dies und die etwas zu schmalen Schultern beeinträchtigten vielleicht in etwas die sonst so eigentümlich schöne Mädchenerscheinung.

Nach beendigtem Tanze führte ich sie an ihren Platz zurück, und sie setzte sich wieder neben das häßliche Mädchen, welche von niemandem aufgefordert war und jetzt froh schien, wenigstens für den Augenblick aus seiner Verlassenheit erlöst zu werden. Als ich in dem Gewirre der sich auflösenden Paare Archimedes zu Gesicht bekam, konnte ich die Frage nicht unterlassen, ob er denn die Rose von heute morgen seiner Schwester nicht gegeben habe.

»Freilich, freilich!« erwiderte er, indem er zugleich einen Inspektionsblick in dem Saal umherwarf; »aber die Kleine scheint auf einmal eigensinnig geworden; sie wollte keine Blumen tragen; sie konnte nicht einmal sagen, weshalb sie es nicht wollte; sie bat mich flehentlich um Verzeihung, daß sie es nicht könne; denn, in der Tat, ich wurde fast ein wenig zornig! – Nun, lieber Freund«, setzte er in munterem Tone hinzu, »die Damen haben ihre Launen, und jetzt werde ich selber mit der kleinen Dame tanzen!«

Während er dann zunächst noch zu den Musikanten ging, blickte ich im Saal umher. Die blasse Phia Sternow war die einzige, deren junges Haupt mit keiner Blume geschmückt war; in dem duftweißen Kleide mit dem Silbergürtel schien sie fast nur wie ein Mondenschimmer neben ihrer plump geputzten Nachbarin. Und wieder mußte ich an die Willis denken, und jenes phantastische Mitgefühl, das ich als halber Knabe für sie empfunden hatte, überkam mich jetzt aufs neue. Dies verleitete mich auch, als ich später mit der Busenfreundin meiner Schwester im Kontertanze stand, diese etwas männliche Brünette mit ziemlich unbedachten Vorwürfen wegen einer solchen, wie ich mich ausdrückte, absichtlichen Trennung von der früheren Schulgenossin zu überhäufen. Hatte ich doch mit steigender Erregung wahrgenommen, daß keine der hiesigen jungen Damen sie begrüßte, wenn sie an ihrem Platz vorüberging, ja daß eine derselben mit plötzlicher Bewegung den Kopf abwandte, da sie unerwartet in der Tanzkette ihr die Fingerspitzen reichen mußte.

Schon während meiner Rede hatte ich bemerkt, daß meine Tänzerin eine kriegsbereite Haltung einnahm. »Sprechen Sie nur weiter«, sagte sie jetzt, als ich zu Ende war; »ich höre schon.« Und dabei trat sie einen Schritt zurück, als wolle sie mich besser Aug in Auge fassen.

Als ich hierauf noch einmal betonte, was nach meiner Meinung in diesem Falle vorzubringen war, ließ die schöne Braune mich ruhig ausreden; dann sagte sie mit einer Gemessenheit, die seltsam zu dem jungen Munde stand: »Ich verstehe das alles wohl; aber finden Sie nicht selbst, daß es Fräulein Sternow völlig freisteht, unsre Gesellschaft aufzusuchen, wenn sie anders meinen sollte, daß sie noch dahin gehöre?«

»Dahin gehöre?« Ich wiederholte es fast erschrocken. »Sie wollen doch die Ärmste nicht für ihr väterliches Haus verantwortlich machen?«

Fräulein Juliane – so hieß die schöne Männin – zuckte nur die Achseln; gleich darauf mußten wir tanzen. Als wir wieder auf unserm Platz standen, gewahrte ich die Besprochene in der andern Reihe neben uns, und so konnte das Gespräch nicht wieder aufgenommen werden. Zu meiner stillen Genugtuung bemerkte ich indessen, daß Phia Sternow von den Tänzern nicht vergessen wurde, wenn diese auch meist nur aus den Freunden ihres Bruders und diesem selbst bestanden. Sie erschien mir jetzt, da der Tanz ein leichtes Rot auf ihre Wangen gehaucht hatte, so über alle schön, daß ich fast laut zu mir selber sagte: »Der Neid; es ist der Neid, der sie verfemt.«

Die Hälfte des Abends war vorüber, der Kotillon, der Tanz, wo es gilt, die Pausen zu verplaudern, führte mich wieder mit ihr zusammen. Den vorhergehenden Walzer hatte ich in einem Anfalle von Barmherzigkeit mit ihrer unschönen Nachbarin getanzt, und Sophie Sternow hatte mich, da ich sie von ihrer Seite holte, mit einem dankbaren Lächeln angeblickt, dem einzigen, das ich an diesem Abend auf ihrem jungen Antlitz sehen sollte. »Wer ist das Mädchen?« frug ich jetzt. »Sie scheint eben keine beliebte Tänzerin.«

Phia blickte flüchtig zu mir auf. »Sie ist eine Fremde«, sagte sie dann; »sie hat hier keine Freunde.«

Sie schwieg, und ich suchte nach einem andern Unterhaltungsstoff. Was aber sollte ich reden, ohne bei der Armseligkeit dieses Lebens anzustoßen! Da begann ich von ihrem Bruder, von seinem redlichen Fleiße, von unserm treuen Zusammenhalten. Nur aus den geöffneten Lippen und den regungslos auf mich gerichteten Augen erkannte ich, mit welcher Teilnahme sie meinen Worten folgte; aber auch jetzt brach kein Lächeln durch den leidenden Ernst dieser jungen Züge.

»Fräulein Sophie«, sagte ich, »ich weiß es, Sie haben durch den Fortgang dieses Bruders viel verloren.«

Ein kaum hörbares Ja war die Antwort. Als ich aber dann, des aufs neue bevorstehenden Scheidens gedenkend, hinzufügte: »Diesmal werden Sie ihn schon nach ein paar Monden wiederhaben«, da schloß sie die Augen, als wolle sie in keine Zukunft blicken, und hielt ihr Antlitz wie das einer schönen Toten mir entgegen.

»Fräulein Sophie!« erinnerte ich leise, denn ich sollte meine Dame zu dem mit Blumensträußen gefüllten Körbchen führen.

Sie schlug langsam die Augen wieder auf, und wir tanzten diese und noch manche andre Tour; gesprochen aber haben wir nicht viel mehr miteinander.

Gern hätte mich noch vor der gemeinschaftlichen Abreise am andern Morgen meine Schwester über die Vorgänge des verflossenen Abends ausgeforscht; aber der Wagen hielt schon früh um fünf Uhr vor dem Hause, und ihres Unwohlseins halber durfte sie nicht wie sonst das letzte Viertelstündchen beim Morgentee mit mir verplaudern.

Es kann endlich nicht länger verschwiegen werden, daß Archimedes während der langen Wartezeit daheim auch bei andern als den bisher erwähnten Anlässen mit jenen kleinen Gläsern in Berührung gekommen war. – Im Hinterstübchen eines Gasthofes, wo sonst nur die Leute aus der Marsch ihre Anfahrt hielten, pflegte sich ein paarmal wöchentlich ein Kleeblatt ältere Männer zusammenzufinden, sämtlich voll mannigfacher Welterfahrung und scharfer rücksichtsloser Beurteilung aller übrigen Menschen. Bei einer Pfeife Petit-Kanasters und einem Gläschen feinsten und nur in diesem Stübchen zum Ausschank kommenden Pomeranzen-Liquors, das ohne Bestellung vor jeden hingestellt und ebenso erneuert wurde, verstanden sie es, die respektabelsten Häupter der Stadt in so einseitige Beleuchtung zu rücken, daß sie jedem als die lustigsten Karikaturen erscheinen mußten. Diesen Leuten, welchen in halbem Bruche mit der übrigen Gesellschaft sich selbst genug waren, hatte im letzten Winter Archimedes sich als vierter angeschlossen, nachdem er eines Nachmittags mit dem Hauptwortführer, einem früheren Offizier, auf der Eisfläche des Mühlenteiches in allen Kunstformen des Schlittschuhlaufes gewetteifert hatte.

Zwar hatte er, als dann abends im Hinterstübchen des Gasthofes die bestbeleumdeten Honoratioren in so possenhafter Verwandlung vorgeführt wurden, anfänglich sein gutmütiges Haupt geschüttelt; das Gläschen, welches auch ihm gesetzt und gefüllt wurde, war für ihn durchaus notwendig, um nur die spaßhafte Seite dieses Puppenspiels zu sehen; aber freilich, das Mittel schlug auch an, und so kam es, daß er an den betreffenden Abenden meist schon als der erste des nunmehrigen Vierblattes vor seinem Gläschen saß, in ungeduldiger Erwartung, daß mit dem Erscheinen der drei andern Gäste das Stück aufs neue beginnen möge. Er bedurfte eben eines kräftigeren Anreizes, als der Verkehr mit den ihm immer grüner erscheinenden Gelehrtenschülern ihm zu bieten vermochte.

Daß eine eigentliche Neigung zum Trinken in Archimedes steckte, habe ich nie bemerkt; jedenfalls schien zu solchem Bedenken jeder Anlaß verschwunden, sobald er den Boden der Universität betreten hatte. Da tauchte, etwa einen Monat nach unsrer letzten Rückkehr, unter einer Anzahl ihm bekannter Korpsstudenten eine Tollheit auf, welche vielleicht von einzelnen älteren Herren noch jetzt als ein Auswuchs ihres Jugendübermuts belächelt wird, welche aber für andre der Anfang des Endes wurde. Ohne Ahnung jener späteren Ära des Absinthes, behaupteten sie, in dem »Pomeranzen-Bittern« den eigentlichen Feind des Menschengeschlechts entdeckt zu haben, und erklärten es für eine der idealsten Lebensaufgaben, selbigen, wo er immer auch betroffen würde, mit Hintenansetzung von Leben und Gesundheit zu vertilgen. Dieser Erkenntnis folgte rasch die Tat: Eine »Bitternvertilgungskommission« wurde gebildet, die an immer neu erforschten Lagerorten des Feindes ihre fliegenden Sitzungen hielt. Die Sache wurde bekannt und begann über die Studentenkreise hinaus Anstoß zu erregen; sogar ein Anschlag am Schwarzen Brett erschien, welcher den Studenten unter Androhung der Relegation den Besuch einer Reihe näher bezeichneter Häuser untersagte; natürlich nur ein Sporn zu noch heldenhafteren Taten.

Zu meinem Schrecken erfuhr ich, daß auch Archimedes sich diesem Unwesen zugesellte. Hatte die Öde seines niedergehaltenen Lebens ihn zu jenem älteren Kleeblatt hingetrieben, so war es jetzt das in dieser Sache steckende Stückchen Spott, das ihn heranzog; er kannte ja jenen Feind des menschlichen Geschlechts seit lange, er mußte mit dabei sein. Vergebens suchte ich ihn zurückzuhalten. »Liebster«, sagte er, »laß mich auch einmal, wie du es nennst, ein wenig toll sein; ich versäume ja nichts damit! Und so beruhige dein treues Herz, auch wenn dir für unsre erhabene Sache das Verständnis fehlen sollte!«

Er machte seine kriegerischen Augen und sah mich dabei mit seinem besten Lächeln an; mir blieb zuletzt nichts übrig, als der Sache ihren Lauf zu lassen. Denn darin freilich unterschied er sich von den Genossen seiner Tollheit, außer seiner Gesundheit wurde nichts von ihm versäumt. Gewissenhaft, und wenn die Stunde noch so früh war, besuchte er seine Kollegien, und war die eine Nacht durchrast, so wurde unfehlbar die darauffolgende hindurch gearbeitet. Auf seiner Spritmaschine, welche brennend neben ihm stand, filtrierte er sich den stärksten Kaffee, und vermochte auch der dem erschöpften Körper die Müdigkeit nicht fern zu halten, so holte Archimedes, wenn alle andern Bewohner des Hauses schliefen, sich aus der Pumpe auf dem Hofe einen Eimer eiskalten Wassers, um seine nackten Füße dahinein zu stecken und dann frei von jedem verführerischen Schlafverlangen in seiner Arbeit fortzufahren.

Diese zweite, wenn auch achtungswerte Tollheit hatte er vor mir wie vor allen andern verborgen gehalten; aber freilich, ihre Folgen konnten nicht verborgen bleiben. Wir waren diesmal beide in den Weihnachtsferien nicht zu Hause gewesen; es ging schon in den März, als ich eine auffallende Veränderung in dem Wesen meines Freundes wahrnahm: der sonst so ordnungsliebende Mann war verschwenderisch geworden; er machte wiederholt allerlei seltsame Ankäufe, die seine knappen Mittel bei weitem überstiegen. Außer den teuersten Zirkeln, welche ihm gleichwohl immer nicht genügten, war seine Erwerbslust auf verschiedene Arten von Stoßrapieren gerichtet, eine Waffe, die auf unsrer Universität nicht gebräuchlich war, aber freilich, seiner Person entsprechend, gern und mit Geschick von ihm gehandhabt wurde; endlich kamen sogar Lackstiefel mit immer dünneren und biegsameren Sohlen an die Reihe.

Als ich ihn über diese mir ganz unverständliche Verschwendung zur Rede stellte, glaubte ich etwas Unheimliches in seinen Augen aufleuchten zu sehen. »Geduld, Geduld!« sagte er hastig. »Kein voreiliges Urteil, Liebster! Ich habe jetzt endlich einen Schuster aufgefunden; ein exzellenter Bursche, ausnehmend exzellent! Wenn sie fertig sind, werde ich in den durchaus vollkommenen Stiefeln zu dir kommen.«

»Aber, Archimedes«, unterbrach ich ihn, »was willst du damit und mit all deinen Zirkeln und Rapieren?«

Er sah mich mit weit aufgerissenen Augen an; der Erwerb jener letzteren Dinge war ihm offenbar entfallen, obgleich die Rapiere in seinem Zimmer eine halbe Wand bedeckten.

Plötzlich, einige Tage danach, in welchen ich ihn nicht gesehen hatte, hieß es, Archimedes liege am Nervenfieber, es steht schlecht mit ihm. Eilig ging ich nach seiner Wohnung; aber ich erschrak, ich erkannte ihn fast nicht; in seinem Bette lag etwas wie ein kleiner abgezehrter Greis, und noch heute würde ich die Möglichkeit einer so raschen Wandlung bestreiten, wenn ich sie nicht mit offenen Augen erlebt hätte. – Ein uns beiden befreundeter junger Arzt von anerkannter Tüchtigkeit hatte ihn in Behandlung genommen; auch eine von diesem besorgte Wärterin war vorhanden.

Archimedes bewegte seinen Kopf, als ob er mir zunicken wolle. »Lieber Freund«, flüsterte er, »ich fürchte, ich bin recht wunderlich gewesen die letzte Zeit; aber nun, es wird nun besser werden!« Er versuchte zu lächeln, nachdem er langsam und kaum verständlich dies gesprochen hatte; aber es gelang ihm ebensowenig wie der Versuch, sich dann auf seinem Kissen umzuwenden; die Wärterin stand auf, und wir beide hoben und legten ihn, bis er zufrieden war.

Bald darauf kam auch der Arzt. Als wir nach einiger Zeit zusammen das Haus verließen, wollte er keine bestimmte Hoffnung geben; als ein eigentliches Nervenfieber bezeichnete er die Krankheit nicht; der Grund derselben liege in den fortgesetzten Ausschreitungen nach zweien Seiten, welche dieser an sich zarte Körper nicht habe ertragen können.

In meiner Wohnung angelangt, setzte ich mich sofort hin und gab dem Vater brieflich über diesen Stand der Dinge Auskunft; ich glaubte ihm anheimstellen zu müssen, ob er bei dem ungewissen Ausgang persönlich kommen oder aber der Schwester die Reise an das Krankenbett des Bruders gestatten wolle; zugleich bat ich, mit Rücksicht auf das zu Ende gehende Quartal, um Übersendung einer Geldsumme für diesen außerordentlichen Fall.

Mit umgehender Post erhielt ich auch ein eigenhändiges Schreiben des Herrn Etatsrats: sein herrlicher Archimedes solle erfahren, daß sein Vater sich der vollen Verantwortlichkeit bewußt sei, einen Jüngling wie ihn der Mit-und Nachwelt zu erhalten; durch den Herrn Käfer würden instanter die ausreichendsten Mittel an mich, dem er sein vollstes Vertrauen entgegenbringe, eingehen; im übrigen solle ich den Arzt zum Teufel jagen; die Sternows hätten allzeit eine Konstitution gehabt, welche ohne diese Pfuscherkünste in das Geleise der Natur zurückzufinden wisse.

Damit schloß das Schreiben; von einem persönlichen Kommen, sei es des Schreibers selber oder seiner Tochter, war nichts erwähnt. Die Geldsendung indessen erfolgte wirklich; es war eine elende Summe, die kaum ausgereicht hätte, die Wärterin auf länger Zeit zu besolden. – Sie sollte freilich hiefür noch mehr als ausreichend sein. Acht Tage waren vergangen, Archimedes wurde immer schwächer.

Als ich dann eines Vormittags in sein Zimmer trat, fand ich ihn schwer atmend, mit geschlossenen Augen; in seinem Antlitz schien aufs neue eine Veränderung vorgegangen zu sein: ob zum Leben oder zum Tode, vermochte ich nicht zu erkennen; etwas wie eine ruhige Klarheit war in seinen Zügen, aber die Finger der Hand, welche auf der Decke lagen, zuckten unruhig durcheinander. Ich stand schon lange vor ihm, ohne daß er meine Anwesenheit bemerkt hätte.

»Der Herr ist schwer krank!« sagte die Wärterin, die vor einer Tasse Kaffee in dem alten Lehnstuhl saß. »Sehen Sie nur« – und sie fuhr sich mit der Hand unter ihrer Mütze hin und her, als wolle sie andeuten, daß es auch unter der Hirnschale des Kranken nicht in Ordnung sei –, »alle die lackierten Stiefelchen habe ich dem Bette gegenüber in eine Reihe stellen müssen, und es wollte immer doch nicht richtig werden, bis ich endlich dort das eine Pärchen obenan und dann noch wieder eine Handbreit vor die andern hinausgerückt hatte. Du lieber Gott, so kleine Füßchen und soviel schöne Stiefelchen!«

Die Alte mochte dies etwas laut gesprochen haben; denn Archimedes fuhr mit beiden Händen an sein Gesicht und zupfte daneben in die Luft, als säße sein armer Kopf noch zwischen den steifen Vatermördern, die er in gewohnter Weise in die Richte ziehen müsse, dann schlug er die Augen auf und blickte um sich her. »Du?« sagte er, und ein Anflug seines alten verbindlichen Lächelns flog um seinen Mund. »Trefflich, trefflich!«

Er hatte das kaum verständlich hingemurmelt; aber plötzlich richtete er sich auf, und mich wie mühsam mit den Augen fassend, sprach er vernehmlich: »Ich wollte dir doch etwas sagen! Weißt du denn nicht? Du mißt mir helfen; ich wollte dich ja deshalb holen lassen. – Ja so! Ich glaube« – er stieß diese Worte sehr scharf hervor –, »es hätte etwas aus mir werden können, nicht wahr, du bist doch auch der Meinung? Ich habe darüber nachgedacht.«

Er schwieg eine Weile; dann warf er heftig den Kopf auf seinem Kissen hin und her. »Pfui, pfui, man soll seine Eltern ehren; aber, weißt du – auf meines Vaters Gesundheit kann ich doch nicht wieder trinken; und darum –« Seine Hände fuhren auf dem Deckbett hin und her. »Nein«, hub er wieder an, »lieber Freund, das war es doch nicht, was ich dir sagen wollte; entschuldige mich, du mußt das wirklich entschuldigen!«

Bei den letzten Worten waren seine Augen im Zimmer umhergeirrt, und seine Blicke verfingen sich an dem Stiefelpaar, womit er der Wärterin nach deren Erzählung so viele Mühe gemacht hatte; dem einzigen, welches Spuren des Gebrauches an sich trug.

Ein glückliches Lächeln ging über sein eingefallenes Antlitz. »Nun weiß ich es!« sagte er leise, und mit seiner abgezehrten Hand ergriff er die meine; die andre hob sich zitternd und wies mit vorgestrecktem Zeigefinger nach den Stiefeln. »Das war unser letzter Ball, lieber Freund; du tanztest mit meiner Schwester, mit meiner kleinen Phia; aber sie war doch nicht vergnügt... sie ist noch so jung; aber sie konnte nicht vergnügt sein – ich habe immer daran danken müssen: so allein mit dem Alten und den Zeitungen und dem – verfluchten Käfer!«

Er hatte beide Arme aufgestemmt und sah mit wilden Blicken um sich. »Sie hat mir nicht geschrieben, gar nicht; auf alle meine Briefe nicht!«

Die Wärterin hob warnend ihre Hand. »Der Herr spricht zuviel!« Aber Archimedes warf ihr seine Kavaliersaugen zu. »Dummes Weib!« murmelte er; dann, wie von der letzten Anstrengung ermüdet, ließ er sich zurücksinken und schloß die Augen. Er atmete ruhig, und ich glaubte, er werde schlafen; aber noch einmal, ohne sich zu regen, flüsterte er mit unaussprechlicher Zärtlichkeit: »Wenn ich nur erst das Examen... Phia, meine liebe kleine Schwester!«

Dann schlief er wirklich; ich legte seine Hand, welche wieder die meine ergriffen hatte, auf das Deckbett und ging leise fort. –

Als ich am andern Morgen wieder durch den unteren Flur des Hauses ging; schlurfte der Eigentümer desselben, ein hagerer Knochendreher, auf seinen Pantoffeln hinter mir her und zog mich unter Höflichkeitsgebärden in einer der nächsten Zimmer, wo ich außerdem noch seine wohlgenährte Gattin, welche der eigentliche Mann des Hauses war, und eine ältliche Tochter antraf, die wie ein weiblicher Knochendreher aussah. Alle umringten mich und redeten durcheinander auf mich ein: Sie hätten vor ein paar Jahren erst das teure Haus mit all den schönen Zimmern hier gekauft; das könne ich wohl denken, daß noch schwere Hypotheken darauf lasteten, und noch ständen just die besten Zimmer unvermietet, obschon die Herren es doch nirgends besser als bei ihnen haben könnten! – Ich wußte anfänglich nicht, wo alles dies hinaus sollte; dann aber kam's: sie fürchteten für ihren rückständigen Mietzins; ich sollten ihnen helfen; denn – Archimedes war um Mitternacht verschieden.

Ich stieß diese Leute, die freilich nur ihr gutes Recht zu decken suchten, fast gewaltsam von mir und stieg langsam die Treppe nach dem Oberhaus hinauf. – »Also doch! Tot; Archimedes tot!«

Und da stand ich vor seinem schon erkalteten Leichnam; aber sein eingefallenes Totenantlitz trug wieder den Ausdruck der Jugend, und mir war, als schwebe noch einmal sein gutes Lächeln um die erstarrten Lippen.

Als ich in den Osterferien nach Hause kam, war mein erster Gang zu dem Herrn Etatsrat; nicht daß mein Herz mich zu dem Vater meines verstorbenen Freundes hingetrieben hätte, es waren vielmehr geschäftliche Dinge, und nicht der angenehmsten Art. Die Begräbniskosten und die Forderungen des Hauswirts waren durch Herrn Käfer in irgendeiner Art geordnet; aber jene während der dem eigentlichen Krankenlager vorangegangenen Gemütsstörung zusammengekauften Gegenstände waren zum größten Teile von dem Verstorbenen unbezahlt gelassen. Zwar hatten später die Verkäufer dem Herrn Etatsrat ihre Rechnungen eingesandt; aber es war darauf weder Geld noch Antwort erfolgt. Nun hatten sie dieselben noch einmal ausgestellt und mir, den sie als Freund und Landsmann ihres Schuldners kannten, mit der Bitte um Verwendung bei dem Vater übergeben.

Bei meinem Eintritt in den Hausflur sah ich eine weibliche Gestalt mit einer blauen Küchenschürze, als wolle sie nicht gesehen werden, durch eine Hintertür verschwinden; ob es eine Magd oder wer sie sonst war, vermochte ich so rasch nicht zu erkennen. Da ich indessen den braunroten Kopf des Herrn Etatsrats von der Straße aus in einem der unteren Zimmer bemerkt hatte, so pochte ich, da sich sonst niemand zeigte, ohne weiteres an die betreffende Zimmertür. Es erfolgte jetzt etwas wie das Brummen eines Bären aus einer dahinterliegenden Höhle; ich nahm es für ein menschliches Herein und fand dann auch den Herrn Etatsrat im Lehnstuhl an seinem mit Papieren bedeckten Schreibtisch sitzen, wo ich ihn vorhin durchs Fenster erblickt hatte. Ihm zur Seite stand ein kleiner Tisch, darauf eine Kristallflasche mit Madeira und ein halb geleertes Glas. Als ich näher trat, sah er mich eine Weile mit offenem Munde an; dann langte er hinter sich nach einem Schränkchen und brachte ein zweites Glas hervor, das er sofort füllte und nach der andern Seite des Tisches schob.

»Sie sind der Sohn des Justizrats«, begann er; »aber setzen Sie sich, junger Mann! Sie waren Freund meines unvergeßlichen Archimedes; Sie werden das zu schätzen wissen!«

Ich gab dem meine Zustimmung und erzählte, den Tod und die vermutliche Todesursache des Verstorbenen übergehend, von der Gewissenhaftigkeit, womit er unter allen Umständen und bis zuletzt seine Studien betrieben hatte, und von mancher freundlichen Äußerung seiner Fachprofessoren, welche nach seinem Tode mir zu Ohren gekommen war.

Der Herr Etatsrat hatte indessen sein Glas geleert und wiederum gefüllt. »Junger Mann«, sagte er, »erheben wir den Pokal und trinken wir auf das Gedächtnis des ersten Mathematikus unsers Landes; denn das war mein Archimedes schon jetzt in seinen jungen Jahren! Ich, der ich denn doch ein ganz andrer Gewährsmann bin als jene soeben von Ihnen in Bezug genommenen Professoren, ich selber habe ihn geprüft, als der Selige zum letzten Male in diesem Hause weilte. Wenn ich sage: geprüft, so will das Wort eigentlich nicht schicken; denn mein Archimedes war der größere von uns beiden!« – Und seine Blicke legten sich wie drückende Bleikugeln auf die meinen, während er mit mir anstieß und dann in einem Zug sein Glas heruntergoß.

Damals fürchtete ich mich noch nicht vor einem tüchtigen Trunk. »in memoriam«, sprach ich andächtig und folgte seinem Beispiel. Der Herr Etatsrat nickte und schenkte die Gläser wieder voll. »Sie haben«, hub er auf neue an, »Ihren großen Kommilitonen mit allen studentischen Ehren zu seiner letzten Ruhestatt begleitet; so verhielten wir es auch zu meiner Zeit; besonders bei unserm Konsenior, den wir Mathematiker Rhomboides nannten! Er war ein Rheinländer, aber der Wein war bei ihm ein überwundener Standpunkt; er trank des Morgens Rum und des Abends wieder Rum; und so fiel er auch nicht, wie mein unsterblicher Archimedes, als ein Opfer der Wissenschaft, er war vielmehr dem Laster der Trunksucht ergeben und ging dadurch zugrunde. Des ohnerachtet bliesen wir ihn mit zwölf Posaunen zu Grabe und tranken sodann im Ratskeller so tapfer auf seine fröhliche Urständ, daß bei Anbruch des Morgens nur noch wenige von uns an das Tageslicht hinaufzugelangen vermochten. – Aber« – sein Blick war auf mein unberührtes Glas gefallen – »Sie haben ja nicht getrunken! › Dulce merum‹, sagt Horatius; schenken Sie sich selber ein; es freut mich, einmal wieder mit einem flotten Studiosus den Pokal zu leeren!«

Aber die Gesellschaft des Herrn Etatsrats begann mir unheimlich zu werden; auch wollte ich endlich meine Rechnungen zur Sprache bringen und zog deshalb, indem ich zugleich seiner Aufforderung folgte, mein Päckchen aus der Tasche und begann die Papiere vor ihm auszubreiten.

Er würdigte dieselben keines Blickes; die Erläuterungen aber, welche ich hinzuzufügen für notwendig hielt, schien er aufmerksam anzuhören. »Gewiß, mein junger Freund«, sagte er dann, als ich zu Ende war, »mein herrlicher Archimedes wäre ja kein Student gewesen, wenn er nicht mit Hinterlassung etwelcher Schulden in die Ewigkeit gegangen wäre! Geben Sie, junger Mann, die Rechnungen dieser Böotier an den Herrn Käfer zur weiteren Hinterlegung, oder, was ich für das schicklichste erachte, retradieren Sie selbige an ihre ehrenwerten Autoren!«

Ich glaubte den Sinn dieser Worte nicht recht gefaßt zu haben. »Aber sie sollen doch bezahlt werden?« wagte ich einzuwenden.

»Nein, mein junger Freund« – und die stumpfen Augen sahen unter den schwarzen Borstenhaaren mich fast höhnisch an –, »ich sehe dazu nicht die mindeste Veranlassung.«

Ich mag dem Herrn Etatsrat wohl ein recht verblüfftes Gesicht gemacht haben, als ich meine Rechnungen zusammensammelte und wieder in die Tasche steckte; dann aber nahm ich meinen Abschied, so sehr er mich auch mit trunkener Höflichkeit zurückzuhalten suchte.

Als ich auf den Flur hinaustrat, vernahm ich dort ein halb unterdrücktes Weinen, und da ich den Kopf wandte, sah ich auf den Stufen einer Treppe, die hinter dem Zimmer des Etatsrats in das Oberhaus hinaufführte, eine weibliche Gestalt hingekauert; an der blauen Schürze, in die sie ihr Gesicht verhüllt hatte, glaubte ich sie für dieselbe zu erkennen, die sich vorhin so hastig meinem Blick entzogen hatte.

Als ich unwillkürlich näher trat, erhob sie den Kopf ein wenig, und zwei dunkle Augen blickten flüchtig zu mir auf.

»Fräulein Sophie!« rief ich; denn ich hatte sie erkannt, obgleich ihr schönes Antlitz durch einen fremden, scharfen Zug entstellt war. »Ja, weinen Sie nur; er hat Sie sehr geliebt! Oh, Fräulein Phia, wenn Sie nicht kommen konnten, weshalb schwiegen Sie auf alle seine Briefe!« – Das einsame Sterbelager meines Freundes war vor mir aufgestiegen; ich hatte es nicht lassen können, diesen Vorwurf auszusprechen.

Sie antwortete mir nicht; sie wühlte das Haupt in ihren Schoß und streckte beide Arme händeringend vor sich hin; ein Schluchzen erschütterte den jungen Körper, als ob ein stumm getragenes ungeheures Leid zum Ausbruch drängte.

War das allein die Trauer um den Toten, was sich da vor meinen Augen offenbarte? – Unschlüssig stand ich vor ihr; dann begann ich zu berichten, was ich immerhin der Schwester des Verstorbenen schuldig zu sein meinte: von ihres Bruders letzten Tagen, von seiner Sehnsucht nach der fernen Schwester, und wie ihr Name von seinem sterbenden Munde auch für mich das Abschiedswort von ihm gewesen sei.

Ich schwieg einen Augenblick. Als ich noch einmal beginnen wollte, streckte sie abwehrend, in leidenschaftlicher Bewegung die Hände gegen mich. »Dank, Dank!« rief sie mit einer Stimme, die ich nie vergessen werde; »aber gehen Sie, aus Barmherzigkeit, gehen Sie jetzt!« Und ehe ich es verhindern konnte, hatte sie meine Hand ergriffen, und ein Paar fieberheiße Lippen drückten sich darauf.

Beschämt und verwirrt, zögerte ich noch, ihr zu gehorchen; da wurde aus dem Zimmer nebenan ihr Name gerufen; die rauhe Stimme ihres Vaters war nicht zu verkennen.

Schweigend und wie todmüde erhob sie sich; aber ich hielt sie noch zurück und sprach die Hoffnung aus, sie bald in ruhigerer Stunde in meiner Eltern Haus zu sehen.

Sie blickte nicht zu mir hin und antwortete mir nicht, weder durch Worte noch Gebärde; langsam schritt sie nach dem Zimmer ihres Vaters. Als ich die Haustür geöffnet hatte, wandte ich den Kopf zurück: da stand sie noch, die Klinke in der Hand, die großen Augen weit dem Sonnenlicht geöffnet, das von draußen in den dunklen Hausflur strömte; mir aber war, da hinter mir die schwere Tür ins Schloß fiel, als hätte ich sie in einer Gruft zurückgelassen.

Wie betäubt kam ich nach Hause; es nahm mich fast wunder, als ich hier alles wie gewöhnlich fand: meine Schwester saß mit einer großen Weißzeugnäherei am Fenster, neben ihr im Sofa Tante Allmacht mit ihrer ewigen Trikotage.

Ich konnte nicht an mir halten, ich erzählte den Frauen alles, was mir widerfahren war. »Was ist geschehen mit dem armen Kinde?« rief ich; »das war nicht nur ein Leid, das war Verzweiflung, was ich da gesehen habe.«

Ich erhielt keine Antwort; Tante Allmacht schloß ihre Lippen fest zusammen, meine Schwester packte ihre Näherei hinter sich auf den Stuhl und ging hinaus. Ich sah ihr erst erstaunt nach und machte dann Anstalt, sie zurückzurufen; aber Tante Allmacht faßte meine Hand: »Laß, laß, mein lieber Junge; das sind keine Dinge für die Ohren einer jungen Dame, wenn auch die ganze Stadt davon erfüllt ist!«

»Sprich nur, Tante«, sagte ich traurig; »ich weiß schon, was nun folgen wird!«

»Ja, ja, mein Junge, der Musche Käfer – es ist gekommen, wie es nicht anders kommen konnte; und wenn nicht ein noch größerer Skandal geschehen soll, so wird der Herr Etatsrat zu einer sehr unschicklichen und recht betrübten Heirat seinen Segen geben müssen. Im übrigen ist natürlich dieser Rabenvater der einzige, welcher von dem Stand der Dinge keine Ahnung hat.«

Tante Allmacht tat ein paar Seufzer. »Die arme Phia!« fügte sie dann mit seltener Milde bei; »ich habe kluge und gereifte Frauen an solch elenden Gesellen verderben sehen, warum denn nicht ein dummes unberatenes Kind!«

Zu der von Tante Allmacht vorhin bezeichneten Heirat kam es nicht. – Was nun noch folgte, habe ich nicht miterlebt; ich saß in unsrer Universitätsstadt an meiner lateinischen Examenarbeit; aber mein Gewährsmann ist wiederum jener alte Handwerksmeister, der nächste Nachbar des Herrn Etatsrats.

Es war im Hochsommer desselben Jahres, in einer jener hellen Nächte, die auch schon unsrer nördlicheren Heimat eigen sind, als er durch etwas wie aus der Nachbarschaft zu seinem Ohre Dringendes aus tiefem Schlaf emporgerissen wurde; ein Geräusch, ein ungewohnter Laut hatte die Stille der Nacht durchbrochen. Aufrecht in den Kissen sitzend, unterschied er deutlich die Haustürglocke des Herrn Etatsrats, im Hause selbst ein Treppenlaufen und Schlagen mit den Türen; nach einer Weile eine junge Stimme; nein, einen Schrei, wie in höchster Not aus armer hilfloser Menschenbrust hervorgestoßen.

Voll Entsetzen war der alte Mann von seinem Lager aufgesprungen, da hörte er draußen auf der Straße eilige Schritte näher kommen. Er stieß das Fenster auf und gewahrte eine alte Frau, die er in der Dämmerhelle zu erkennen glaubte. »Wieb! Wieb Peters«, rief er, »ist Sie es? Was ist denn das für ein Schrecken in der Nacht?«

Die alte, sonst so schweigsame Frau war dicht zu ihm herangetreten. »Geh er nur wieder schlafen, Meister«, sagte sie und hielt dabei ihre großen unbeweglichen Augen auf ihn gerichtet; »was Er gehört hat, geht Ihn ganz und gar nichts an; oder wenn Er nicht schlafen kann, so helf Er den Herrn Etatsrat wecken, wenn Reu und Leid ihn noch nicht haben wecken können!«

Damit war sie fortgegangen; und gleich darauf hatte der Meister abermals die Türglocke des Nachbarhauses läuten hören. – Was in dieser Nacht geschehen war, blieb nicht lange verborgen; schon am andern Morgen lief es durch die Stadt; in den Häusern flüsterte man es sich zu, auf den Gassen erzählte man es laut: unter dem Dache des Herrn Etatsrats lagen zwei Leichen; die Stadt hatte auf Wochen Stoff zur Unterhaltung.

Dann kam der Begräbnistag. Dem Sarge, in welchem ein neugeborenes Kind an seiner jungen Mutter Brust lag, folgten zwei Schreiber und die nächsten Nachbarn. Herr Käfer hatte am selben Morgen eine Reise angetreten; der Herr Etatsrat hatte aus unbekanntem Grunde sich zurückgehalten. Als aber in dem Totengange der Leichenzug an der Gartenplanke entlang kam, sah man ihn auf dem Altane, der jetzt weit offenen Kirchhofspforte gegenüber, sitzen; er rauchte aus seiner Meerschaumpfeife und stieß mächtige Dampfwolken vor sich hin, während auf den Schultern dürftig gekleideter Arbeitsleute die letzte Bettstatt seines Kindes näher schwankte.

Eine leuchtende Junisonne stand am Himmel und beschien den Sarg und den einzigen, aus Immergrün und Myrten gewundenen Kranz, den Tante Allmachts Stina heimlich am Abend vorher daraufgelegt hatte. Als der Zug unterhalb des Altans angelangt war, scheuchte der Herr Etatsrat den blauen Tabaksqualm zur Seite, indem er herablassend gegen das Gefolge grüßte. »Contra vim mortis, meine Freunde! Contra vim mortis!« rief er und schüttelte mit kondolierender Gebärde seine runde Hand; »aber recht schönes Wetter hat sie sich noch zu ihrem letzten Gange ausgesucht!«

Der Zug hatte bei diesen Worten bereits die Kirchhofsschwelle überschritten, und bald waren die beiden armen Kinder in die für sie geöffnete Gruft hinabgesenkt.

– – Phia Sternow ruht neben ihrer fast in gleicher Jugend, aber ohne eine gleiche Kränkung der öffentlichen Meinung hingeschiedenen Mutter; wie ich mich später überzeugte, unter jenem vernachlässigten Hügel, auf dem ich einstmals ihren Primelkranz gefunden hatte. – Eine Willi ist sie nicht geworden, nur ein verdämmernder Schatten, der mit andern einst Gewesener noch mitunter vor den Augen eines alten Mannes schwebt. – Arme Phia! Armer Archimedes!

*

Ich schwieg. Mein junger Freund, dem ich dies alles auf eine hingeworfene Frage erzählt hatte, sah mich unbefriedigt an: »Und der Herr Etatsrat?« frug er und langte aufs neue in die Zigarrenkiste, die ich ihm mittlerweile zugeschoben hatte, »was ist aus dem geworden?«

»Aus dem? Nun, was zuletzt aus allen und aus allem wird! Da ich einst nach elfjähriger Abwesenheit in unsre Vaterstadt zurückkehrte, war er nicht mehr vorhanden. Viele wußten gar nicht mehr von ihm; auch sein Amt existierte nicht mehr, und seine vielgerühmten Deichprofile sind durch andre ersetzt, die selbstverständlich nun die einzig richtigen sind; Sie aber sind der erste, dem zu erzählen mir die Ehre wurde, daß ich den großen Mann mit eignen Augen noch gesehen habe.«

»Hm, und Herr Käfer?«

»Ich bitte, fragen Sie mich nicht mehr! Wenn er noch lebt, so wird er jedenfalls sich wohlbefinden; denn er verstand es, seine Person mit andern zu sparen.«

»Das hol der Teufel!« sagte mein ungeduldiger junger Freund.

Renate

In einiger Entfernung von meiner Vaterstadt, doch so, daß es für Lustfahrten dahin nicht zu weit ist, liegt das Dorf Schwabstedt, welcher Name nach einigen Chronisten so viel heißen soll als: Suavestätte d. i. lieblicher Ort. Hoch oberhalb des weiten wiesenreichen Treenetales, durch welches sich der Fluß in schönen Krümmungen windet, ist der alte Kirchspielskrug, dessen Wirt bis zu der neuesten, alle Traditionen aufhebenden Zeit immer Peter Behrens hieß, und wo »Mutter Behrens«, je nach den Geschlechtern eine andere, aber immer eine saubere, sei es junge oder alte Frau, als eine wahre Mutter für die Leibesnotdurft ihrer Gäste sorgte. Die lange Lindenlaube mit dem »schlohweiß« gedeckten Kaffeetisch darunter, die steile granitne Treppe, die unter den alten Silberpappeln zum Fluß hinabführte, die Kahnfahrten zwischen den schwimmenden Teichrosen, diese Dinge werden bei vielen älteren Leuten ein hübsches Abseits ihres Jugendparadieses bilden.

Und Schwabstedt bot noch anderes für die jugendliche Phantasie; denn Sage und halb erloschene Geschichte flechten ihren dunklen Efeu um diesen Ort. Freilich, wenn man sichtbare Spuren aufsuchen wollte, so mußte man genügsam sein: wo einst osten dem Dorfe ein Hafen der gefürchteten Vitalienbrüder gewesen sein sollte, sah man jetzt nur aus dem Flußtal eine Schlucht ins Land hinein; von dem festen Hause der schleswigschen Bischöfe, welches sich einst oberhalb des Flusses hart am Dorf erhob, war nichts mehr übrig als die Vertiefungen der Burggräben und karge Mauerreste, die hie und da aus dem Rasen hervorsahen; wenn man nicht etwa die Zahne von Wildschweinen hinzurechnen will, deren wir Knaben einmal eine Menge unter der Grasnarbe hervorwühlten, so daß wir das Zeugnis des großen Wild-und Waldreichtums, der einst hier geherrscht haben sollte, leibhaftig in den Händen hielten.

Aber mehr noch als durch diese Örtlichkeiten wurde meine Neugier durch ein sichtlich dem Verfalle preisgegebenes Gehöft erregt, das seitwärts von der Bischofshöhe lag, fast versteckt unter uralten hohen Eichbäumen. Das Haus, das schon durch seine zwei Stockwerke sich von den übrigen Bauernhäusern unterschied, gewann allmählich eine geheimnisvolle Anziehungskraft für mich, aber die Blödigkeit der Jugend hinderte mich näher heranzugehen. Ich mochte schon ein hoch aufgeschossener Junge sein, als ich dieses Wagstück ausführte; ich entsinne mich dessen noch mit allen Umständen.

Während ich zögernd auf der einsamen Hofstätte umherging und bald auf die blinden Fenster des Hauses blickte, bald hinauf in das Gezweig der alten Bäume, wo ein paar Elstern aus ihrem Neste schrien, kam ein altes Weib um die Ecke, die von dem herabgefallenen Astholz in ihre Schürze sammelte. Als ich ihr unter den groben Strohhut guckte, erkannte ich das braune scharfe Gesicht der allbekannten »Mutter Pottsacksch«, welche je nach der Jahreszeit mit Maililien und Waldmeisterkränzen oder Nüssen und Moosbeeren in der Stadt hausieren ging.

»Mutter Pottsacksch!« rief ich, »wohnt Sie hier in dem großen Hause?«

»Je, junge Herr«, erwiderte in ihrem Platt die Alte; »ick hol de Kram hier man wat uprecht!«

Und auf weitere Fragen erfuhr ich, daß einst ein großes Bauerngut bei diesem Hause gewesen, daß aber schon vor hundert Jahren das Land davon gekommen sei und in nächster Zeit auch der Hof – denn so werde das Haus noch jetzt genannt – auf Abbruch verkauft und die Bäume niedergeschlagen werden sollten.

Mich dauerten die armen Elstern, die droben so mühsam sich ihr Nest gebaut hatten; dann aber fragte ich: »Und vor hundert Jahren, wer hat denn damals hier gewohnt?«

»Dotomal?« rief die Alte und stemmte die freie Hand in ihre Seite. »Dotomal hätt de Hex hier wahnt!«

»De Hex?« wiederholte ich. »Hat's denn Hexen hier bei Euch gegeben?«

Die Alte winkte mit der Hand. »Oha! Lat de Herr dat man betämen!« womit sie sagen wollte, ich solle das nur sachte angehen lassen, es sei damit auch heut noch nicht geheuer.

Als ich frug, ob jene Hexe denn verbrannt sei, schüttelte sie heftig ihren alten Kopf. »Oha, Oha!« rief sie wieder und gab dann zu verstehen, der Amtmann und der Landvogt hätten nur nicht heran wollen; denn – na, ich verstünde wohl – –; und nun machte sie unter bedeutsamem

Kopfnicken die Gebärde des Geldzählens. Die Zerstückelung des Gutes sei nämlich erst nach dem Tode der Hexe vor sich gegangen, sie selber habe noch ihre Wirtschaft streng betrieben und sei eine gewaltige Bäuerin gewesen.

Was diese Hexe denn aber eigentlich gehext habe, davon schien Mutter Pottsacksch nichts zu wissen. »Düwelswark, Herr!« sagte sie. »Wat so'n Slag bedrivt!« Soviel jedoch sei sicher: Sonntags, wenn andre Christenmenschen in der Kirche gesessen hätten, um Gottes Wort zu hören, dann habe sie sich auf ein Pferd gesetzt und sei nach Norden zu in Heide und Moor hinausgeritten; was sie dort betrieben habe, davon sei wohl übel Nachricht einzuholen. Plötzlich aber habe dieses aufgehört, und seitdem habe sie sonntags ihr großes düsteres Zimmer nicht mehr verlassen; noch Mutter Pottsacksch Urgroßmutter habe das blasse Gesicht mit den großen brennenden Augen hinter den kleinen Fensterscheiben sitzen sehen.

Mehr vermochte ich von der Alten nicht herauszubringen.

»Und war das Pferd, worauf sie ritt, denn schwarz?« fragte ich endlich, um mein schnell geschaffenes Phantasiebild doch in etwas zu vervollständigen.

»Swart?« schrie Mutter Pottsacksch, wie entrüstet über eine so überflüssige Frage. »Gnidderswart! Dat mag de Herr wull löwen (glauben)!«

Noch lange mußte ich an die Schwabstedter Hexe denken; auch tat ich nach verschiedenen Seiten hin noch manche Fragen nach ihrem näheren Geschick; allein was Mutter Pottsacksch nicht erzählt hatte, das konnten auch andere nicht erzählen. Mir ahnte freilich nicht, daß ich die Antwort in nächster Nähe, daß ich sie auf dem Boden meines elterlichen Hauses hätte suchen sollen.

Viele Jahre nachher, da ich diese Dinge längst vergessen hatte, saß ich vor einer dort beiseite gestellten Schatulle aus meines Großvaters Hausrat und kramte in ihren Schubfächern nach dessen Bräutigamsbriefen an meine Großmutter. Bei dieser Gelegenheit fiel mir ein Heft in augenscheinlich noch viel älterer Schrift in die Hände, welches ich, nachdem später noch ein demnächst zu erwähnender Fund hinzugekommen, nunmehr in nachstehendem mitteile.

An der Schreib-und Vortragsweise habe ich so viel geändert, als zur lebendigeren Darstellung des Inhalts nötig erschien; an einzelnen Stellen für manche Leser vielleicht kaum genug; an dem Inhalte selbst ist nicht von mir gerührt worden.

Und somit möge der Schreiber jenes alten Aufsatzes selbst das Wort nehmen.

1700. Um diese Zeit war mein lieber nun in Gott ruhender Vater Capellan oder Diaconus im Dorfe Schwesen, allwo er seine dürftige Einkünfte, als mehrentheils an Butter, Korn und Fleisch, von Haus zu Hause einsammeln und überdieß zu seinem Predigtdienst auch noch die Schule halten mußte. Da aber meine lieben Eltern sich alles an ihrem Munde absparten und anderseits wohlgesinnte Leute mir mittags einen Platz an ihrem Tische gönneten, so kam ich auf die Lateinische Schule zu Husum, welcher derzeit der treffliche Nicolaus Rudlof als Rector vorstund, und hatte bei einer frommen Schneiderswitwen mein Quartier. War auch mit Gottes Hülfe schon in die Secunda aufgerücket, als mir eine Leibesgefahr widerfuhr, welche gar leicht allen Studien eine plötzliche Endschaft hätte bereiten können.

So war es am Nachmittage letzten Sonntages Octobris, daß ich nach der gewöhnten Sonnabendseinkehr unter mein elterlich Dach von unserem Dorfe wieder nach der Stadt zurückwanderte! Ich hatte mich jedoch zuvor schon müd gelaufen; denn da die Gemeinde einen Schweinehirten, wie mein Vater selig zu sagen pflegte, einen Gergesener, in den letzten Jahren nicht mehr dulden wollen, so waren unsere Ferkel von dem grünen Weideplane äußerst des Dorfes ausgerissen, also daß wir an diesem letzten heißen Tage des Jahres eine gar tolle Jagd hatten anstellen müssen. Schritt aber desunerachtet auch itzt, da es über solchem Beginnen spät geworden und schon die sinkende Sonne einen rothen Dunst über die Heide warf, mit eilenden Schritten fürbaß; streifete nämlich nach dem erst jüngst verglichenen Kriege mit dem Könige von Dänemark allerlei loses Volk umher und verübte Raub und Einbruch; auch sollten drüben nach dem Holze zu, wo die alten Weiber die Moosbeeren holen, in voriger Nacht die Irrwisch gar arg getanzet haben, dessen Anblick in alle Wege besser zu umgehen.

Da ich endlich in die Stadt und nach dem Markt hinunterkam, stunden schon die Giebel der Häuser dunkel gegen den Abendhimmel, und war ob des Sonntags eine große Stille auf der Gassen; nur aus der alten Kirche hinter den Lindenbäumen tönete ein sanftes Orgelspiel.

Ich wußte wohl, es sei der Organiste Georg Bruhn, des noch berühmteren Nicolaus Bruhn Bruder und successor, der es liebte, in den Schummerstunden nur für sich und seinen Gott seine meisterliche Kunst zu üben; und da ich inne ward, daß die Kirchthür unter den sogenannten Mutterlinden offenstund, so ging ich hinein und setzete mich in der Nordseite still in eines der alten Mönchsgestühle. Es war aber, wenn gleich die Bäume draußen schon die meisten Blätter abgeworfen hatten, hier innen eine Dämmerung, daß ich die Bilder und Figuren an den Epitaphien, so diese gewaltige Kirche zieren, nur kaum erkennen mochte. Gleichwohl spielte da droben der unvergleichliche Meister noch immerzu; und wie ich so in meiner Ecken saß, ganz allein hier unten, und von dem Dunkel immer mehr umhüllet ward, in das hinein die lieblichen Tongänge der Flöten und Oboen gleich sanften Lichtern spielten, da war mir, als wenn die beiden Engel drüben von dem Crucifix des Altarbildes zu mir herabflögen und mich mit ihren goldenen Flügeln deckten. Wie lange ich in solcher Huth geruhet, ist mir unbewußt; schreckte aber itzt davon empor, daß der Schlag der Thurmuhr dröhnend in den weiten Raum hinunter hallte. Durch die nahezu kahlen Bäume schien der Mond in die hohen Fenster; insonders war das mächtige Reiterstandbild des St. Jürgen mit dem Drachen, so eigentlich dem Gasthaus angehörte, zur Zeit aber hier neben dem Altar aufgestellet war, in einer so hellen Beleuchtung, daß ich das grimme Antlitz des Ritters und unter den Hufen des bäumenden Hengstes gleicherweise den aufgesperrten Schlund des Drachen von meinem Sitze aus gar wohl erkennen mochte.

Aber das Tonspiel droben von der Orgel hatte aufgehört, und drüben an dem Altarbilde schwebten wieder die Engel zur Seiten des Gekreuzigten. Es war eine große Stille um mich her; nur da ich, um hinauszugehen, die Thür des Gestühltes öffnete, scholl es von meinen Tritten weithin durch das Schiff der Kirchen. Eilends rannte ich, erst an die Norder-, dann an die Thurm-, dann an die Süderthür, fand aber alle festgeschlossen, und alles Klopfen, so ich mit meinen Fäusten itzt vollführete, schien an keines Menschen Ohr zu reichen. Da ich mich dann rathlos umwandte, fielen meine Blicke auf das große Epitaphium, das sich gegenüber an dem Pfeiler zeigt, bei dessen Fuße der alte Bürgermeister Ägidius Herfort begraben lieget. Man hatte aber an selbigem vorgestellet, daß der Tod, als ein natürliches Gerippe ganz aus Holz geschnitzt, gleich einer ungeheueren Spinnen an dem Conterfey des seligen Mannes heraufkriechet. Solches wollte mir anitzt nicht eben wohl gefallen; denn durch die Schatten der vor den Fenstern wankenden Gezweige, so mit den Mondlichtern ihr Spiel darüber trieben, wollte mich fast bedünken, als ob das grimmig Unwesen mit dem Kopfe rucke und die spitzen Knochenfinger an des Seligen Gesicht hinaufstrecke. Da fuhr es mir gar noch durch den Sinn, selbiges könne auch wohl einmal abwärts an dem Pfeiler hinunterklettern oder sich gar umwenden und auf das nächste Gestühlte zuspringen. Wußte zwar, es sei das nur ein thörichtes Phantasma, drückte mich aber doch längs dem Steige nach dem großen Reiterbilde des Heiligen; fast Unwillens wähnend, daß ich bei selbigem Schutz und Hülfe finden müsse. Freilich fiel mir bei, daß dieß papistische Gedanken und das hölzern Standbild nur gleichsam als ein Symbolum zu betrachten sei, legte aber doch meine Hand um den gespornten Fuß des Ritters. Da vernahm ich, wie drüben in der Vorderthür der große Schlüssel rasselte, und wollte schon dem Ausgange zustürzen, als ich die schwere Thür sich aufthun, aber im selbigem Augenblick sich wieder schließen sahe. Darauf vermochte ich hier innen weder etwas zu sehen noch eines Menschen Tritte zu vernehmen. Däuchte mir aber gleichwohl, daß etwas mit mir in der Kirchen sei, und itzo, da ich mit beklommenem Odem lauschte, hörte ich es deutlich schnaufen und drunten durch den Quergang trotten. Zitternd setzte ich meinen Fuß auf den des Reiterbildes, um solcher Weise mich auf das hölzern Roß hinaufzuschwingen. Es mochte dabei einiges Geräusch erfolget sein; denn mit selbigem erscholl ein furchtbar dröhnend Geheul, und in weiten Sprüngen sahe ich einen schwarzen gar gewaltigen Hund gegen mich daher rennen. Aber schon stund ich oben auf dem Bug des Pferdes; die eine Hand hatte ich um des Ritters Hals geleget, mit der andern nach des barmherzigen Gottes Eingebung dessen Lanze herausgerissen, so nur lose durch den Handschuh steckte.

Da gab es einen Kampf zwischen einem vierzehnjährigen Buben und einer gar grimmigen und starken bestia. Mit funkelnden Augen sprang das Unthier an mir auf, mit seinen Tatzen riß es an meinem Schuhzeug, und ich sahe in den offenen Rachen mit der rothen dampfenden Zunge; nur einer Spannen Weite brauchte es, so hatten die weißen Zähne, so gegen mich gefletschet waren, mich gefaßt und auf den Grund gerissen. Aber ich wehrte mich meines Leibes und stach dem Unthier mit meiner Lanzen in sein zottig Fell, daß es mehrmals heulend auf die Seite flog.

Mir ist nicht bewußt, daß ich in solcher Noth der Menschen Hülfe angerufen; nur ein stumm und heiß Gebet zu Gott und seinen Engeln stieg aus meiner Brust; auch meiner lieben Eltern gedachte ich, wenn sie mich hier an Gottes Altar so elendiglich zerrissen finden sollten. Denn da das Thier unter heiserem Geschnaufe allzeit aufs neue gegen mich sprang, so sahe ich wohl, daß ich aufs letzt ihm doch zur Beute werden mußte. Schon begunnten die Sinne mir zu schwinden, und war mir, als sei es nun nicht mehr der Hund, sondern der Tod selber sei von dem Epitaphio herabgeklommen und von einem der Gestühlte auf mich zu gesprungen. Schon packten die knöchern Hände meine Lanze, da vernahm ich drunten in der Kirchen ein Rufen und Getöse, und wurde mir allzugleich, als flöge oben von dem Crucifix der eine Engel wiederum zu mir herab und risse mit seinen Armen den grimmen Tod von meinem jungen Leibe.

»Türk, Türk, du Mordshund!« hörte ich eine kleine tapfere Stimme unter mir, und als ich schwindelnd niederblickte, sahe ich hart an dem rauhen Kopf des Unthiers ein gar lieblich Angesicht, das mit zwei dunklen Augen angstvoll zu mir emporstarrete. Wohl strebte das Unthier noch mit Gewinsel zu mir auf; aber zwei braune Ärmchen hatten sich um seinen Hals geklammert und ließen es nicht los; auch leckte des Thieres Zunge ein paarmal wie liebkosend nach dem schönen Antlitz hin. Das alles gewahrte ich gleichsam mit einem Blick, da der Mond noch hell durch die Kirchenfenster leuchtete. Noch hörte ich eine Männerstimme rufen: »Ein Kind, ein Knabe, des Pastors Sohn aus Schwesen!« dann vergingen mir die Sinne, und ich stürzte von dem hölzern Roß herab.

– – Da ich meiner wieder mächtig worden, fand ich mich in meinem Logement in meiner Bettstatt liegend und sahe meine alte Schneiderswitwen neben mir auf dem Stuhle, ihr grünes Fläschchen mit den Herztropfen auf dem Schoße. Ich that aber gleichwohl, als ob ich noch in Ohnmacht läge; denn das Gesichtlein neben dem Kopf des grimmen Thieres stand mir gar lieblich vor, sobald ich nur die Augen schloß; erwog auch bei mir selber, wenn es ein Engel möge gewesen sein, so hab es doch das Haar unter ein goldglitzernd Käppiein zurückgestrichen gehabt, wie es am Sonntag hierherum die Dirnen auf den Dörfern tragen; ja, überkam mich fast die Lust, noch einmal auf St. Jürgens Gaul hinaufzuklettern. Erst als das gute Mütterchen mit der qualmenden Lampe mir unter die Nase fuhr, richtete ich mich auf in meinen Kissen. Da rief sie einmal über das andere ein großes Lobe-Gott, dann zapfte sie mir aus ihrer grünen Flaschen und sagte: »Es ist gut, Josias, daß du heut morgen bei deinem Vater Gottes Wort gehört; denn unter dem Thurm bei dem alten Taufstein soll unterweilen itzt der Teufel sitzen und bös Ding sein, mit weltlichen Gedanken ihm vorbeizukommen.«

Ich aber frug gar ängstlich, ob sie mich denn dort hinaus getragen.

»Freilich, Josias«, entgegnete sie; »'s war ja der Küster; wer im Beruf gehet, der braucht sich nicht zu fürchten.«

Da freute ich mich, daß ich meiner Sinne ganz unmächtig gewesen; denn ob meine Engelgedanken, die ich aus der Kirchen mitgenommen, geistlich oder aber weltlich seien, das wollte mir allganz nicht deutlich werden. Im übrigen fiel mir bei, daß der grausame Quadrupede, mit welchem ich gekämpfet, des Küsters Albert Carstens seiner müsse gewesen sein; er hatte, wie ich wußte, einem dänischen Capitän gehört, der bei letzterem in Quartier gelegen, bei der Berennung der Finkenhausschanze aber sein Leben hatte lassen müssen. Und erzählte mir auch das gute Mütterlein, daß der vielen Einbruch wegen sie den Hund zur Wache hätten in die Kirchen eingelassen. Woher aber der Engel kommen, der mich vor ihm bewahret, das wurde mir nicht kund; mochte auch späterhin, aus weß Ursach war mir selber nicht bewußt, bei anderen Leuten mich nicht darum befragen. Und ist mir in meiner noch übrigen Schulzeit, so viel ich an den Markttagen danach spähete, das lieblich Antlitz mit dem glitzernden Käpplein niemalen mehr begegnet.

Anno Dom. 1705. Es gab zwar zu Zeiten des Administratoris, Hochfürstlichen Durchlaucht Christian August, mit denen geistlichen Ämtern sonderbaren Umgang; hatte doch der gewaltige Rath von Goertz das Pastorat zu Böel in Angeln auf der Hamburger Börsen an den Meistbietenden verkaufen lassen; an einen Schlemmer und Spielbruder, den man, da es hernach mit ihm zum Sterben ging, die Karten vorgehalten, ob er daran die Farben noch erkennen möge. Gleichwohl glückete es meinem lieben Vater, daß er aus seinem elendigen Diaconate zu Schwesen in das einträglichere Pastorat zu Schwabstätte gelangte und darin bestätiget wurde. Da ich bereits auf der Universität zu Kiel inscribiret war, so machten mich die von meinen lieben Eltern nun viel reichlicher fließenden Subsidien für eine Weile gar übermüthig; denn ich stolzirte in hohen Stiefeln und einem rothen Rockelor mit einem Degen an der Seiten; ja, hatte gar einmal einen Ehrenhandel mit einem aus dem Adel, maßen selbiger meines Hauswirths ehrbare Tochter, so mich aber sonsten nichts anging, vor eine Studentenmetze proclamiret hatte. Im übrigen blieb ich nicht dahinter, weder in theologicis noch in philosophicis; hielt mich in ersteren aber meist zu denen älteren professoribus; denn insonders unter den magistri legentes waren derer, so entgegen der Lehre Pauli und unseres Dr. Martini die Macht des Teufels zu verkleinern und sein Reich bei den Kindern dieser Welt aufzuheben trachteten. Solches aber war nicht in meinem und meines lieben Vaters Sinne.

Weil nun aber nach dem alten Spruche die Repetition die Mutter der Studien ist, so wurde nach absolvirtem biennio unter uns beschlossen, daß ich zu solchem Zwecke den Sommer des obbezeichneten Jahres im elterlichen Hause verleben, sodann aber zu weiterer Erudition für eine Zeitlang noch die berühmte Universität zu Halle beziehen solle. Langte also eines Nachmittages mit guter Gelegenheit in Husum an und bediente mich für die noch übrige zwo Meilen der Beförderung der heiligen Apostel.

Ich war freilich bislang in Schwabstätte noch nicht gewesen und des Weges unbekannt; es führete selbiger aber zuerst durch die Marsch, wo er auf dem Lagedeiche geradehin läuft, und wo es aufwärts dann in Sand und Heide ging, zeigte sich wohl hie und da eine Kathe, so daß ich mich leichtlich weiterfragen mochte. Plötzlich, da der Weg sich zu einer Anhöhe hinaufgewunden und schon der Abend seine Schatten warf, sahe ich unter mir das Dorf mit seinen rauchenden Dächern, wie es zwischen Busch und Bäumen längs dem Ufer des lieblichen Treeneflusses hingestrecket lag. Da klopfte mir das Herz, daß ich zu meinen lieben Eltern käme, und warf nur kaum noch einen Blick auf den Thurm des alten Bischofshauses, der im Abendgeleucht wie gülden an der Wasserseite aufragte, sondern schwang meinen Stab und sang gar lustig;

»Hier oben von der Höhe
Da kommt der Herr Student!
Herr Vater, o Frau Mutter,
Nun schüttelt mir die Händ!«

Mit solchem war ich auch schon unten, und die Dorfshunde fuhren bellend nach meinen Stiefeln, die Weiber, so vor den Thüren stunden, glotzeten nach meinem rothen Rocke und stießen sich mit den Ellenbogen. Da ich aber durch die kleinen Häuser in das Dorf hineinschritt, erblickte ich hinter denselben, nach dem Flusse zu, ein groß und zweistöckig Gebäu, das lag wie in Einsamkeit und nahezu versteckt unter gewaltigen Bäumen; war auch kein lebend Wesen dort zu sehen, weder am Hause noch an der Scheune, so dahinter lag; nur oben aus den Baumkronen erhub sich groß Gevögel und flog dazwischen hin und wider.

Da frug ich einen Alten: »Wer wohnet denn dort unten?«

– »Das wisset Ihr nicht?«

»Nein; ich frage Euch eben derohalben.«

– »Dort wohnet der Hofbauer«, entgegnete er, strich mit der Hand um seinen Stoppelbart und ging in seine Kathen.

Schritt also mit solchem Bescheide fürbaß; wandte aber, Unwillens fast, wiederholentlich den Kopf und sahe rückwärts nach den Fenstern, die dorten so schwarz und heimlich unter den düsteren Bäumen glitzerten. Da, wie ich so eine Weile fast in Gedanken fortgegangen, hörete ich plötzlich: »Josias, Josias!« wie aus der Luft zu mir herabgerufen. Und war es mein lieb Mütterlein, die stund oberhalb des Kirchhofes auf der Höhe, darauf sie das Glockenhaus gebaut, und hatte durch den Abend nach mir ausgesehen. Da war ich flugs an ihrer Seiten und hielt sie an meiner Brust und frug alsbald, wo unsere Heimstätte itzo denn belegen sei; und da sie nur über den Weg hinüber auf ein freundlich Haus und Garten zeigte, hub ich die fein und handlich Frau auf meine Arme und trug sie den Berg hinab.

Und wiederum, aber solches Mal vom Hause her, rief es: »Josias, Josias!« und unter herzlichem Lachen: »Aber gehet man so mit seiner Mutter um!« Das war mein lieber Vater; der war vor die Tür getreten und nahm sich nun die Mutter aus des Sohnes Armen; denn er war von denen, welche wohl wissen, was ein Scherz bedeute, der aus reiner Herzensfreude quillet. Da aber mein Mütterlein nach ihrer lebhaften Art ihn drängte, ihren stattlichen Sohn gleich ihr mit Worten zu bewundern, entgegnete er fürsichtig: »Ja, ja, Mutter; ich sehe, der Bruder Studiosus ist gar wohl gerathen; wollen sehen, ob der theologus darum nicht schlechter sei.«

Dann führten die Eltern mich in meine Kammer; die lag anmuthig nach dem Wald hinaus, und hat selbiger mich dorten oftmals nach meinem Nachtgebete sanft in Schlaf gerauschet. Zwar war der Fußboden nur mit Backsteinen ausgelegt; aber mein Mütterlein hatte eine Decken übergebreitet, wie solche von den kleinen Leuten hier aus den Flußbinsen angefertigt werden.

Bald stellete ich meine Bücher und die wohlgebundenen Collegienhefte auf den großen Tisch und saß zu meines lieben Vaters Freude mit großem Eifer über meiner Arbeit. Meine Mutter aber störete mich dann wohl, suchte mich ins Freie hinauszutreiben und sprach: »Was sollten doch die Leute denken, so dir in deiner Mutter Pflege die frischen Wangen einfielen!« Und eines Abends, da es eben neun vom Glockenthurm geschlagen hatte, rief sie gar: »Da sitzest du noch, Josias, und weißt doch, daß des Kirchenältesten Tochter Hochzeit hält! Da will es sich schicken, daß auch des Pastors Sohn mit der Braut ein Tänzchen mache!« Dann hub sie meinen Rock vom Nagel, bürstete ihn säuberlich und steckte mir einen Hochzeitsthaler in die Taschen. Und itzt vernahm ich auch von fern das Fiedeln und Trompetten, und währete es nicht lang, so war ich mitten in der Hochzeit.

Es sind aber nach altsächsischer Art die Häuser hier gebaut, also daß das Vieh, welches, wie dazumal im Sommer, auf den Koppeln oder Fennen weidet, zur Winterszeit zu beiden Seiten der großen Diele seinen Stand hat, die Stuben für den Bauern und seine Leute aber, was sie »Döns« benennen, der Thorfahrt gegenüber zu unterst an der Dielen liegen.

Da ich nun von draußen aus der sommerlichen Abendstille eintrat, war mir erstan, als sähe ich ein seltsam und beweglich Schattenspiel; denn die Unschlittkerzen an den Ständern warfen nur karge rothe Lichter über die Köpfe derer, die hier sich durcheinander drängten oder zu Paaren ihren Zweitritt tanzten und mit Juchzen und Gestampf den Musikanten Hülfe gaben. Und da der große Raum mit Gästen fast gefüllt war, so dauerte es eine Weile, ehe ich die Flitterkrone der Braut daraus emportauchen sahe; machte dann meine Reverenz und drehte mich, obschon in dem Gedrang eine eigene Baurenkunst dazu gehörte, ein Dutzend Male mit selbiger hindurch. Hienach aber setzete ich mich zu einem Krämer aus der Stadt, so von der Schulzeit mir bekannt war, oder zu dem und jenen von denen älteren Bauren, die unter den Tonnen der Musikanten oder drinnen in der Döns an ihrem Bierkrug saßen.

Es mochte solcher Weise die Zeit bis Mitternacht verflossen sein, da sahe ich auf dem Tritt zur Oberstuben eine Dirne stehen, abseits von den andern, als zieme ihr nicht, sich in den Haufen zu verlieren; und da ich ihr im Rücken näher trat, gewahrete ich, daß sie zwar in Baurentracht gekleidet, ihr Röcklein aber von schwarzem Seidentaffet und das Käppchen auf ihrem braunen Haar von rothem Sammet und gar reich mit Gold gesticket war. Mit dem, da itzt die Musikanten auf einen neuen Tanz anhuben, war ein junger Knecht zu ihr herangetreten; der stieß einen

Juchzer aus und winkte ihr, daß sie mit ihm in die Reihe träte. Aber sie wandte nur leichthin den Kopf, als sähe sie ihn kaum, und rührte sich nicht von ihrem Platze. Da stampfte der Bursche gar grimmig und mit einem Fluche auf den Boden; und dauerte es nicht lang, so sahe ich ihn mit einer andern im Gedrang verschwinden.

Die zierliche Dirn aber stund noch an dem Thürgerüste; und hatte ich, da sie vorhin den Kopf gewandt, bemerket, daß sie die Kinderschuh noch nicht gar lang verworfen habe; denn ihre bräunlichen Wangen waren noch wie von zartem Pfirsichflaum bedeckt.

»Saget mir«, frug ich ein altes Weib, so eben mit einem Fäßchen Bier an mir vorüber wollte, »wer ist die feine Dirne dort?«

»Die, Jungherr? Das ist die Renate vom Hof.«

– »Vom Hof? Da norden vor dem Dorf?«

»Ja, ja, Herr! Oh, die ist stolz! Wollen immer was Bessers sein die vom Hof; sind aber auch nur Bauern, sind sie!«

– »Und wer war«, frug ich wieder, »der junge Knecht, den sie soeben fortschickte?«

»Hab's nicht gesehen, Herr; wird aber wohl nicht hoch genug gewesen sein.«

Nach solchem sahe ich gar fröhlich auf meinen rothen Rock und meine hohen Stiefel, zu mir selber sprechend: »Du bist der Rechte!« Ging also näher, und indem ich sanft mit der Hand an ihren Arm fassete, sprach ich: »Mit Verlaub, Jungfer, wir tanzen wohl einmal mitsammen!« Erhielt aber auf so zierliche Anrede von dem kleinen Ellenbogen einen Stoß, daß ich fast getaumelt wäre. »Was will der dumme Jung!« rief sie; und als sie dabei das Köpfchen zu mir kehrte, da blickten ein paar großer dunkler Augen gar zornig auf mich hin.

Da ich dann entgegnete: »Das war nicht fein, Jungfer; aber ich hab dich wohl erschrecket«, geschah es mit einem Male, als fiele es mir wie Schuppen von den Augen: der Engel von Sanct Jürgens Standbild, er war es, und hatte mich gar eben kräftiglich gegrüßet! Da sie aber noch stumm mit offenem Mündlein mir ins Antlitz blickte, rief ich: »Ja ja, Jungfer, gucket nur; ich bin's und habe den Engel nicht vergessen!«

Bei solchen Worten flog ein lieblich Roth über ihr junges Gesicht; da ich nun aber dachte, sie zum Tanze frisch weg von ihrem Tritt herabzuziehen, setzten jählings die Musikanten ihre Geigen und Trompetten ab, und lief alles in großem Tumulte auf der Dielen durcheinander; angesehen nunmehr die Überreichung der Hochzeitsgaben vor sich gehen sollte. War auch bald eine Tafel hergerichtet; dahinter saßen Braut und Bräutigam, jeder von ihnen mit einer irden Schüsseln vor sich. Da drängte alles sich heran und brachte, wie es Brauch ist, der eine einen Kronthaler, der andere ein lübisch Markstück, die Fürnehmeren auch wohl ein silbern Geräthstück; und in wessen Schüssel es gelegt wurde, der trank dem Geber aus einem Glase zu, so neben einer Flasche Weines gleichfalls vor ihrer jedem stund. Griff also auch in meine Taschen und hatte nicht groß Mühe, das schöne Silberstück darin zu finden; doch waren meine Gedanken bei dem Dirnlein, das ich schier nirgendwo erschauen mochte. So trat ich auf die Stufen, da sie zuvor gestanden; und siehe, mitten im Gedrange glitzerte das güldne Käppiein; gewahrte auch einen silbern Suppenlöffel, so von einer kleinen Faust emporgehalten wurde. Aber hart vor dem Mädchen spreizete sich der junge Knecht, dem sie zuvor den Tanz versagt hatte; der winkte seinen Kameraden, worauf alle sich fest zusammenschlossen und also das Mädchen nicht mehr vorwärts konnte.

Ei Tausend, war ich rasch von meinem Tritt herunter und brauchte meine Arme, bis ich gar bald an ihrer Seiten war. »Renate«, frug ich, »darf ich dir helfen?«

Da nickte sie fast scheu zu mir hinüber; ich aber in dem dichten Haufen, wo wir stunden, suchte ihre freie Hand und sprach: »Nun danke ich dir auch herzlich für dazumalen an St. Jürgens Reiterbildniß.«

Sie schlug die Augen nieder und entgegnete: »O ja, Jhr hattet meinem armen Türk gar jämmerlich das Fell zerstochen!«

»Und wolltest du denn lieber, daß mich das grimmig Vieh zerrissen hätte?«

Da lachte sie leise auf; dann aber sprach sie traurig: »Das war ja gar kein grimmig Vieh; das war der frömmste Hund im ganzen Dorf!«

»Möchte ihm doch lieber nicht begegnen!« sagte ich.

»Begegnet ihm hier auch keiner mehr«, entgegnete sie; »die Tatern haben ihn über Nacht verlockt; er muß nun wohl ihre Karren ziehen oder ihre schmutzigen Kinder auf sich reiten lassen.«

Indem sie dieses sagte, rückten vor uns die Bursche nach dem Brauttische zu. Da fassete ich ihre kleine Hand fest in die meine. »Jetzt!« raunte ich ihr ins Ohr, und mit einem Rucke brach ich für uns beide Bahn; merkete aber noch, wie Renate das Näschen hob, als wolle sie ihrer keinen sehen, so da mit einem Fluche oder höhnischem Lachen auf die Seiten wichen. Dann aber traten wir mitsammen vor die Hochzeitsleute. Ich warf mein Silberstück in des Bräutigams Schüssel und leerete das Glas, daraus er mir zutrank, auf einen Zug; da ich mich aber nach dem Mädchen wandte, sahe ich wohl, daß sie von ihrem Munde das volle Glas der Braut zurückgab.

Als wir sodann uns wieder rückwärts durch den Haufen drängten, erhub sich wiederum ein spöttlich Reden hinter uns, so daß ich sagte: »Du hast dir übel Feindschaft gemacht, Renate; war dir der junge Knecht nicht gut genug zum Tanze?«

Da sahe sie mich gar fürnehm aus ihren dunkeln Augen an: »Den kennet Ihr nicht, Herr Studiosi; das ist des Bauervogten Sohn; der ist ein Prunkhans, er trotzet auf seines Vaters Geldsack und meinet, er brauche nur zu winken.«

Gläubete wohl ihrer Rede; denn es kostete dazumal noch die Last Gerste hundert und der Weizen mehr denn hundertundfünfzig Thaler; das machte die Bauern überthätig, die Jungen mehr noch denn die Alten.

Wir stunden aber wiederum in dem offenen Thürgerüste zu der Oberstuben, darin von den städtischen Gästen mit den fürnehmeren Bauern am Kartentische saßen und viele Lichter brannten. So konnte ich in rechter Muße ihr Angesicht betrachten.

Betrachtete es also, so daß ich es von Stund an nimmer hab vergessen können; des klage ich zu Gott und danke ihm doch dafür. Es war aber von lieblich ovaler Bildung, die Stirn fast schmal und die obere Lippe ihres Mündleins ein wenig aufgeworfen, als hebe es eben an zu sprechen: »Ja, gläubet nur, ich laß mir so nicht winken!«

Schon war der Brauttisch fortgeräumt, und die Musikanten von ihren hohen Sitzen probireten wieder ihre Instrumente. »Wie wird's, Renate«, wollte ich eben fragen, »tanzen wir denn itzo miteinander?« Da hörte ich neben aus der Stuben des Mädchens Namen rufen; und da ich den Kopf wandte, sahe ich sie schon am Stuhle eines hageren Mannes stehen, der hatte gleich ihr so dunkle, spitze Wimpern an den Augen, und dachte wohl, daß es ihr Vater wäre. Sie hatte aber ihren Arm um des Mannes Nacken und er den seinen um ihren Leib geleget; so hielt er müßig in der Hand sein Kartenspiel und schaute in seines Kindes Angesicht, unachtend, daß die andern Trumpf und Herzendaus von ihm verlangten. Da Renate aber meines Vaters Namen nannte, so trat ich näher und grüßete den Mann.

Selbiger streifte mit einem scharfen Blick an meinem prunkenden Habit und sprach: »Ihr schaut gar lustig aus, Herr Studiosi; werden aber wohl bald die schwarzen Federn darüber wachsen!«

Worauf in gleichem Scherz ich gegenredete, die müßten freilich noch schon wachsen; gäb's ohne solche ja auch keinen ausgewachsenen Raben, der doch, wie wohlbekannt, der Pastor unter dem Vogelvolke sei.

Hierauf sah er mich wieder mit seinen scharfen Augen an und meinete, er kenne auch so was die modi auf denen Universitäten; »denn«, sagte er, »Ihr wisset wohl, drüben in Husum meines Schwagers Sohn gehöret auch zu Euerem Orden.«

Da frug ich geziementlich, wie denn der Name sei, und erhielt die Antwort: »Es ist der Küster Albert Carstens; meine Renate war das letzte Jahr in seinem Hause, damit sie ein wenig mehr erlerne, als hier in der Bauernschul zu kaufen ist.«

Hierüber erschrak ich sehr und dachte: »Weh deinem armen Engel, daß er unter eines solchen Atheisten Dach gerathen!« War mir nämlich bewußt, daß selbiger Carstens, als derzeit noch ein Studiosus, hier im Dorf gewesen und gar heftig gegen den exorcismum geredet, auch ein alt mandatum, so die Gottorpischen Calvinisten im vorigen saeculo zuwege gebracht, wieder vorgekramet habe, wonach es in der Taufeltern Belieben war gestellet worden, ob sie den Antichrist in ihrem Kinde wollten beschworen haben oder nicht. Deß hatte mein Vater als bei seinem hiesigen Amtsantritte große Noth gehabt, maßen der redefertige Neuerer auch den Diaconum und manchen sonst gläubigen Christen in seine Schwärmerei hineingezogen hatte.

Da mir nun solches gar widerwärtig meinen Sinn durchkreuzete, fühlte ich plötzlich meine Hand ergriffen: »Aber, Herr Studiosi«, sprach Renate, »Ihr wolltet ja mit des Hofbauern Tochter tanzen!«

»Ja, ja«, fügte der Bauer bei, »tanzet nun miteinander; Renate hat es in der Stadt gelernt. Und besuchet uns einmal, Herr Studiosi; der Hofbauer hat wohl noch eine Flasche Rheinischen in seinem Keller.«

Da flogen all schwere Gedanken fort. Mit dem schönen Dirnlein an der Hand tauchte ich gleichsam in das dunkle Gedräng hinab, so daß mir däuchte, wir seien schier darin verloren. Über uns weg von ihren Tonnen bliesen und fiedelten die Musikanten; und um uns her stampfeten und schrien die jungen Knechte und Dirnen. Kümmerte aber das alles uns nicht sehr; so nur ein freier Raum entstund, fassete ich sie um und schwenkte das leichte Kind in meinen Armen, und wenn's nicht weitergehen wollte, stunden wir still und schaueten uns voll Freud und Neugier in die Augen. Und wenn ich heut zurücke denke, so wüßt ich nicht zu sagen, wobei sich mein Herz zumeist ergötzete; auch nicht, wie in solch anmuthigem Wechsel uns die Nacht zerronnen; denn da ich einmal über der Tänzer Köpfen nach dem offenen Thore blickte, waren am Himmel schier die Stern' erblichen und streifete ein bleicher Schein die Balken an der Bodendecke. »Sieh, Renate«, sprach ich, »so geht die Lust zu End.«

Da fühlete ich, daß sie sich leise an mich drängte; aber sie entgegnete nichts und schaute auch nicht auf. Als ich aber gewahrete, wie ihre Wangen glühten, frug ich: »Dürstet dich auch, Renate? So wollen wir drüben zu dem Tische gehen.«

Und da sie nickte, gingen wir hin; und ich nahm einer frischen Dirne, so eben dort getrunken hatte, das Glas aus der Hand, um es aus einem Bierkrug wiederum zu füllen. Aber Renate ergriff ein anderes, das auf dem Tische stund, und bückte sich damit zu einem Eimer Wasser.

»Ei«, rief ich lachend, »trinkst du mit den Vögeln, was unser Herrgott selbst gebrauet?« Doch sie hatte das Glas nur ausgeschwenkt.

»O nein, Herr Studiosi«, entgegnete sie fast verschämet; »schenket nur ein; ich trink schon, was die Männer trinken!«

Da sie dann aber ihr Hälschen aufreckte und gar durstig trank, kam eine sehr alte Frau mit einer schwarzen Kappen auf dem greisen Haar gelaufen, zupfte sie an ihrem Taffetröckchen und raunete: »Der Bauer ist schon heim; der Bauer ist schon heim!«

Und als Renate ihr Glas hinsetzte, rufend: »Marik', ich komme schon, Marik'!« da war die Alte nimmermehr zu schauen.

Ich aber haschte des Mädchens Hand und sagte: »Du wolltest mir doch also nicht entlaufen? Ich gehe schon mit dir, Renate, so du gehst!«

Und so gingen wir schweigend mitsammen aus dem Hochzeithause. Und da wir auf die Höhe vor dem Bischofshause kamen, wo der Steig hinüberführt, blieben wir unter dem Thurme stehen und schauten in die Tiefe unter uns; denn vor dem aufsteigenden Morgen floß dorten der Strom mit dunkelrothem Glanze in das noch dämmerige Land hinaus. Zugleich aber wehete eine scharfe Luft von Osten her, und da Renaten schauderte, legte ich meinen Arm ihr um das nackte Hälschen und zog ihre Wange dicht zu mir heran. Da wehrete sie mir sanft: »Lasset, Herr Studiosi«, sprach sie, »ich muß nun heim!«, und wies hinab nach ihres Vaters Hause, so seitwärts unter den düsteren Bäumen lag. Und als nun gar ein heller Hahnenkraht daraus emporstieg, da sahe ich sie schon den Berg hinunterlaufen; dann aber wandte sie sich und schaute unverhohlen mit ihren dunkeln Augen zu mir auf.

»Renate!« rief ich.

Da nickte sie noch einmal und schritt dann eilig über die bethauten Wiesen nach dem Hofe zu. Ich aber stund noch lange oben in der scharfen Morgenluft und starrete hinunter auf die düsteren Eichen, aus deren dürrer Krone itzt ein paar Elstern aufflogen und krächzend den Nachtschlaf von den schweren Flügeln schüttelten.

Andern Tages fiel die Sonne schon hoch in meine Kammer, da mein Mütterlein mir die Morgensuppe an meine Bettstatt brachte; und da sie in ihrer liebreichen Weise mich über die Lustbarkeit befragte, hörete sie nicht ungern von der Bekanntschaft mit des reichen Hofbauren Tochter und spann, wie die Mütter pflegen, schon ihre festen Fäden für die Zukunft. Als sie dann aber nachmittags, da ihr Gespinste nahezu fertig war, solches voll Freudigkeit vor meinem lieben Vater auszubreiten begann, schien selbiger nicht völlig gleichen Sinnes, sondern rieb sich, wie er in Zweifelsfällen es gewöhnt war, bedächtig mit dem Finger an der Nasen und wiegte schweigend seinen Kopf dazu.

»Wie, Vater«, brausete die Mutter auf, »ist dir die liebe Gottesgabe, das Geld und Gut, etwan im Wege? Und meinest du, daß ein künftiger Diener Gottes müsse allemal in Armuth leben, weil solches, leider Gottes, unser Theil gewesen ist?«

»Nein, o nein, Mutter!« entgegnete er. »Nein, das gewißlich nicht!«

»Nun, Gott sei gedanket!« rief die Mutter. »Was ist denn nun noch für ein Aber?«

– »Ja, Mutter, ihr Weiber wollet euch gar am eignen Sohn den Kuppelpelz verdienen; aber – ich denke, der Josias geht wohl andere Wege.«

Damit ging er in seine Kammer und setzete sich zu seiner morgenden Sonntagspredigt; und hatte ich, der fast beschämt dabeigestanden, nun wohl vermerket, daß mein lieber Vater von diesen Dingen nicht mehr wolle geredet haben; – nicht minder, daß wegen der Hofleute was immer für eine Bedenklichkeit in ihm versire.

Ich war aber hiedurch in eine gar üble Unruhe versetzet worden. Ich lief aus dem Hause und über den Weg auf den Glockenberg und sahe hinüber nach dem Schloßthurm, von wo ich in der Frühe mit Renaten in das stille Land hinausgeblicket; lief wiederum zurücke, warf mich an meine Arbeit und brachte aber nichts zustande, als daß ich den Buchstaben R wohl hundertmal in meine Hefte malte, gleichsam als hätt ich's wegen dieses einen noch von der Schreibstub nachzuholen.

Drum, als es Abend wurde, trieb mich's nach dem Kruge, der oberhalb der Treene liegt, ob ich dorten was erfahren möchte; redete auch mit dem und jenem und kehrete dann gelegentlich das Wort auch auf den Hofbauren. Da sahe ich wohl, daß er geringen Anhang hatte; redeten ihm nach, obschon er weitaus noch kein Bauer aus dem Fundamente sei, so schlage alles ihm doch zu! denn da vor Jahren hier die Seuche in das Vieh gekommen, so sei in seinem Stalle ihm kein Stück gefallen, und wenn auf ihrem Boden die Maus' und Ratzen ihnen das Korn zerschroten, so habe in einer mondhellen Herbstnacht der Feldhüter es mit leiblichen Augen angesehen, wie aus des Hofbauren Scheune, gar greulich anzuschauen, sothanes Geschmeiß in hellen Haufen zur Treene hinabgerannt und sich mit Quieksen und Gepfeife in den Fluß gestürzet habe. Zog mich sogar der blasse Dorfschneider bei einem Rockknopf in die Ecken und sprach gar heimlich: »Jungherr, Jungherr! Wisset Ihr, was die schwarze Kunst bedeutet?« Schlug sich dann aufs Maul und zeigte mit der Hand dahin, als wo der Hof belegen.

War mir nun zwar bewußt, daß wohl gar geistliche Herren sich mit solcher Kunst befasset, wie denn der vorig Pastor in Medelbye darin gar sonderbar geschickt sollte gewesen sein; auch daß solches, wenn gleich kein endgültig Pactum mit dem Seelenfeinde, so doch ein frevelig Spiel um Seel und Seligkeit sei, so bei der menschlichen Schwachheit gar leicht in das ewige Verderben führen könne; sahe aber gleicher Weise, daß diese Leute dem Hofbauren seinen Reichthum neideten, ihm auch aufsätzig waren wegen seiner Hoffart und schon von seines Vaters wegen nicht vergessen konnten, daß selbiger gegen der Gemeinde Willen sich einen Emporstuhl in der Kirchen durchgesetzt.

– – Schritt also, wie ich dem Hofbauren das versprochen, am andren Nachmittage nach der Predigt über die Bischofshöhe den Fußsteig zu dem Hof hinab. Da ich herzutrat, lag das große Gebäu gar stille unter seinen alten Eichbäumen; bellte auch kein Hund vom Flur heraus; nur droben in den Wipfeln erhuben die Elstervögel ein Gekrächze, als ob sie hier die Wacht am

Hause hätten. Indem vernahm ich einen Tritt von drinnen, und das alte Baurenweib, so in der Nacht Renaten von der Hochzeit abgerufen hatte, öffnete die Hausthür; dabei hatte sie einen langen Wollenstrumpf in Händen, an welchem sie sogleich wieder zu stricken fortfuhr.

»Ist Er des Priesters Sohn?« frug sie; und als ich das bejahete, that sie ein Zimmer auf und sagte: »Geh Er nur hinein; da steht auch eine Faulbank; ich will den Bauern rufen.«

Und war das ein breit und hoch, aber gleichwohl düsteres Gemach; denn zu Nord und Osten; überall vor den Fenstern, hing das Gezweig herab, so daß man aus den letzteren nur kaum noch an den Fluß hinunterschauen mochte. Unter den Stühlen war wohl auch ein Kanapee; sonst aber an den weißgetünchten Wänden ein paar große Tragkisten und sonstig Bauerngeräth; doch prunkete auf einer Schatullen eine Theekanne mit einem halben Dutzend Tassen, desgleichen ich bei Bauern bislang nur noch auf den großen Marschhöfen gesehen hatte. Daneben aber erblickte ich, und däuchte mir solches wohl ein seltsam Zierath, ein unförmlich und scheußlich Graunbild, fast eines Fußes hoch und, wie mir schien, aus rothem Thon gebildet. Da ich solch Unding noch mit widerwilliger Neubegier betrachtete, trat der Bauer in die Stuben. »Ja, ja, Herr Studiosi«, sprach er und reichte mir die Hand, »beschaut's Euch nur! Wird in der Welt zu allerlei Ding gebetet! Der Rothe hier, das ist ein Heidengötze, den hat mein Vaterbruder, so ein Steuermann gewesen, mit über See gebracht.«

Ich sahe nun erst, welch ein groß gewachsener Mann es war, der solches redete. Sein Antlitz war etwas bleich; aber er trug seinen Kopf mit dem schwarzen Bart und dem dunkelen, kurz geschorenen Haupthaar gar hoch auf seinen Schultern.

Das alte Weib, das mit dem Bauren eingetreten und mit ihrem langen Strickstrumpf auf und ab gewandert war, zeigete mit selbigem auf den Götzen und raunte mir ins Ohr: »Das ist der Fingaholi! Der Pastor darf's nicht wissen; aber glaub Er's mir, der ist gar gut gegen die Maus' und Ratten.«

Mir fielen die Reden des Schneiders bei; aber der Bauer, der es wohl vernommen hatte, lachete und sprach: , Ich meint, daß du mir die vertrieben hättst, Marike!«

Die Alte warf ihm einen bösen Blick zu und begann vor sich hin scheltend und strickend, wieder auf und ab zu wandern.

Draußen in den Bäumen schrachelten die Elstern; mir war's mit einem Male gar einsam in dem großen, düsteren Gemache.

Da that die Thür sich abermalen auf und geschahe mir, als sei es itzt jählings helle worden; und war doch nur ein braun und bläßlich Dirnlein, so hereingetreten. Ein Brett mit Flasch und Gläsern setzete sie vor dem Kanapee auf den Tisch, worauf der Bauer rief: »Da kommt der Rheinische, Herr Studiosi; setzet Euch nun, so wollen wir eins mitsammen reden.«

Renate aber, welche ein sorglich Auge auf die alte Frau gewendet, hing sich an deren Arm und redete ihr leise zu, indes sie einige Male mit ihr auf und ab wanderte. So wurde die Alte wieder ruhig und ging gar bald hinaus. »Es ist meines Vaters Kindsmagd, Herr Studiosi«, sprach das Mädchen; »sie meinet noch immer, sie allein nur könne ihm die Strümpfe stricken. Sonst aber ist sie nur schwach – wisset, da, hier herum!« Und dabei strich sie mit dem Finger über ihre Stirn. Dann trat sie zu dem Bauren, der schon den hellen Wein in die Gläser goß, und wie im Scherze mit ihrer kleinen Faust ihm drohend, sprach sie: »Vater, Vater, was hat Er mit Seiner Marike wieder angestellt.«

Der aber sahe sie unwirsch an und sagte: »Laß gut sein, Renate; das alte Tropf, es könnt mich noch zu Ding und Recht reden! Kommet, Herr Studiosi«, fügte er bei, »und probet einmal! Weiß nicht, ob im Pastorshause besserer zu haben ist.«

That also Bescheid und entgegnete, im Pastorshause sei der Wein gar selten; aber daß in dem dumpfen Keller gar das Bier verderben müsse, des habe mein lieber Vater arge Noth.

Da lachte der Mann und griff sich in die silbern Knöpfe seines Wamses: »Lasset den Pastor nur mit dem Hofbauren reden; er soll bald einen Keller für sein Bier bekommen.«

Ich sah auf Renaten, die am Fenster saß und an einem Namentüchlein stichelte. Dachte immer, sie solle einmal wieder die großen Augen auf mich wenden; aber sie schaute nur auf ihre

Arbeit, und ich, des jungfräulichen Herzens unkundig, wurde in mir fast unwillig, daß sie unsere Bekanntschaft also verleugnen mochte. Dachte aber, ich müsse der höflichen Anerbietung des Bauren eins entgegenbringen und begann also die anmuthige Lage seines Hofes oberhalb des Treeneflusses in das Licht zu stellen, was er gar gern zu hören schien.

»Das möget Ihr wohl sagen, Herr Studiosi«, hub er an, »und hat auch seine eigene Bewandtniß. Der stammet noch aus der katholischen Zeit vom alten Gottorpschen Bischof Schondeleff, der drüben in dem wüsten Thurmgebäude residiret, wo später der König seinen Amtmann sitzen hatte. Müsset nämlich wissen, bevor sie Anno 1621 da drunten die Stadt und die große Eiderschleuse bauten, kam die Fluth auch hier herauf, und was Ihr drunten durch das Fenster sehet, war damals ein breit und mächtig Wasser, so mit seinen Buchten in den Wald hineinging. Trieb sich aber damals auf allen Meeren ein wild und gefährlich Gesindel um, die sich Likedeler hießen; Ihr wisset, die Vitalienbrüder unter dem Godeke Michels und dem Störtebeker, dem sie auf dem Hamburger Grasbrooke den Kopf herunterschlugen.«

Von denen hatte ich denn freilich wohl vernommen. Nicht minder, daß selbige, so sie von den Hansestädten oder den Mecklenburgern gejaget wurden, sich oftmalen mit ihren Schiffen die Treene hier herauf retiriret hätten, allwo ihnen der dicke Wald im Rücken war. Merkte das also an und sagte auch: »Es wird aber erzählet, der Bischof selber habe hier den Räubern einen Hafen angewiesen.«

Da lachte der Bauer und griff in seinen schwarzen Bart: »Ihr meinet nach der Regel, wo der Marder sein Nest hat, da holet er die Hühner nicht! Ist aber Altweiberrede; der alte Schondeleff hatte gar Übeln Vertrag mit denen und hätte wohl gar sein Leben an sie lassen müssen, wenn meiner Mutter Urahn ihn nicht mit seiner guten Axt herausgehauen hätte. Derohalben aber hat er ihn mit diesem Hof nebst Wald und Gründen begabt und ihm den Namen ‚Ohm‘ beigeleget, weil er nicht als ein Diener, sondern als ein Freund und Ohm an ihm gehandelt habe.«

Und da ich frug, wo solche Kriegsthat denn geschehen sei, antwortete der Bauer: »Es ist nur ein Viertelstündchen osten dem Dorfe, an dem Vitalienhafen, der freilich itzo nichts als eine leere Höhlung ist, darum sie es auch ‚Holbek‘ zu nennen pflegen; aber hart dahinter stehet noch der Wald wie dazumal, und von der Höhe ist ein Ausblick weit in das Dithmarscher Land hinaus.«

Muß wohl bekennen, daß bei solchem Zwiesprach meine Gedanken nur halb zugegen waren; sie gingen nach drüben zu dem Fenster, daran Renate saß, noch immer über ihre Nähterei geneiget. Hier innen war's noch düsterer geworden; aber draußen hinter den Bäumen spieleten die Lichter der Nachmittagssonne, daß sich der Abriß ihres lieblichen Angesichtes gleich einem Schattenbilde auf grüngüldenem Grunde abhub.

»Nun, Herr Studiosi«, rief der Bauer, da ich im Hinschauen wohl schier mochte verstummet sein, »was gucket Ihr so ans Fenster? Ihr meinet auch wohl, ich sollte ein paar Klaftern Holz aus meinen alten Bäumen hauen?«

Da stürzte ich rasch mein Glas herunter; war es mir doch schier, als sei ich auf verbotenem Weg ertappet worden; ingleichen aber, als ob der Bauer mit seinem Rheinischen mich hier am Tisch gefangen halte. Sprang also von meinem Stuhle auf und sprach: »Was meinet Ihr, Hofbauer; draußen ist noch lichter Tag; kommet mit Eurer Tochter und zeiget mir, wo Euer Ohm den Bischof freigehauen!«

Der Bauer entgegnete, er wolle schon mit durchs Dorf hinaus; danach aber habe er noch einen Gang aufs Moor, wo in der Woche seine Leute bei dem Torf gearbeitet; doch werde seine Tochter mir den Weg schon weisen.

Und als ich hinsah, nickte Renate ihrem Vater zu und stund von ihrem Stuhle auf; der Bauer aber ging noch erst mit mir auf seine Hofstelle und durch Stall und Scheuer; und gewahrere ich darinnen manches, das däuchte mir anders und auch verständiger, als wie es sonst von Vater auf den Sohn die Bauren sich herzurichten pflegen.

»Sehet einmal hier, Herr Studiosi«, sagte der Hofbauer, »Ihr mögt's mir glauben, um dieser Rinne wegen möchten die Kerle hier mich gar am liebsten fressen; nur weil ich letzt beim Neubau den alten Ungeschick nicht wiederum verneuern wollte. Aber, 's ist schon richtig, die

Ochsen, wenn sie ziehen sollen, müssen das Brett vorm Kopfe haben.« Er nahm eine Furke, so
am Wege lag, und warf sie mit kraftvollem Schwung in eine Ecken.

Als wir aus dem Stalle traten, kam Renate zu uns, und wir schritten miteinander durch das
Dorf. Einen Büchsenschuß dahinter, unweit des Waldes, nahm der Bauer seinen Abschied. »Ihr
kennet nun den Hof«, sagte er; »und vergesset das Wiederkommen nicht; ich muß hier nach
Norden zu. In Husum der Rathsverwandte Feddersen soll ein Dutzend Tagesgrift für seine
Brauerei geliefert haben, da muß ich schauen, ob auch die richtige Stückzahl in den Ringeln
ist.« Und dann gingen wir zu zweien weiter.

Nur das Moor liegt zwischen hier und dorten, ein Vogel mag sich bald hinüberschwingen; aber
auch wohl dreißig Jahre sind seit jenem Tage zur Ewigkeit gegangen – ohne sie zu mehren;
denn nur der Mensch ist in der Zeitlichkeit – im Dorfe Ostenfelde sitze ich hier als ein zu früh
mit Körperschwäche befallener emeritus und leidiger Kostgänger bei dem pastor loci, meinem
lieben kerngesunden Vetter Christian Mercatus. Hätte somit der Muße genug, um, wie meine
übrige Lebensumstände, so auch die Vorgänge jenes Nachmittages aufzuzeichnen. Lieget mir
selbiger doch gleich einem Überschwang holdseliger Erinnerung im Gemüthe; habe auch einen
ganzen Bogen Papieres dazu hergerichtet und mir die Federn von dem Küster schneiden lassen,
und nun vermag mein inneres Auge nichts zu sehen als vor mir einen einsamen Weg zwischen
grünen Knicken, der sich allgemach zum Wald hinaufwindet. Weiß aber wohl, es ist der Weg,
den wir dazumal an jenem Nachmittage gingen, und ist mir, als wehe noch ein sommerlich
Düften von Geißblatt und Hagerosen um mich her. – –

»Renate!« sagte ich, nachdem wir lange stumm dahingeschritten.

»Ja, Herr Studiosi?« Sie hatte den Kopf gewandt und hielt die dunkeln Augen mir entgegen.

Da wußt ich nimmer, was ich sagen sollte, und dachte doch: »Es muß nicht gelten, daß ein
Studirter und zukünftiger Kanzelmann einem Bauerdirnlein gegenüber also den Text verlieret.«
Aber selbiges Dirnlein war ja der Engel von St. Jürgens Bildniß, und so fiel's mir bei: »Renate«,
frug ich, »habet Ihr denn itzo keinen Hund auf Eurem Hofe?«

»Einen Hund? Nein, Herr Studiosi; es wollt nicht gehen mit dem Aufziehn. Ich mag auch
keinen, seit sie meinen Türk gestohlen haben.«

– »Ich mein aber, der Türk habe dem Küster in Husum zugehört?«

»Freilich; aber er hatte sich mir zugewöhnt und ist mir nachgelaufen; da hat ihn der Vetter
mir gelassen.«

– »Und nun«, sagte ich, »habet Ihr nur die Krähenvögel in Eueren alten Bäumen.«

»Ihr spaßet, Herr Studiosi«, entgegnete sie; »aber es braucht bei uns kaum eines Hundes;
mein armer Vater leidet an der Luft und schläft allzeit nur leis. Wenn es arg ihn überfällt, rufet
er wohl nach mir; wir wandern dann gar manche Stunde miteinander, in der Stube und über
den Flur in den Pesel, wo das Bild vom Schloß und von dem alten Bischof hängt. Da sind die
draußen nimmer sicher, daß nicht ein Paar Augen durchs Fenster in die Nacht hinausschauen.«

Sie sahe gar bekümmert aus, da sie solches erzählte, und ich sagte: »Du bist doch noch so
jung, Renate!«

– »Ja; aber mein Vater hat gar niemanden sonst; meine Mutter ist lang schon tot.«

Und somit waren wir unter die breiten Buchen in den Wald geschritten; da schlug noch eine
Drossel aus dem Wipfel eines Baumes, und in der Ferne hörten wir es durch die Büsche brechen.
»Das sind die Hirsche«, sagte das Mädchen; »zu Herzog Adolfs Zeiten soll die Unmenge hier
gewesen sein.«

Dann theilte sie mit den Händen das Gezweige voneinander und sprach: »Hier ist's, Herr
Studiosi!« – Und wir standen oben an Störtebekers Hafen und sahen unter uns in das weite
Treenethal hinaus. Es war aber nur eine Höhlung, so in das sandige Hochland hier hineinging;
das Wasser floß itzt fern davon in seinem schön geschlängelten Laufe durch die Wiesen. Renate
führte mich zu einer dicken schrundigen Eichen und zeigete auf einen schier vernarbten Spalt
in deren Stamme. »Sehet, Herr Studiosi, hier hat der Urahn seine Axt hineingehauen, als die
Kriegsarbeit gethan war und die Räuber da hinab zu ihren Schiffen rannten. Er hat auch eine

Tochter gehabt, die hat, wie ich, Renate geheißen, und weil ihr Vater im Gefecht es so gelobet, so hat sie in ein Kloster sollen; da sie aber aufgewachsen, hat sie dazu nein gesprochen und ist hernach dann meine Ahne worden.«

Sie hatte sich an den Baum gelehnt und ihre Hände vor sich in den Schoß gefaltet; so schauete sie in das Abendgold hinaus, das itzo allgemach am Erdenrand emporglomm. Ich aber blickte auf dies junge ernste Antlitz und mußte mich fast sorglich fragen, was denn wohl sie in solchem Fall gesprochen haben würde; und lobte im stillen unsern Vater, Dr. Martinum, daß er dem Unwesen der Klöster bei uns ein Ziel gesetzet.

Indem ich solches dachte, richtete sie sich jählings auf. »Nehmt's nicht für ungut«, sprach sie hastig; »aber ich bitt Euch, wollet itzo mit mir durch das Holz gehen; es führt von hier ein Richtsteig nach dem Moor hinüber.«

Und da ich eine Unruhe auf ihrem Antlitze las, so frug ich, ob sie etwan um ihren Vater sorge.

Da schüttelte sie sich als wie aus einem Traume und sagte: »Es wird nichts sein, Herr Studiosi; aber wenn Ihr wollt, so lasset uns eilen; vielleicht, er mag uns dann entgegenkommen!«

So gingen wir in den tiefen Wald hinein. Immer stiller wurde es um uns her, und immer mächtiger wuchs die Dunkelheit; nur kaum noch mochte ich Renatens anmuthige Gestalt erkennen, wie selbige unter den hohen Stämmen so rasch vor mir dahinschritt. War mir mitunter, als gaukele vor mir dort mein Glück, und müsse ich es halten, wenn ich's nicht verlieren wolle. Wußte aber gar wohl, daß des Mädchens Sinnen itzo auf nichts als einzig nur auf ihren Vater zielete.

Endlich dämmerte es durch die Bäume wie graues Abendlicht, der Wald hörete auf, und da lag es vor uns – weit und dunstig; hie und da blänkerte noch ein Wassertümpel, und schwarze Torfringeln rageten daneben auf; ein großer dunkler Vogel, als ob er Verlorenes suchte, revierete mit trägem Flügelschlage über dem Boden hin. An meiner Seite stund Renate; ich hörte ihren Odem gehen und konnte gewahren, wie ihre Augen angstvoll und nach allen Seiten in die vor uns hingestreckte Nacht hinausschauten; denn uns im Rücken hinter den gewaltigen Schatten des Waldes lag das letzte Tageleuchten. Da mußte ich mit dem Psalmisten sprechen: »Herr, du machest Finsterniß, und es wird Nacht; aber Himmel und Erde sind dein: denn du hast sie gegründet und alles, was darinnen ist!«

Indem aber rühret Renate mit der einen Hand an meine Schulter, und mit der anderen wies sie auf das Moor hinaus.

»Was meinest du, Renate?« frug ich.

– »Sehet Ihr nicht? Dort?«

Und da ich meine Augen anstrengte, meinete ich fern im Duste einen Schatten schreiten zu sehen; aber nur eines Athemzuges lang. »War das dein Vater?« frug ich wieder.

Da nickte sie und sprach: »Verzeihet, meine Angst war thöricht; er ist schon jenseits unseres Moores auf der festen Geest.«

»So lasset uns eilen«, rief ich; »ob wir ihn noch erreichen mögen!«

Aber sie ergriff mit beiden Händen meinen Arm: »Das Moor, Herr Studiosi, kennt Ihr das Moor? Wir können nimmermehr hinüber!« Dann, als ob ein plötzliches Grauen sie befiele, zog sie mich zurück und sagte: »Kommet, hier führt der Weg am Wald hinab!« und ließ meine Hand nicht los, so lange wir den düstern Ungrund an unserer Seiten...

Die Handschrift ist hier lückenhaft; zunächst fehlen einige Blätter gänzlich, das dann Folgende ist durch Wasserflecke fast zerstört. Doch ist zu ersehen, daß der Studiosus Josias ein Musikfreund und mit seinem Vater der Ansicht Dr. Luthers war, die lateinische Sprache habe viel feiner musica und Gesanges in sich, daher man sie keineswegs aus dem Gottesdienste solle wegkommen lassen. – Schon als Knabe hatte er zu den auserwählten Schülern gehört, welche dem derzeitigen Husumer Kantor Petrus Steinbrecher vor der Frühpredigt assistierten und »zur Ehre Gottes und zur Erweckung eines jedes Christen Devotion« von der Orgel in die damalige gewaltige Kirche hinab das Te Deum laudamus mitgesungen. Hier in Schwabstedt werden derzeit sich auch noch Reste des lateinischen Kirchengesanges erhalten haben; denn es gelingt ihm – wo, ist nicht ersichtlich – eine Anzahl junger Kirchensänger und – Sängerinnen um sich zu versammeln, wie es heißt, »zur besseren Einübung der bekannten, sowie Erlernung einiger neu hinzugebrachter Lieder«. Renatens Stimme, welche »gleich einem silbern Licht ob allen andern schwebete«, scheint den Zauber noch verstärkt zu haben, den die Bauerntochter so unbewußt auf unseren Gottesgelahrten ausübte. Worauf sonst in jenem Sommer der Verkehr der beiden jungen Menschen sich erstreckt habe, ist nicht erkennbar; erst mit dem Ende desselben beginnen wieder die bis zu einem gewissen Punkte fortlaufend erhaltenen Teile der Handschrift, der nun wieder wie vorhin das Wort gelassen wird.

...war es eines Abends Ende Septembris, als ich mit meinem Vater sel. in dessen Studirstüblein über Abfassung einer Supplike an unsern allergnädigsten Herzog beisammensaß; denn da meinem lieben Vater wegen übermäßiger studia in seiner Jugend eine Augenschwäche befallen, so hatte er es gern, wenn ich für ihn die Feder führete. Wollte nämlich die Angelegenheit mit unserem Keller noch immer keinen Fortgang nehmen. Zwar hatte der Hofbauer, nur auf meine frühere Rede – denn mein Vater wollte ihn nicht um seine Dienste angehen – die Sache noch einmal in der Gemeinde fürbracht; aber die Bauren hatten ihm erwidert, der alte Pastor habe bei seinem Bier gut predigen können, so werd der Keller auch wohl für den neuen reichen.

Es war nun an diesem Abend ein gar wüstes Wetter, und brausete es draußen von dem Walde her, daß man hier innen oft die Worte kaum erfassen konnte.

»Schreibe nun so«, sagte mein Vater, indem er zu mir rückte: »Obgleich die meisten meiner Beichtkinder mir herzlich gern einen besseren Keller gönneten, so waren doch derer, die halsstarrig dawiderstritten; von Mitten Maji bis hieher habe kein frisch und kühl, sondern nur sauer Bier gehabt; und was mir das vor eine Plage gewesen, ist Gott am besten bekannt; wie viel aber von solchen Gaben Gottes, salvo honore, zum Schweinetrank hingießen lassen, will ich hier seufzend übergehen.«

Ich entsinne mich noch aller dieser Worte meines lieben Vaters; denn ich setzte die Feder ab, weil mich ein Bedenken anwandelte, Hochfürstliche Gnaden also wegen des pastoris sauerem Bier in Compassion zu nehmen. Als ich aber solches eben nur geäußert, hörte ich draußen auf der Hausdiele ein laut Gerede mit unserer alten Margreth. Wurde dann auch unsere Stubenthür gewaltsam aufgerissen, und erschien ein Mann in schier beschmutzten Reisekleidern, scheinbar von meines Vaters Alter und auch wohl geistlichen Standes, aber mit vollem braunrothen Antlitz, daraus ein Paar kleine blanke Augen gar hurtige Blicke über uns hinlaufen ließen. »Salve, Christiane, confrater dilectissime!« schrie er; »komme gar spät unter dein gastlich Dach! aber der Teufel, der mir als seinem scharfen Widersacher allzeit auf den Hacken ist, hatte mit seiner höllischen Kunst meinen Gaul vom Wege in das Moor hineingegaukelt, also daß ich ihn durch ein paar Käthner zwischen den Büken habe müssen herausgraben lassen; der Unsaubere hatte es wohl gerochen, daß ich unter meinem Wamse eine neu geschmiedete Waffen gegen ihn am Leibe trug«. Und dabei schlug der heftige Mann gegen seine Brust und zog alsdann unter seinem Mantel ein dick manuscriptum herfür; das warf er vor uns auf den Tisch in meine Schreiberei hinein. »Siehe da«, rief er, »mein ,höllischer Morpheus' hat zwar dem holländischen Schwarmgeist, dem unverschämten Dr. Balthasar Beckern und seiner ,Bezauberten Welt', den Text gefeget; aber der verworfenen Zauberer-und Hexenadvokaten erstehen immer mehr! Nitimur in vetitum, Herr Bruder! Es thut Noth der unvernünftigen Vernunft den Daumen gegenzuhalten!«

Aus solcher Rede wurd mir inne, daß ein gar hochgelahrter Mann in unser Haus getreten; und war es Herr Petrus Goldschmidt, derzeitiger Pastor zu Sterup, welcher als ein Husumer einstmals mit meinem lieben Vater auf dortiger Schulen und später auf der Universität beisammen gewesen. Er hatte aber nach seinem hochberühmten »Morpheus' ein zweites Werk fertiggestellet, und zwar gegen den Hallischen Professor Thomasius, der in seinem derzeit erst verdeutscheten Buche »De crimine magiae« all Teufelsbündniß vor ein Hirngespinst erkläret und solcher Weise als ein rechter advocatus das unselige Hexen-und Trudenvolk der irdischen Gerechtigkeit zu entreißen strebte. Fehlete dem Herrn Petrus zur Edirung seines neuen Werkes nur noch die Einsicht etlicher Schriften, so er selber nicht besaß, aber wußte, daß selbige unter meines Vaters Büchern seien; ad exemplum des Remigii Daemonologia, des Christ. Kortholdi Traktätlein von dem glüenden Ringe und etliche andere.

»Habe zwar einen festen Kopf, Christiane«, rief er; »mißtraue aber weislich der menschlichen Schwachheit; und würde doch dem Pastor zu Sterup übel anstehen, sich von dem Vater der Lügen über faulen Citaten ertappen zu lassen!«

Da nun mein Vater ihn willkommen hieß, warf er Hut und Mantel hochvergnüget von sich, und hörete ich mit Attention der beeden wohlerfahrenen Männer Wechselreden, so bald emsig hin und wider gingen. Zwar hatte ich wegen meiner Studien und um jugendlicher allotria willen, mit denen ich meine Zeit erfüllet, weder den Goldschmidtischen Morpheus noch seiner Widersacher Schriften gelesen, fassete aber gegen letztere, da der gelahrte Mann sie explicirte, gar bald einen lebhaften Abscheu und wurde auch, da ich solchen kund that, von selbigem weidlich belobt und verwarnet, daß ich auch künftighin mich nicht zu denen Atheisten und Schwarmgeistern gesellen möge.

Auch über dem Reisbrei, den meine liebe Mutter dem Gaste zu Ehren auf die Abendtafel brachte, nahmen diese Gespräche ihren Fortgang, so daß mein Mütterlein wohl gern von anderem gehöret hätte, und sie lieber anhub, ihr mäßig Bier mit vielen Worten zu entschuldigen und die Elendigkeit des Kellers zu beklagen.

Der Mann Gottes aber ergriff den vor ihm stehenden vollen Krug, stürzete ihn mit eins hinunter und sprach mit gravitätischer Verbeugung: »Frau Pastorin, man soll auch so der Gottesgabe nicht verschmähen!« Dann stäubte er sich mit der Hand die Tropfen aus dem Barte und begann ein neu Gespräch vom exorcismo, so daß meiner lieben Mutter nichts verblieb, als den geleerten Krug zu neuer Füllung an das Faß zu tragen. Herr Petrus aber frug nun meinen Vater, was eine formula bei der Taufen allhier gebräuchlich sei, und da dieser entgegnete, daß er zum Täufling rede: »Entsagest du dem bösen Geist und seinen Werken?« so sprang der gewaltige Mann von seinem Stuhle auf, daß ihm der Löffel über den Tisch hinüberflog. »Christiane, eheu Christiane!« rief er. »Was weiß denn solch ein Saugkalb, ob es den Widerchrist in seinen dünnen Därmen hat! Exi immunde spiritus! Fahre aus, unsauberer Geist! So sollst du sprechen! Dann mag es dir wohl glücken, daß du den Argen als einen stinkenden Rauch aus des Täuflings Mündlein herfürgehen siehest!« Er ergriff aufs neue seinen Löffel, den meine Mutter auf seinen Platz zurückgelegt, und that der wohlmeinenden Gastfreundschaft meiner lieben Eltern nochmals alle Ehre an. Da aber mein Vater geziementlich fürbrachte, daß doch das Kind durch der Gevattern Mund die Antwort gebe, da schüttelte der Herr Petrus nur seinen Löwenkopf und meinete: »Ja, wenn die Klotzköpfe der unsauberen Geister nur nicht in ihrem eigenen Leibe hätten!«

Über solcher Materie war es nach Mitternacht worden, daß wir den verehrten Mann zum Schlaf in seine Kammer brachten.

»Laß dich nicht stören, Petre, so du etwas hören solltest«, sagte mein Vater, indem er ihm das Nachtlicht auf den Tisch setzte; »es sind nur die Ratten, die auf unserem Boden hausen.«

Da entfuhr mir das Wort, das ich im Scherze sagte: »Wir müssen den Hofbauren nur um seinen Fingaholi bitten!«

Auf solches stutzete der Gast und frug: »Was ist das mit dem Fingaholi?«

Und da ich's ihm erzählet hatte, kniff er mit Daumen und Zeigefinger sich seine starken Lippen und sagte: »Der Fingaholi, wie Ihr ihn nennt, junger Mann, ist nur ein Fetisch; aber dem mit unseres Gottes Zulassung die Herrschaft über das Geschmeiß verliehen wurde, ist gar ein anderer und kein leblos und unmächtig Bild gleich diesem Heidengötzen oder den papistischen Heiligen.«

Hierauf entgegnete ich, es sei das nur ein alt und schwachsinnig Weib, das diese Dinge hingeredet habe. Er aber wandte sich zu meinem Vater und rief abermalen: »Christiane, Christiane! Siehe zu in der Gemeinde! Und packe den höllischen Gaukelnarren, so du ihn findest, feste bei den Ohren, daß du ihn samt seinem Sauschwanze fundatim exstirpiren mögest!«

–– In dieser Nacht lag ich gar lange wachend in meiner Bettstatt, sahe durch die Scheiben die schwarzen Wolken über den hellen Himmel fliegen und hörte auf das Brausen, das vom

Wald herüberfuhr. Wollte mich fast reuen, daß ich das von dem Fingaholi gegen unsern Gast herausgeredet; denn an die leutselige Art meines lieben Vaters gewöhnet, wollte dessen gewaltige Rede mir nicht sogleich gefallen, obschon seine geistliche Weisheit und Eifer für das Reich Gottes meine gerechte Ehrerbietung heischeten.

Er selber aber schien indessen eines gar kräftigen Schlafes zu genießen; denn da gegen Morgen draußen das Toben sich geleget hatte, hörte ich durch Böden und Wände von der Gastkammer herauf sein mächtig und ebenmäßig Schnarchen.

In den zweien Tagen, welche Herr Petrus Goldschmidt noch bei uns verblieb, saß selbiger am Vormittage eifrig unter meines Vaters Büchern, wobei er, wenn ich zu ihm eintrat, durch seine prompte Kenntniß der sonderbarsten loci mein gerechtes Staunen herausforderte. Meine Anerbietung, ihm dabei zu dienen, wies er mit einer ruhevollen Bewegung seiner Hand zurück: »Betreibet Euere eigenen studia, junger Mann! Was einer vermag, dazu soll man nicht zweie brauchen!«

Am Nachmittage aber, wenn mein lieber Vater der Ruhe pflegte, nahm er seinen Stock und Dreispitz und wanderte im Dorf umher, redete mit Weibern und Greisen und klopfete die Kinder auf ihre blonden Köpfe, daß am anderen Tage schon alles vor die Thüren lief, da er wieder mit seinem tönenden Räuspern nur von fern dahergeschritten kam.

Als sodann am dritten Tage der merkwürdige Mann seinen Gaul bestiegen hatte und davongeritten war, wurde es gar still in unserem Hause. Mein lieber Vater sahe ein wenig müde aus, und meine Mutter sagte scherzend: »Ich muß dich pflegen, Christian; eine so gewaltige und robuste Gottesgelahrtheit ist nicht vor eines jeden Constitution!«

Im Dorfe aber war es wie in einem Bienenstocke, der da schwärmen soll; überall ein Gemunkel, welches nicht laut werden wollte und doch nicht stumm sein konnte; die Älteren redeten wieder von der Hexen, so sie vor zwanzig Jahren in Husum hätten einäschern sehen sollen, der aber die Nacht zuvor in der Fronerei ihr Herr und Meister das Genick gebrochen; aus Flensburg kam einer, der hatte auf dem Südermarkt gehört, die Hexen hätten wieder einmal in der Förde alle Fisch vergiftet; im Dorfe selber wurde Unheimliches über den und jenen gedeutet; so fast beklommen ich aber aufmerkete, des Hofbauren geschah darunter nicht Erwähnung.

So rückete die Zeit heran, daß auch ich, und auf gar lange, meinen Abschied nehmen sollte. Renate war seit etlichen Tagen bei dem Husumer Küster auf Besuch, und da ich abends vor meiner Abreise auf den Hof kam, war sie noch nicht wieder da. „Ich hätt sie heut erwartet«, sagte der Bauer; »nun wird's wohl morgen werden; da möget Ihr sie unterweges treffen oder in Husum zu dem Küster gehen!«

Mit dem kam die alte Marike mit ihrem langen Strickstrumpf in die Thür, sahe den Bauer fast verstöret an und wollte wieder fort. Der aber rief ihr zu, sie solle heut als wie zum Abschiedstrunke noch eine von den Rheinischen aus dem Keller holen; und die Alte brummelte so etwas für sich hin und lief zur Thür hinaus. Nach einer Weile kam auch die Jungmagd und setzete eine Flasche auf den Tisch; aber der gute Wein wollte mir heut gar übel munden, da wir in dem weiten Gemache so allein beisammensaßen. Nahm deshalben auch bald meinen Abschied und war mir gar seltsam im Gemüthe, da ich aus dem Hause unter die alten Eichen hinaustrat, welche mit ihrem gelben Herbstlaub schon den Grund bestreuet hatten.

Der Hofbauer stund noch und hatte meine Hand gefaßt. »Lebet wohl, Herr Studiosi«, sagte er; »habet nur da draußen recht die Augen offen; und wenn Ihr heimkommet, ich denke, des Hofbauren Thür, die werdet Ihr wohl wiederfinden!«

Er schaute mich mit seinen dunklen Augen an, als wolle er mich noch zurückhalten oder als habe er noch etwas mir zu sagen. Aber er sprach nichts mehr, und ich ging fort, ohn Ahnung, daß ich diesen Mann niemalen sollte wiedersehen.

– – Da ich an diesem Abend meinen lieben Eltern gute Nacht gegeben hatte, öffnete ich mein Kammerfenster und schaute auf das Dorf hinaus. Eine Weile sahe ich nach einem einzeln Lichtschein drüben in des diaconi Hause, bis auch der erlosch; aber mein Gemüthe war voll

Unruh, und endlich, da es vom Glockenthurm die eilfte Stunde schlug, war ich schon draußen in der freien Nacht und schritt bald danach über die Bischofshöhe den bekannten Steig hinab.

Es war aber Anfang Octobris, und eine klare Mondhelle stund über der schönen Gotteswelt; der Hof unter seinen düsteren Bäumen lag, als ob er schliefe, in dem mit sanftem Licht erfüllteten Erdenraume. Es war so still, daß ich nur das Fallen der Blätter hörte und unterweilen den Schrei eines Hirschen aus dem Wald herüber. Ich horchte nach dem Hause; aber dorten war kein Laut zu hören; dann trat ich unter die Bäume und schaute durch ein Fenster in die große Stube. Dicht vor mir sahe ich die Lehne von Renatens Stuhle ragen; sonst war es still und finster drinnen. Ich konnte gleichwohl nicht von hinnen finden und ging hart an der Mauer und um die Ecke herum, bis wo die Hausthür ist. Dort, in dem tiefen Schatten, regte sich etwas, und ein Freudenschauer überströmete mein Herz; denn obschon ich nichts gewahren konnte, so wußte ich doch, es war das Rauschen ihres Kleides, welches ich vernommen hatte.

»Renate!« rief ich.

Da lagen ein Paar warme Hände in den meinen. »Ich wußte wohl, Josias, daß Ihr kommen würdet!«

Sie horchte noch einmal in die Thür; dann zog ich sie in den hellen Mondenschein hinaus; denn mich verlangte sehr nach ihrem Anblick.

Wir schlossen unsere Hände ineinander und schritten so mitsammen über die weite Hofstatt nach dem Flusse zu. Was wir sprachen, mag nicht viel gewesen sein; doch ist mir noch bewußt, wir sahen beid auf unsere Schatten, wie sie vereinet vor uns auf den Rasen fielen, und so das Mondlicht zwischen ihnen Platz gewinnen wollte, neigeten wir uns schweigend zueinander und schaueten darauf hin, wie sie aufs neue in eins zusammenflossen. Dann stunden wir auf der Uferhöhe und sahen schweigend in das Land hinaus und hörten auf das Strömen des Flusses, der darunten mit seinen Wassern nach dem Meer hinabzog.

Da schlug es Mitternacht vom Dorf herüber; und mit jedem Schlage, auf den wir mit verhaltenem Odem lauschten, schlossen unsere Hände sich fester ineinander. »Renate«, sagte ich leise; »das war der letzte Tag.«

»Ja, Josias!« entgegnete sie ebenso.

–»Und werde ich dich denn hier noch finden, so ich wieder heimgekommen?«

»Ich denke; wer sollte mich denn holen?«

–»Wer, Renate? Versuch es nur, sie nicht mehr fortzu stoßen!«

Ich weiß nicht, was mich also zwang zu reden; denn einem Geier gleich hatte plötzlich die Angst der Eifersucht mich überfallen. Sie aber warf das Köpfchen in den Nacken, daß das Gold auf ihrem Käppiein glitzerte.

»Was redet Ihr, Josias!« sprach sie. »Mit denen Lümmeln hab ich nichts zu schaffen; sie mögen kommen oder nicht!«

Das war nun wohl ein hoffärtig Wort; und müßte doch lügen, daß es sich mir derzeit nicht wie Balsam auf mein Herz geleget.

Aber es kam itzt ein anderes, das solche Gedanken jählings von mir nahm.

Wir stunden nämlich, da wir solches sprachen, vor dem großen Scheunenthor, welches fast taghell vom Mond beleuchtet war. Vor etlichen Wochen hatte ich dort unter Peitschenknall den schweren Gottessegen einfahren sehen; nun lag alles da in großer Stille.

Und doch; oder hatte mich mein Ohr getäuscht? Da drinnen in der Scheuer rührete es sich; Renatens Hand zuckte in der meinen, und ihre Augen starreten; und itzt, gleich einem breiten grauen Schatten, quoll es unter dem Scheunenthor herfür, immer mehr und mehr, als ob's von unhörbarem Peitschenschlag getrieben würde. Das rannte, daß wir kaum die Füße wahreten, an uns vorbei und über die bethaueten Wiesen nach dem Fluß hinab; und weiß ich nimmer, wo es in der Nacht verschwunden blieb.

Wohl merkte ich, wie Renate am ganzen Leibe bebte; ich aber schwieg lange Zeit, denn was meine Augen hier gesehen, das konnte ich fürder nicht vor mir verleugnen. Endlich sagte ich: »Das war gar wunderbar, Renate; du bist gar sehr erschrocken!«

Da richtete sie sich auf und sprach: »Die Ratten machen mich nicht fürchten, die laufen hier und überall; aber ich weiß gar wohl, was sie von meinem Vater reden, ich weiß es gar wohl! Aber ich hasse sie, das dumm und übergläubig Volk! Wollt nur, daß er über sie käme, den sie allezeit in ihren bösen Mäulern führen!«

Wegen solcher Rede entsetzte ich mich arg; denn das Mädchen hatte dräuend ihre kleine Faust zum Himmel aufgehoben. »Renate!« rief ich, „.Renate!«

»Ja, ja; ich wollt es!« sprach sie wieder. »Aber er ist unmächtig; er kann nicht kommen!«

Ich hatte ihre erhobene Hand herabgezogen. »Berufe ihn nicht, Renate«, rief ich; »bete zu Gott und unserem Heiland, daß sie ihn von dir halten! Aber es ist der Geist des Husumer Atheisten, der aus deinem jungen Munde redet.«

»Atheist?« frug sie. »Ich kenne das Wort nicht; wen wollt Ihr damit schelten?«

Was Art Erklärung ich ihr hierauf gegeben, entsinne mich nicht mehr. Aber sie schüttelte nur den Kopf und sagte traurig: »Und unser arm alt Mariken, das haben sie mir nun auch allganz verwirret, daß schier nicht mehr mit ihr zu hausen ist! Es wird gar einsam werden, wenn auch Ihr nicht mehr kommt, Josias.«

Ich nahm ihr Antlitz in meine beiden Hände, und da ich es gegen das volle Mondlicht wandte, sahe ich, daß es sehr blaß war und ihre Augen voll von Thränen stunden. Da konnte ich es nicht lassen, daß ich sie an mich zog; und sie duldete es und legte ihren Kopf, als ob sie müde sei, in meinen Arm und sahe zu mir auf, als ob sie also ruhen möchte.

Im selbigen Augenblick aber wurde aus der Tiefe des Hauses, so daß ich schier erschrak, mit einer angstvollen und stöhnenden Stimme ihr Namen wiederholentlich gerufen.

»Mein Vater! Mein armer, lieber Vater!« stieß sie da herfür. Dann fühlte ich ihre Arme um meinen Hals und einen warmen Kuß auf meinem Munde. »Leb wohl, Josias! Lieber Josias, lebe wohl!«

Und da sich dann von innen auch die Hausthür schloß, so stund ich alleine auf der Hofstatt und hörete wieder nur den Fall des Laubes und den leisen nächtlichen Gesang der Wasser. Aber das unheimlich Wesen, das vorhin ich hatte tagen sehen, lag noch gleich einem Schauder auf mir und stritt wider meines jungen Herzens Seligkeit.

Am andern Morgen, da ich von meinen lieben Eltern Abschied genommen hatte und schon auf den Wagen steigen wollte, kam der blasse Schneider angelaufen, bittend, er solle zur Stadt zum Ellenkrämer, ob er mit dem Jungherrn die Gelegenheit benützen dürfe. Hatte also einen Reisegefährten; dazu einen, dem allezeit das Maul überlief, während ich doch lieber mit meinem bedrängten Herzen allein dahingefahren wäre. Wickelte mich auch in meinen Mantel und hörete nur halb im Traum, wie seine unruhige Zunge in allem Unholden rührete, was die letzte Zeit unter den Dorfleuten war im Schwang gewesen.

Als wir aber eben von der Sandgeest in die Marsch hinunterfuhren, hub er an und mochte wohl wissen, daß er damit sich Gehör erwerbe.: »Ja, Jungherr«, sprach er; »Ihr kennet ihn ja besser als wie ich, den fremden Pastor; aber das ist einer, so ein Allerweltskerl! Auch dem alt Mariken auf dem Hofe hat er das Maul aufgethan. Ihr habet wohl gesehen, Jungherr, wie dem Bauern allzeit der eine Strumpf um seine Hacke schlappet! Hat immer schon geheißen, er dürfe nur ein Knieband tragen, sonst sei es mit all seinem Reichthum und mit ihm selbst am bösen Ende; möcht Euch aber gerathen haben, rühret nicht daran; denn da mich eines Tages der Fürwitz plagte, fuhr er mir übers Maul: ‚Ja, Schneider‘, sprach er, ‚das eine hat die Katz geholt; willt du das ander haben, um deinen dürren Hals daran zu henken?‘«

Als ich entgegnete, daß ich dergleichen an des Bauren Strümpfen nicht gesehen, meinte er: »Ja, ja; Ihr kommet nur des Sonntags auf den Hof, da trägt der Bauer seine hohen Stiefeln!«

Da sich das in Wahrheit also verhielt, so schwieg ich; der Schneider schob sich einen Schrot Tabak hinter seine magere Wange und sagte, seinen Hals zu meinem Ohre reckend: »Es liegen wohl oftmalen zwei der Strumpfbänder vor seinem Bette; aber der Bauer hütet sich; er weiß es wohl, wer ihm das zweite hingelegt! Die alt Marike hat zwar versucht, die Strumpf ihm enger zu stricken, damit sie nicht herunterfallen; aber wenn sie dran kommt – sie hat's mir gestern selbst erzählt –, so tanzet es ihr wie Fliegen vor den Augen oder wimmelt wie Unzeug über ihren alten Leib. Will auch wohl scheinen, als ob dem – Ihr wisset, wen ich meine, Jungherr – das Spiel schon allzu lange währe; denn der Bauer hat nächtens oft harte Anfechtungen zu bestehen, daß er in seinem Bett nicht dauern kann; es wälzet sich was über ihn und dränget ihm den Odem ab; dann springt er auf und wandert umher in seinen finsteren Stuben und schreit nach seinem Kinde.«

Als ich bei diesen Worten mich in meinem Sitze aufhub, sagte der Schneider: »Ich weiß, Jungherr, Ihr habet vielen Aufschlag gehabt mit dem Mädchen; wüßt auch kein Unthätlein an ihr, als daß sie gar stolz thut gegen unsereinen; mag aber auch besser zu Euresgleichen passen!«

Der Mann redete in solcher Art noch lange fort, obschon ich fürder mit keinem Wörtlein ihn ermunterte. War aber eine üble Wegzehrung, welche ich also mitbekommen. Zwar sagte ich mir zu hundert Malen: es war ein Schwätzer, der dir solches zutrug, so einer, der die schwimmenden Gerüchte sich fetzenweise aus der Luft herunterholet, um seinen leeren Kopf damit zu füllen; wollte aber gleichwohl der bittere Schmack mir nicht von meiner Zungen weichen.

1706. In Anbetracht meiner Studien zu Halle will hier nur anmerken, daß ich dort manche hochberühmte Theologos und andere zu meinem Zwecke arbeitende Männer hörte und deren collegia gewissenhaft frequentirte, so daß ich hoffen durfte, in kurzem eine solide systematische Erudition mir anzueignen. Spürete auch kein Verlangen, meinen schwarzen Habit, so ich vor meiner Abreise mir von dem blassen Schneider hatte anmessen lassen, aufs neu mit einem rothen zu vertauschen.

Nur unterweilen, zumal wenn ich zum abendlichen Spaziergange dem Ufer der Saale entlang wandelte, wenn die Wasser sich rötheten und ihr sanftes Strömen an mein Ohr klang, überfielen mich wohl schwere sehnende Gedanken nach der Heimath; und wenn dann im Südost der Mond emporstieg und mit seinem bleichen Licht die Gegend füllte, so sahe ich in jedem düstern Fleck den Hof am fernen Treeneflusse, und mein Herz schrie nach dem Mädchen, so ich dort verlassen hatte.

Nach einem solchen Gange, da schon ein Jahr verflossen und wiederum der Herbst sein rothes Laub verstreuete, kam ich eines Abends heim auf meine Kammer, und da ich das Licht mir angezündet, fand ich einen dicken Brief mit meines lieben Vaters Handschrift auf dem Tische liegen. Ich brach das Siegel, und meine Hände zitterten vor Freude; denn auch meine Mutter pflegte stets ein Blättlein anzulegen, und wenn auch nur ein kurz und unterlaufend Wörtlein von Renaten drinnen stand, so konnt ich's wohl zu hundert Malen lesen. Aber das Schreiben, so ich gleich den wenigen, welche ich noch von dieser verehrten Hand erhalten sollte, getreulich aufbewahrt, war allein von meinem Vater und lautete nach viel herzlichen Worten, wie hier folgt:

»Was aber die Gemeinde in solche Wirrniß setzet, daß selbst mein mahnend Wort nur kaum gehöret wird, das darf auch Dir, mein Josias, nicht gar verschwiegen bleiben.

Es war am letzten Sonnabend, da ich nachmittags an meiner Predigt saß, als der Höftmann Hansen mit ungestümen Schritten zu mir eintrat. ‚Was habt Ihr, Höftmann?‘ sagte ich; ‚Ihr wisset, daß ich um diese Zeit ungern gestöret bin.‘

‚Ja, ja, Herr Pastor‘, sprach er; ‚wisset Ihr's denn schon? Fort ist er und wird nicht wiederkommen!‘

Und da ich schier erschrocken nachfrug: ‚Wer ist denn fort?‘ entgegnete er: ‚Wer anders als der Hofbauer! Hab's mir schon lang gedacht, daß es so kommen müsse!‘

‚So sprecht, Höftmann‘, sagte ich und schob mein Schreibewerk zurück; ‚was ist's mit dem?‘

‚Weiß nicht, Herr Pastor; aber ein Stöhnen und Ramenten haben die Mägde nachts von seiner Kammer aus gehört; doch da die Tochter nicht daheim ist, so hat keine sich hineingetrauet; erst als die alt Marike aufgestanden, haben sie der sich an den Rock gehangen. Ist auch ein groß Geschrei geworden, da sie in die Kammerthür getreten; denn als sei die ganze Bettstatt umgestürzet, so hat alles, Pfühl und Kissen, über den Fußboden hin verstreut gelegen; das alte Weib aber ist auf ihren Knien in dem Wust umhergerutschet, hat darin umhergefunselt und jedes Häuflein Bettstroh sorgsam aufgehoben, als wolle sie darunter ihren Bauren suchen, von dem doch keine Spur zu finden war.'

‚Nun, Höftmann', sagte ich fürsichtig; ,es ist noch früh am Tage; der Hofbauer wird schon wiederkommen.'

Der aber schüttelte den Kopf: ‚Herr Pastor, es ist schon über eine Stunde Mittag.'

Da ich dann erfuhr, daß die Tochter wieder einmal bei dem Küster und Klosterprediger Carstens in Husum auf Besuch sei, so vermochte ich den Höftmann, ihres Vaters Wagen mit Botschaft nach der Stadt zu schicken. Aber schon um drei Uhr ist sie von selber wieder auf dem Hof gewesen; und hat es die Weiber, welche dort zusammengelaufen, schier verwundert, daß das Mädchen, so doch kaum achtzehn Jahre alt, so schweigend zwischen ihnen hingegangen und nicht geweinet, noch eine Klage um den Vater ausgestoßen; nur ihre Augen seien noch viel dunkler in dem blassen Angesicht gestanden. In den alten Bäumen – so wird erzählet – habe es von den Vögeln an diesem Tag gelärmet, als seien alle Elstern aus dem ganzen Wald dahin berufen worden.

Das Mädchen hat aber fürgeben, ihr Vater müsse auf dem Moor bei seinem Torf verunglückt sein, wo er die letzten Tage noch habe fahren lassen; da sie jedoch außer ihren beiden Knechten noch Leute aus dem Dorfe hat aufbieten wollen, so sind nur gar wenige ihr dahin gefolget, denn sie fand keinen Glauben mit ihren Worten, und auch die Wenigen sind schon vor Dunkelwerden heimgekehret; denn bei den Torfgruben sei vom Bauer keine Spur zu finden, und sei das Moor zu unermeßlich groß, um alle Sümpf und Tümpel darin durchzusuchen.

Als nun der allmächtige Gott Wald und Felder und auch das wüste Moor mit Finsterniß gedecket, ist der Schmied Held Carstens, der seine Schwiegermutter, so ihrer Tochter in den Wochen beigestanden, nach Ostenfeld zurückgebracht, um Mitternacht am Rand des Waldes wieder heimgefahren. Der Mann hat sein alt treuherzig Gespann am Zügel gehabt und ist schier ein wenig eingenicket; da aber die sonst so frommen Gäule plötzlich unruhig worden und mit Schnauben nach der Waldseite zu gedränget, so hat er sich ermuntert und ist nun selber schier erschrocken; denn drüben auf dem Moore hat aus der Finsterniß ein Schein gleich einem Licht gezucket; das ist bald stillgestanden, bald hat es hin und her gewanket. Er hat gemeinet, daß die Irrwisch ihren Tanz beginnen würden, hat aber als ein beherzter Mann während dem Fahren noch mehrmals hingesehen, und da es letztlich näher kommen, ist eine dunkle Gestalt ihm kenntlich worden, so neben dem Irrschein zwischen den schwarzen Gruben und Büken umgegangen. Da hat er ein still Gebet gesprochen und auf seine Gäule los gepeitschet, damit er nur nach Hause komme. Am andern Morgen in der Frühe aber haben die Leute drunten an der Straße des Hofbauren Tochter ohne Kappe, mit zerzausetem Haar und eine zertrümmerte Laterne in der Hand, langsam nach ihres Vaters Hofe zuschreiten sehen.

Als ich am Vormittage dann dahin ging, wie es meine Amtspflicht heischet, vernahm ich, daß sie abermalen mit ihren Knechten nach dem Moor hinaus sei; da ich aber spät am Nachmittage wiederkam, trat sie in schier zerrissenen und besudelten Kleidern mir entgegen und sahe mich fast finster aus ihren dunkeln Augen an. Ich wollte sie auf den verweisen, ohn dessen Hülf und Willen all unsre Kraft nur eitel Unmacht ist; allein sie sprach: ‚Habet Dank, Herr Pastor, für die gute Meinung; aber es ist nicht Zeit zu dem; schaffet mir Leute, so Ihr helfen wollet!' Was ich entgegnete, hörte sie schon nicht mehr; denn sie war nach Leitern und Stricken mit ihren Knechten der Scheune zugegangen. Auf dem Heimweg, den ich also nothgedrungen antrat, glückte es mir, ihr ein paar junge Burschen nachzusenden; und auf Deiner guten Mutter Zureden, dem jungen Blut zum Troste, wie sie meinte, hat auch unsere Margreth sich denselben angeschlossen. Diese verständige und, wie auch Dir bekannt, in keine Wege schreckbare Person ist jedoch am späten Abend mit wankenden Knien und verstürzetem Antlitz wieder heimgekommen. Das Suchen nach dem verlorenen Mann – so berichtete sie, alsbald sie ihres Odems wieder Herr geworden – sei ganz umsonst gewesen. Aber da endlich alle jungen Knechte schier verdrossen fortgegangen und Margreth mit dem Mädchen, das nicht wegzubringen gewesen, nun dorten ganz allein verblieben, so ist mit Dunkelwerden ein Irrwisch nach dem andern aus dem Moore aufgeduket und ein Gemunkel und Geflimmer angegangen, daß sie das Blänkern des Wassertümpels habe sehen können, an welchem dieser gräueliche Tanz sich umgedrehet. – Lasse das dahingestellet. Es ist aber noch ein anderes geschehen, und will Dir zuvor ins Gedächtniß bringen, daß wir unsre Margreth auf einer Lügen niemals noch betreten haben.

Als nämlich die Irrwisch so getanzet, hat des Bauren Tochter gleich einer stummen Säulen darauf hingeschaut; da aber Margreth sie bei der Hand gezogen, daß sie schleunig mit ihr heimgehe, hat sie plötzlich überlaut um ihren Vater gejammert und wie in das Leere hineingeschrien, ob ihr etwas von ihm Kunde geben möchte. Und hat es darauf eine kurze Weile nur gedauert, so ist aus der finsteren Luft gleich wie zur Antwort ein erschreckliches Geheul herabgekommen, und ist es gewesen, als ob hundert Stimmen durcheinanderriefen und eine mehr noch habe künden wollen als die andere.

Da hat die Alte Gott und seine Heerschaaren angerufen, hat aber das Mädchen, als ob es angeschmiedet gewesen, mit ihren starken Armen nicht vom Platze bringen können, als bis das Toben über ihnen, gleich wie es gekommen, so wieder in der Finsterniß verschollen war.

Wenn Dich, mein Josias, schmerzet, was ich hier hab schreiben müssen, da des Mädchens irdische Schönheit, wie mir wohl bewußt, Dein unerfahren Herz bethöret hat, so gedenke dessen und baue auf ihn, welcher gesprochen: ‚Wer sein Leben verlieret um meinetwillen, der findet es.‘ Und sinne diesem nach, daß Du das Rechte wählest!

Will dann zum Schlusse noch Erwähnung thun, daß unser Gastfreund Petrus Goldschmidt, welchen in meiner geistlichen Bedrängniß wegen obbemeldter Dinge ich mir vielmals hergewünschet, letzthin zum Superintendenten in der Stadt Güstrow, sowie ob seiner Gelahrtheit und Verdienste um das Reich Gottes von der… (die Handschrift ist hier unleserlich) Fakultät zum Doctor honoris causa ist creiret worden.«

– – Also lautete meines lieben Vaters Brief. Und will hier nicht vermerken, was Herzens schwere ich davon empfangen, wie ich in vielen schlaflosen Nächten mit mir und meinem Gott gerungen, auch gemeinet, ich könne nicht anders, als daß ich heim müsse, um der Armen Leib und Seel zu retten, und wie dann immer das erwachend Tageslicht mir die Unmöglichkeit für solch Beginnen klargeleget.

Aber, wie die Rede ist, es sei das eine Leid ein Helfer für das andre, so geschahe es auch mir. Denn noch vor dem heiligen Christfeste empfing ich von meiner Mutter einen Brief, daß mein lieber Vater mit unvermutheter Schwachheit befallen sei und selbige allen gebraucheten irdischen Mitteln entgegen ihn fast sehr entkräftet habe; und dann nach wenig Wochen einen zweiten, der mich drängte, meine Studien zu vollenden, da der theuere und getreue Mann nicht lang mehr selber seines Amtes werde warten können.

Solche mein Herz aufs neu erschütternde Nachrichten trieben mich früh und spät zu strenger Arbeit, und wurd ich bald auch dessen inne, daß ich nur so den Weg zur Heimat kürzen könne.

1707. Es währete doch noch bis gegen den März des beigefügeten Jahres, daß ich als ordinirter Adjunctus meines Vaters in meiner lieben Eltern Hause eintraf. Nur noch zum Troste, nicht zur Freude; denn ich fand meinen Vater auf seinem Siechbette, von dem ich wohl sahe, daß er nach Gottes allweisem Ratschluß nicht mehr erstehen solle. Da er nun in den Tagen, die er als seine letzten wohl erkannte, seines einzigen Kindes nicht entbehren mochte, so hatte ich niemanden aus dem Dorfe noch gesehen; auch Renaten nicht. Meine Eltern itzt nach ihr zu fragen, trug ich billig Scheu, und so hörete ich nur noch einmal von unserer alten Margreth, was ich in meines Vaters Briefe schon gelesen hatte.

Es war aber am Sonntage Reminiscere, an welchem ich zum ersten Male für meinen lieben Vater predigen sollte. Er hatte das heilige Abendmahl seit lange nicht ertheilen können, und so hatten viele sich gemeldet, um es bei seinem Sohne zu empfangen. Dachte auch, Renate würde unter ihnen kommen; aber sie kam nicht.

Die Nacht zuvor, in welcher mit meiner lieben Mutter ich die Krankenwacht getheilet, hatte der Sturm gar laut gebraust; nun aber lag alles in der lichten Morgensonne, und eben da ich in den Kirchhof eintrat, scholl mir gleich Auferstehungsgruß ein Drosselschlag vom Wald herüber. Und währete es nicht lange, so stund ich in der Kirchen vor dem Altar und sprach aus inbrünstigem Herzen das »Ostende nobis, Domine, misericordiam tuam«; und die Gemeinde respondirte andächtig: »Et salutare tuum da nobis!« »Ja, Gott Vater«, sprach ich leise nach, »dein Heil schenke uns; und auch ihr, für die ich hier im Staube zu dir flehe!« Und da itzt der Gesang anhub: »Benedicamus Domino«, wobei die rauhen Kehlen der Männer mit dareinsangen, da schwamm gleich einem silbern Lichtlein ein Ton dazwischen, der leuchtete hinab in mein bekümmert Herz; denn ich wußte, welche Stimme ich gehöret hatte.

Also in fast freudigem Muthe erstieg ich die Stufen zu der Kanzel, und da ich die Augen aufhub, sahe ich gegenüber in dem Emporstuhl ein blasses Angesicht, das ich des Gitters ohnerachtet wohl erkennen mochte. Da hub ich meine Predigt an: »Und siehe, ein kananäisch Weib schrie ihm nach: »Ach, Herr, du Sohn Davids, erbarme dich meiner; meine Tochter wird vom Teufel übel geplaget!« und er entgegnete ihr kein Wort. Da aber die Jünger sprachen: »Laß sie von dir, Herr; denn sie schreiet uns nach«, antwortete er und sprach: »Ich bin nicht gesandt, denn nur zu den verlorenen Schafen von dem Hause Israel!« Und mein Herz schwoll mir, und das Wort kam auf meine Lippen; was ich daheim für meine Predigt angemerket, war nur ein Staub, darüber meine Seele sich erhob, und meine Rede ging hervor einem Strome gleich aus heiligen Quellen. In der vollen Kirchen war kaum eines Odems Leben; Männer und Greise sahen zu mir auf, und die Weiber in ihren Gestühlten saßen mit betendem Angesicht. Neben mir in dem Stundenglase verrann der Sand; aber ich merkte es nicht und wußte nicht, wie ich an das Ende meiner Rede kam: »Herr, Herr! Locke sie mit deiner lieblichen Stimme; denn ein Tisch steht bereitet, wo sie dich empfahen mögen und dein Heil und deine Gnade. Amen.«

Und da ich nach dem Vaterunser einen Blick gegenüber nach dem Gitter warf, sahe ich in dem blassen Angesicht die großen dunklen Augen starr auf mich gerichtet.

»Mit deiner Stimme, Herr, o locke sie!« So betete ich nochmals und schritt dann hinab in die Sacristey, um mit dem feierlichen Meßgewand mich zu bekleiden, so derzeit noch gebräuchlich war.

Da ich dann vor den Altar trat, brannten auf selbigem schon die Kerzen in den großen Leuchtern, und aus den Gestühlten drängten sie sich heran, Mann und Weib, Alt und Jung; doch indeß ich den Leib des Herrn austheilete und den Kelch an aller Lippen reichte, rief es unaufhörlich in meinem Herzen: »Herr, bringe auch sie, auch sie zu deinem Tische!« Aber über dem Gesang der Gemeinde schwebte noch immerfort der silberne Ton ihrer Stimme. Da plötzlich, als schon die Letzten sich dem Altar naheten, verstummte er, und ich vernahm einen leichten Schritt die Stufen des Emporstuhles herabkommen. – Aber noch waren andre, so auch des Heils begehrten; ein Greis und eine Greisin, von ihren Enkeln unterstützet, kamen herangewankt und schauten mit blöden Augen zu mir auf; und da ich ihnen den Kelch bot, vermochten ihre zitternden Lippen den Rand desselben kaum zu fassen.

Sie wurden hinweggeführt; und dann stand sie, Renate, vor mir; blaß und mit gesenkten Augen, in schwarz Gewand gekleidet, ein schwarzes Käppiein auf den braunen Haaren. Nach fast zwei Jahren sahe ich sie hier zum ersten Male wieder; ich zögerte, denn mein Herz wallete mir über; und indem ich dann die Hostie aus der Patene nahm und zwischen ihre Lippen legte, betete ich: »Herr, mache meine Seele heilig!« Dann erst sprach ich: »Nimm hin! Dies ist mein Leib, der für euch gegeben wurde!«’

Ich wandte mich zum Altare und nahm den Kelch. Da ich aber selbigen an ihre Lippen brachte, sahe ich, wie ihr schönes Antlitz sich verzog und wie sie schauderte ob dem Trunke, der darinnen war. Da sprach ich die Einsetzungsworte: »Das ist mein Blut, das für euch vergossen wurde!« Und sie neigete ihr Antlitz in den fast geleerten Kelch; ob ihre Lippen ihn berühret, vermochte ich nicht zu sehen. Da ich aber – aus weß Ursach, vermag ich nicht zu sagen – auf die Seite blickte, gewahrete ich die Hostie in dem Schmutz des Fußbodens; ihre Lippen hatten sie verschmähet, und die Spitze ihres Schuhes trat das Brot, so als den Leib des Herren sie empfangen hatte.

Mein Gebein erzitterte, und fast wäre der Kelch aus meiner Hand gestürzet. »Renate!« rief ich leise; in Todesangst brach dieser Ruf aus meinem Munde: »Renate!«

Wohl sahe ich, daß ein Zittern über die schöne Gestalt des Mädchens hinlief; dann aber, ohne aufzusehen, ihr weißes Sacktuch in die Hände pressend, wandte sie sich ab, und bei dem Schlußgesange der Gemeinde sahe ich sie langsam den langen Steig hinabschreiten.

– – Wie ich mein Meßgewand abgeleget und in meiner Eltern Haus zurückgekommen, vermöchte ich kaum zu sagen; wußte nur, als ich daheim an meinem Pulte stand, daß auch wohl ein junger Prediger, der ich war, nicht mit also ungestümen Schritten über den Kirchsteig hätte dahinstürmen sollen. An meines Vaters Krankenbette vermochte ich itzo nicht zu treten; ich stützte den Kopf in beide Hände, und mit geschlossenen Augen spähete ich nach dem Weg der Pflicht, den ich zu gehen hatte.

Aber nur eine kurze Weile; dann schritt ich den wohlbekannten Fußsteig nach dem Hof hinab. Wieder, wie vor Jahren, schrien die Elstern oben in den Bäumen; und da ich links vom Flur in das Zimmer eingetreten war, schien es mir weiter und einsamer, als ich es zuvor gesehen. Dennoch hatte ich Renaten sogleich erblickt; sie saß drüben auf ihrem Platz am Fenster, den Kopf gesenkt, die Hände vor sich hin gefaltet. Da ich dann näher trat, erhub sie sich langsam, als ob sie müde sei; und in dem langen, schwarzen Gewande, das sie itzo trug, erschien sie mir größer und fast gleich einer Fremden. Als ich aber stehen blieb und sie mit ihrem Namen anredete, rief auch sie: »Josias!« und streckte beide Arme gegen mich.

War es die Liebe, so Gott zwischen Mann und Weib gesetzet, die aus ihrer Stimme klang, oder war es ein Hülferuf, ich vermochte das nicht zu erkennen; aber ich zog sie nicht an meine Brust, wozu mein Herz mich mit gewaltigen Schlägen drängte, sondern beharrete auf meinem Platz und sprach: »Du irrest, Renate; es ist nicht Josias, es ist der Priester, der hier vor dir stehet.«

Da ließ sie die Arme sinken und sagte dumpfen Tones: »So sprecht! Was habt Ihr mir zu sagen?«

Und wie sie mich itzt aus dem ernsten Antlitz mit ihren großen Augen ansah, da schrie es in mir auf: »Du kannst sie nimmer lassen; in diesem Weibe ist all dein irdisch Glück!« Aber ich rief zu meinem Gott, und er half mir, bei meinem heiligen Amte die weltlichen Gedanken in die Tiefe bannen.

»Renate!« sprach ich; »wer war es, der dich zu der Todsünde versuchte, daß du den Leib des Herrn von deinen Lippen spieest? Nenne seinen Namen, daß wir mit Gottes Engeln ihn besiegen!«

Aber sie wiegete nur das Haupt. »O die armen alten Leute!« rief sie. »Ich weiß, es war eine Sünde! Aber da ich ihr Antlitz sahe, von den greisenhaften Gebresten so ganz entstellt, da schauderte mich, daß ich mit ihnen aus einem Kelche trinken sollte, und die heilige Hostie entfiel meinen Lippen in den Staub. Bete für mich, Josias, daß ich dieser Schuld entlastet werde!«

Ich glaubte ihren Worten nicht. »So«, dachte ich, »will der Versucher dir entrinnen«, und sprach laut: »Vor einem Schenkenglase mag dir ekeln; aber der Kelch des Herrn ist rein für alle, denen er geboten wird! Ein höllisch Blendwerk hat dein Aug verwirret; und es kommt von dem, mit welchem auch dein Vater sein unselig Spiel getrieben, bis Leib und Seele ihm dabei verloren worden.«

Bei diesen meinen Worten stürzete sie auf ihre Kniee und hub die Arme auf und schrie: »Mein Vater, o mein armer Vater!«

»Ja, schreie nur um ihn, Renate!« sprach ich. »Und möge unseres Gottes Allbarmherzigkeit in seinen tiefen Pfuhl hinunterleuchten!«

Sie sahe zu mir auf und sprach mit fester Stimme: »Die wird ihm leuchten, Josias, so gut wie allen andern, die ein jäher Tod ereilet!«

Ich aber rief: »Das ist des Teufels Hochmuth, der von deinen Lippen redet! Demüthige dich gegen den, bei dem alleine Rettung ist, und schütte dein Herz aus vor mir, der hier stehet an seiner Statt!« Und da sie hierauf schwieg, so sprach ich weiter: »Da du mit unserer alten Margreth nächtens auf dem Moore gingest, wen hast du angerufen, daß er dir von deinem

Vater Kunde brächte, und was war es, das aus der leeren Luft herab mit schrecklichem Geheul dir Antwort gab?«

»Ich weiß von keinem Geheul«, entgegnete sie; »aber du, Priester Gottes«, – und ein trotzig Feuer brannte in ihren schönen Augen – »so ich wüßte, daß dort Kunde wär, zur Stund noch ging' ich und schriee meine Noth ins Moor hinaus und fragete nicht viel, von wannen mir die Antwort käme!«

»Renate!« rief ich. »Exi immunde Spiritus!« und spreizete beide Hände ihr entgegen. »Bekenne! Bekenne, mit welch argen Geistern hast auch du dein Spiel getrieben!«

Sie hatte sich vom Boden aufgerichtet; und da ich sie anschaute, war ein kalter Glanz in ihren Augen. Sie strich mit den Händen über ihr Gewand und sagte: »Ich verstehe nicht, was Ihr redet; aber mir ist, als sei das große Gemach hier so düster, wie es nimmer noch gewesen.« Und da in diesem Augenblicke an die Thür gepocht ward, welcher ich den Rücken wandte, und selbige sich aufthat, setzete sie hinzu: »Tretet näher, Margreth! Euer Herr ist hier!«

Ich aber wandte mich um und sahe unsre alte Margreth vor mir stehen; die schaute mich gar ernsthaft an und sprach nach einer Weile: »Kommet heim, Herr Josias; denn Euer lieber Vater will nun sterben, und ihn verlangt nach einem letzten Wort mit Euch.«

Da war mir, als bräche der Boden unter mir zusammen, und ich verließ Renaten und eilete nach meines Vaters Sterbekammer. – Da ich eintrat, saß er laut redend in seinen Kissen, aber seine Stimme däuchte mir fremd, gleich als hätt ich nimmer sie gehöret.

»Es ist dein Großvater, von dem er redet«, raunete mir meine Mutter zu.

»Er sieht mich nicht, Mutter!« entgegnete ich leise.

»Nein, Josias, er ist bei denen, die ihm zu Gottes Thron vorausgegangen.«

Und mein Vater sahe mit glänzenden Augen vor sich hin und redete weiter: »Lang, gar lange habe ich für ihn gepredigt – Josias thäte das gar gerne auch für mich – denn er wurde sehr alt; sein leiblich Augenlicht war erloschen und der Schall der Welt drang nur verworren noch zu seinem Ohre. Aber da er seine Stunde nahen fühlte, hieß er mich und meine Schwestern ihn in die Kirche führen, und wir geleiteten ihn auf die Kanzel. Da wandte er sein Antlitz rings umher und grüßte unmerklich mit der Hand; und sein silbern Haar hing über seine blinden Augen. Er meinete, es sei Sonntag, und die Gemeinde sei versammelt. Er irrte; die Schwestern waren oben an seiner Seiten, und drunten war nur ich allein. Aber der Greis auf der Kanzel erhub seine Stimme, und sie scholl stark in der leeren Kirchen; denn er nahm Abschied und redete erschütternd zu allen, die hier nicht zugegen waren.«

Der Kranke hatte die Arme über das Deckbett hingestrecket, und sein abgezehrtes Antlitz leuchtete wie von innerem Lichte. »Ja, mein Vater«, rief er, »aus der Ewigkeit herüber höre ich deine Stimme, wie du sprachest: ,Und so wie einst herauf, so führe an deiner Hand mich jetzt hinab von dieser Stätte! Aber, mein Gott und Herr, du hellest das Dunkel vor mir; gleich meinen Vätern werden Sohn und Enkelsöhne von deinem Stuhle aus dein Wort verkünden. Laß sie dein sein, o Herr! Nimm ihren schwachen Geist in deiner Gnaden Schutz'!«

Nach diesen Worten schwieg mein lieber Vater; und als nun meine Mutter ihre Arme um ihn schlang, da sank sein Haupt zurück auf ihre Schulter. – Aber er erhub es wieder; und da sie zu ihm redete: »Mein Christian, spare deine Kräfte und ruhe nun«, da schüttelte er leise mit dem Haupt und sagte nur: »Nachher; nachher Maria!« Dann sahe er liebevoll, aber mit fast flehentlichen Blicken zu mir auf und sprach langsam und wie mit großer Mühe: »Du kommst vom Hof, Josias; ich weiß es. Der Bauer ist nicht mehr, und möge Gott ihm ein barmherziger Richter sein – aber seine Tochter lebt! Josias, das rechte Leben ist erst das, wozu der Tod mir schon die Pforten aufgethan!«

Die Hand des Sterbenden haschete ins Leere nach der meinen, und da ich sie ihm gegeben, hielt er sie sehr fest in seinen magern Fingern.

Noch einmal begann er: »Wir sind ein alt Geschlecht von Predigern; die ersten von den Unsern saßen zu Dr. Martins und Melanchthons Füßen. Josias!« er rief meinen Namen, daß es gleich Schwertesschnitt durch meine Seele ging – »vergiß nicht unseres heiligen Berufes! – Des Hofbauren Haus ist keines, daraus der Diener Gottes sich das Weib zur Ehe holen soll!«

Der Odem des Sterbenden wurde stärker; aber seine Stimme sank zu einem Flüstern, und da wir lautlos horchten, kamen wie fernhin verhallend noch die Worte: »Versprich – – das Irdische ist eitel –«

Darauf verstummete er ganz; seine Finger löseten sich von meiner Hand und der Friede des Herrn ging über sein erbleichend Angesicht. Ich aber neigete mich zu dem Ohr des Todten und rief: »Ich gelobe es, mein Vater! Mög die entfliehende Seele noch deines Sohnes Wort vernehmen!«

Da sahe meine Mutter mich voll Mitleid an; dann zog sie das Laken über das geliebte Todtenantlitz, fiel an dem Bette nieder und sprach: »Gott gebe uns selige Nachfolge und sammle uns wieder in der frohen Ewigkeit.«

Als meines lieben Vaters Grab geschlossen war, kamen noch mehr der ersten Frühlingstage; von dem Strohdach unseres Hauses tropfete der Schnee herab, und die Vögel trugen den Sonnenschein auf ihren Schwingen; aber das Schöpfungswort: »Es werde Licht!« wollte sich noch nicht an mir bewähren. Da geschahe es am Sonntage danach, nachmittages, daß ich von dem Dorfe Hude auf dem Fußsteig nach Schwabstedte zurückging; ich war in meiner Amtstracht, denn ich hatte einen Kranken mit den Tröstungen unserer heiligen Religion versehen. Die ersten Tage meines Amtes waren schwer gewesen, und ich ging dahin in tiefem Sinnen.

Unweit vom Dorfe aber schneidet ein Bach den Weg, der aus dem Walde zu dem Treenefluß hinabgeht. An selbigem pflegen die Vögel sich zu sammeln, welche das Wasser lieben, und war auch itzt von Finken und Amseln hier ein fröhlich Schallen, als wollten sie schon des Maien Ankunft melden. Und so von des Ortes Lieblichkeit gehalten, schritt ich nicht über den Steg, der von dem Fußweg hinüberführet, sondern ging diesseits ein paar Schritte an den Wald hinauf und setzete mich an das Ufer, wo sich der Bach zu einem kleinen Teich erweitert. Das Wasser aber, wie es um diese Zeit zu sein pflegt, war so klar, daß ich am tiefen Grunde das Wurzelgeflecht der Teichrosen und die daran keimenden Blätter gar leicht erkennen und also Gottes Weisheit auch in diesen kleinen Dingen bewundern mochte, so für gewöhnlich unserem Aug verborgen sind.

Da wurd ich jählings aufgeschrecket, und auch die Vögel, die eben ihren durch meine Ankunft gestöreten Gesang aufs neue anhuben, rauschten auf und flogen fort; denn von jenseit des Baches kam ein Geschrei: Hoido! hoido! und war es, als wie bei der Kloppjagd die Bauerkerle den Hirsch zu jagen pflegen. Da ich aber den Kopf wandte, sahe ich drüben aus den Tannen einen Haufen junger Knechte hervorbrechen. »Schwimmen! Schwimmen!« schrien sie. »Ins Wasser mit der Hex!« Und jetzt erst gewahrte ich unter ihnen ein Frauenbild, das gescheuchet vor dem einen und dem anderen floh und nach dem Stege zu entkommen suchte. Aber einer von den Burschen sprang voran dahin und versperrete ihr so den Weg. Ich kannte ihn wohl, von Zeit der großen Hochzeit schon; denn es war der Sohn des Bauernvogten; und das Wild, so hier gejaget wurde, war Renate.

Nun kam ich eilends auf die Füße, lief zu dem Steg hinab und rief hinüber: »Ihr dort, was wollet ihr beginnen!«

Da schrien sie hinwieder: »Die Hex! Die Hex!«

Ich aber frug sie: »Wollet ihr richten? Wer hat zu Richtern euch bestellt?«

Und als sie hierauf schwiegen, trat einer aus dem Haufen und sprach: »Das Brennholz ist theuer worden; die Unholden laufen frei herum, und der Amtmann und der Landvogt fassen sie nicht an.« Und alle schrien wieder: »Hoido! hoido! Ins Wasser mit der Hex!«

Da setzete ich meinen Fuß auf den Steg und rief: »Rühret sie nicht an! Im Namen Gottes, ich gebiete es euch!«

Aber der Bursche, welcher auf dem Stege war, drängte mich zurück. »Ihr trotzet auf Euer Priesterkleid!« sprach er. »Ihr würdet sonst die großen Worte sparen; ich rath Euch, thut das nicht zu sicher!« Und dabei stund er vor mir mit gekniffenen Fäusten, und unter seinem Kraushaar funkelten die kleinen Augen.

Da überkam es mich, und ich lösete mein geistlich Gewand und warf es von mir auf den Boden; denn das junge Blut war damals noch in meinen Adern. Und als ich einen Blick nach drüben that, sahe ich, daß einer von den Burschen Renaten gefaßt hatte und ihr die Hände über ihren Rücken hielt; ihre Augen aber ruhten auf mir und waren wie leuchtend in dem blassen Angesicht.

»Gib Raum!« schrie ich und packte den Burschen mit meinen beiden Fäusten; und ich bin mir heut noch wohl bewußt, in den tiefsten Abgrund hätt ich ihn gestürzet, so ich das vermocht und solcher unter uns gewesen wäre.

Einen Augenblick wurd eine Todtenstille; denn er hatte auch mich ergriffen, und wir stunden wie in Erz gegossen aneinander. Da gewahrete ich, daß sie Renaten an den Bach hinabzuzerren strebten; und ohne Laut zu geben, rang ich mit meinem Feinde, Knie an Knie und Aug in Aug. »Geduld, du Hexenpriester!« schrie er mit heiserer Stimme. »Erst soll sie schwimmen, eh sie der Teufel dir ins Brautbett leget!«

Ein laut Gelächter und Hoido von drüben scholl als Antwort; vergebens suchte ich Renaten zu erblicken. Aber schon hatte ich den Burschen auf den Steg zurückgedrängt und griff nach seinem Hals, um ihn hinabzuwerfen, da empfing ich selber einen Stoß auf meine Brust, und mit einem Schrei, der mir Unwillens von dem jähen Schmerz entfuhr, sank ich zu Boden.

Es mochte ein Schrecken dadurch in die ganze Schar gefallen sein; denn ich fühlte nicht, daß eine fremde Hand noch an mir sei, und hörte, wie jenseit des Wassers der Trupp von dannen zog.

Als ich aber mich mühselig aufgerichtet hatte, da schlangen zwei Weiberarme sich um meinen Hals, und die Stimme, welche ich niemalen hab vergessen können, sprach leise meinen Namen: »Josias, ach, Josias!« Und da ich mit der Hand des Mädchens Haar zurückstrich, so ihr wirr auf Stirn und Augen fiel, da sahe ich um ihren Mund, was ich noch itzt ein selig Lächeln nennen muß, und ihr Antlitz erschien mir in unsäglicher Schönheit.

»Renate!« rief ich leise, und meine Augen hingen in sehnsüchtiger Begier an ihren Lippen.

Sie regeten sich noch einmal, als wollten sie mir Antwort geben; aber ich lauschte vergebens; des Mädchens Arme sanken von meinem Halse, ein Zittern flog um ihren Mund und ihre Augen schlossen sich.

Ich starrte angstvoll auf sie hin und wußte nicht, was ich beginnen sollte. Als ich aber auf dem schönen Antlitz das Leben also in den Tod vergehen sahe, wurd mir mit einem Male, als blickten meine Augen weithin über den Rand der Erde, und vor meinen Ohren hörte ich meines sterbenden Vaters Stimme: »Vergiß nicht unseres heiligen Berufes! – – – Das Irdische ist eitel!«

Und da ich noch die ohnmächtige Gestalt in meinen Armen hielt, gewahrete ich, daß unser Nachbar, der Schmied Held Carstens, mit seinem Weibe von diesseits des Weges dahergegangen kam. Da erzählete ich ihnen, wie von den jungen Knechten das Mädchen sei geschrecket worden, und bat, daß sie sich um sie annehmen möchten; denn es sei eine andre Pflicht, so mich von hinnen rufe.

Der Schmied aber trat nur zögernd näher; und auf die Ohnmächtige hinblickend, sprach er: »Die da? – – Nun, wenn Ihr es heischet, Herr Josias?«

Da bat ich abermalen; und itzt kam auch das Weib heran, welches als gar verständig im ganzen Dorf berufen ist. Als ich dann aber des Mädchens Leib aus meinen Armen in die ihren sinken ließ, durchstach mir ein jäher Schmerz die Brust, daß nicht viel fehlete, es hätte mich aufs neu dahingeworfen.

Und so, zwiefach verwundet, ging ich heim und sahe nicht mehr hinter mich zurück. Aber in meines Vaters Sterbekammer hab ich an diesem Abend lang inbrünstiglich gebetet.

Was meine liebe Mutter auch dagegen reden mochte, und obschon die Nachfolge in meines Vaters Amte mir so gut wie zugesaget war, ich wußte doch, daß meines Bleibens nicht mehr hier am Orte sei. Und so reisete ich schon andern Tags nach Schleswig, um mich nach einem andern Amte umzusehen. Aber dort angekommen, befiel mich eine Schwäche, daß meine Mutter zu meinem Krankenbett herbeigeholet werden mußte. Und als dann eines Nachts gar ein

Blutstrom aus meinem Mund hervorbrach, da schrie sie laut, daß sie anitzo auch ihr einzig Kind dahingehen müsse.

Aber ich genas mit Gottes Hülfe, erhielt auch ein geistlich Amt im Norden unseres Landes, von Schwabstedte viele Meilen fern, und dienete noch über zwanzig Jahre dieser Gemeinde mit redlichem Willen und nach meinen besten Kräften. Ich begrub dort meine liebe Mutter und beweinete sie sehr; nach ihrem Tode hatte ich keine, in der die Liebe so sichtbarlich an meiner Seite ging.

Von Renaten hörete ich noch einige Male; zunächst und bald nach meinem Fortgange, daß sie derzeit über das Wasser und auf den Blättern der Teichrosen, welche sie getragen hätten, zu mir hingelaufen sei. Ich aber weiß von solchem nichts; müßte auch ein Gaukelwerk des argen Geistes gewesen sein, maßen ich ja selbst die Mummelblätter unter dem Kristall des Wassers noch in ihren Hüllen hatte liegen sehen.

Dann, wohl fünf Jahre später; von einem Manne, der mit Binsenmatten durch das Land ging, wurde mir erzählet, daß eines Abends ein mächtig großer schwarzer Hund auf ihren Hof gekommen sei, beschmutzt und abgemagert und mit einem abgerissenen Strick an seinem Halse. Da sei sie zu ihm hingekniet und habe mit beiden Armen das alte Thier umfangen und seinen rauhen Kopf an ihre Brust gezogen.

– Ob sie noch itzt auf dieser Erde ist, ob Gott sich ihrer schon barmherzig angenommen, darüber ist mir keine Kunde mehr geworden.

So weit die Handschrift.

Aber der Zufall, der uns vergönnt hat, das Bahrtuch über einem verschollenen Menschenleben aufzuheben, lüpft es noch einmal; wenn auch weniger, als manche, die dies lesen, wünschen mögen.

Die zu Anfang der Erzählung erwähnte Schatulle auf dem Boden unseres alten Erbhauses ward eine tönende Vergangenheit, sobald man Mut und Geduld hatte, den Staub in ihrem Innern aufzuregen. Ich hatte das nicht immer. Aber ein paar Jahre nach dem Funde unserer Handschrift, an einem herbstlichen Sonntagnachmittage, saß ich doch wieder einmal vor ihren eingeklemmten Schubfächern und zog, oft mühsam, eines um das andere auf. Papiere über Papiere; und fast überall jene anheimelnde leserliche Schrift des vorigen Jahrhunderts. Von vielen Päckchen hatte ich schon die Bindfäden aufgelöst und sie, nachdem ich dies und das darin gelesen, wiederum zu ihrer Ruh gelegt. Da kam ich an eines, welches allerlei Papiere über die Erbschaft eines alten Predigers in Ostenfeld enthielt; ein Bruder meines Urgroßvaters, wie ich aus beiliegenden, an ihn gerichteten Briefen sah, hatte sich dieser Angelegenheit für eine in Husum wohnende Predigerwitwe angenommen. Und bald nahm ein ungewöhnlich langes Schreiben, datiert von 1778 aus einem ostschleswigschen Dorfe und unterschrieben »Jensen past.«, meine ganze Aufmerksamkeit in Anspruch; denn es war augenscheinlich der Begleitbrief, mit dem einst das Manuskript des Pastors Josias, allerdings sub pet. rem., an meinen Urgroßonkel übersandt war.

Die ersten Seiten beschäftigten sich unter Beifügung eines sauber ausgeführten Stammbaumes nur mit den Erbverhältnissen jenes Ostenfelder Pastors, wie bald ersichtlich, des Vetters unseres Josias, in dessen Hause er das Gedächtnis seines Jugendlebens niederschrieb. Dann aber hieß es weiter:

Unseres von Dir erwähnten Schülerbesuches bei meinen Junggesellen-Onkeln in dem Ostenfelder Pastorate entsinne ich mich gar wohl; und daß Du den Onkel Josias in so warmer Affection behalten, hat mir insonders wohlgethan; die Fragen aber, die Du über ihn gestellet, wirst Du indessen hier angeschlossener eigenerHandschrift insgesamt beantwortet finden.

In Wahrheit, es waren zwei recht verschiedene Menschen, der Herr Josias mit seinem Johanneskopfe und der derbe auf brausende pastor loci. Oftmals in meiner eigenen Amtsthätigkeit habe ich des ersten Sonntags dort gedenken müssen; Du kämest erst des Abends zu uns, ich aber saß schon vormittags an Onkel Josias' Seite in der Kirche. Noch sehe ich unter den Abendmahlsgästen die leidtragenden Frauen vor dem Altare, welche nach damaliger Sitte bis über das

Kinn in schwarze Decken eingehüllt waren; und wie der Onkel Pastor der einen mit den durch die ganze Kirche hin vernehmlichen Worten: »Weg, weg damit!« die Decken voll Ungeduld zur Seite riß, indeß er mit der anderen Hand den Kelch emporhielt. Onkel Josias aber schüttelte still den Kopf und lehnte mit einem Lächeln sich in seinen Stuhl zurück. Gleichwohl, wie ich später beobachtet, da ich den letzten Sommer vor dem großen Examen dort meine Repetitionen machte, lebten die beiden Verwandten in guter Eintracht miteinander. Beide waren Männer, die, wie man sagt, das Ihrige gelernet hatten und dies nicht in Vergessenheit gerathen lassen wollten. Sie unterhielten sich oft über gelehrte Gegenstände und disputirten dann, auch wohl lateinisch, miteinander.

In einem Punkte aber stimmten sie völlig überein; sie beide glaubten noch an Teufelsbündnisse und an schwarze Kunst und erachteten solch thörichten Wahn für einen nothwendigen Theil des orthodoxen Christenglaubens. Der Ostenfelder Pastor that dieses im zornigen Bewußtsein eines wohlgerüsteten Kämpfers, der Onkel Josias dagegen, zu dessen zarter Gemüthsbeschaffenheit dieser wilde Glaube gar übel paßte, schien selbigen mir gleich einer Last zu tragen. Deshalb suchte ich oft, wenn wir alleine waren, mit Gründen aus der Heiligen Schrift wie aus der menschlichen Vernunft ihm solches auszureden; allein mit allem seinem Scharfsinn, wenngleich als wie in schmerzlicher Ergebung, vertheidigte er die gottlose Macht des Erzfeindes.

Als der Sommer zu Ende ging, wurde für seine Gesundheit die strengste Vorsicht nöthig; er durfte Sonntags die Kirche nicht mehr besuchen, kaum noch das Haus verlassen; aber seine milde Freundlichkeit und seine, ich möchte sagen, schwermuthsvolle Heiterkeit blieben sich auch dann noch gleich.

Da war es kurz vor meiner Abreise an einem Morgen im October; der erste Reif war gefallen und eine frische Klarheit durch die Luft verbreitet. Ich wandelte im Garten auf und ab und sah dabei bisweilen in die Zeitung, welche der Stadtbote mir soeben durch den Zaun gereicht hatte. Als ich nun las, daß der einst vielberühmte, aber seit lange seines Amtes wegen Simonie entsetzte Petrus Goldschmidt als ein Schenkenwirth bei Hamburg das Zeitliche gesegnet habe, eilete ich ins Haus und dachte, nicht ohne eine kleine Schadenfreude, solches dem Onkel Josias zu verkünden.

Als ich zu ihm eintrat, war mir, als sei auch in dieses sonst etwas dunkle Zimmer der schöne lichte Morgen eingedrungen; denn trotz des brennenden Ofenfeuers standen beide Fensterflügel offen, und der Schall von den benachbarten Dreschtennen und von hellen Kinderstimmen hatte freien Eingang.

Aber zu meiner beabsichtigten Mittheilung kam ich nicht.

Feierlich, mit strahlendem Antlitz trat Herr Josias mir entgegen. »Mein Andreas«, rief er, »wir werden fürder nicht mehr disputiren; ich weiß es itzt in diesem Augenblick: der Teufel ist nur ein im Abgrund liegender unmächtiger Geist!«

Indeß ich vor Erstaunen schier verstummte, gewahrte ich das Buch des Thomasius von dem Laster der Zauberei auf seinem Tische aufgeschlagen. Ich hatte es nach unserer letzten Disputation dort heimlich hingelegt und frug nun, ob ihm daraus die heilvolle Erkenntniß zugekommen.

Aber Herr Josias schüttelte den Kopf. »Nein«, sprach er, »nicht aus jenem guten Buch; es hat das Licht sich plötzlich in mein Herz ergossen. Ich denke so, Andreas: die Schatten des Todes wachsen immer höher; da will der Allbarmherzige die anderen Schatten von mir nehmen.«

Seine Augen leuchteten wie in überirdischer Verklärung; er wandte sich gegen das Licht und breitete die Arme aus. »O Gott der Gnaden«, rief er, »aus meiner Jugend tritt ein Engel auf mich zu; verwirf mich nicht ob meiner finsteren Schuld!«

Ich wollte ihn stützen; denn er wurde todtenbleich, und mir war, als sähe ich ihn wanken; er aber lächelte und sprach: »Ich bin nicht schwach in diesem Augenblick.«

Dann ging er an seinen Schrank und reichte mir daraus dasselbe manuscriptum, welches Du mit diesem Brief empfängst.

»Nimm es, mein Andreas«, sagte er, »und bewahre es zu meinem Gedächtniß; ich bedarf desselbigen nun nicht mehr.«

– Kurz darauf reiste ich ab; und was nun folget, hat mir erst lange nachher der Sohn des dortigen Küsters erzählt, welcher einige Jahre hier im Dorfe Lehrer war.

Noch in dem Monat meiner Abreise nämlich verbreitete sich das Gerücht im Dorfe: wenn Sonntags alles in der Kirche und die Straßen leer seien, so stehe ein fahlgraues Pferd, desgleichen man sonst in der Gemeinde nicht gesehen, vor der Pforte des Pastorates angebunden; und bald danach: es komme von Süden her ein Weib über die Heide geritten, die binde ihr Pferd an den Mauerring und kehre im Pastorate ein; wenn aber der Pastor und der Strom der Gemeinde aus der Kirche heimkomme, dann sei sie jedesmal schon wieder fortgeritten.

Daß dieses Weib den Herrn Josias besuche, war unschwer zu errathen; denn um solche Stunde weilte niemand außer ihm im Hause. Dabei aber ereignete sich gar Sonderliches; denn obschon sie unzweifelhaft schon in älteren Jahren gestanden, so ist doch von etlichen, welche sie gesehen haben, dawider gestritten und behauptet worden, daß sie noch jung, von anderen, daß sie auch schön gewesen sei; wenn man aber des Näheren nachgefragt, so hatten sie nichts wahrgenommen als zwei dunkle Augen, aus denen das Weib sie im Vorüberreiten angeblicket.

Im ganzen Dorfe ist nur ein einziger gewesen, der von diesen Dingen nichts erfahren hat, und zwar der Pastor selber; denn alle haben des Mannes aufflammende Heftigkeit gefürchtet, und alle haben den Onkel Josias lieb gehabt.

Aber eines Sonntages, da es wieder Frühling worden und die Veilchen in den Gärten schon geblüht haben, ist die Heidefrau auch wieder da gewesen; und auch diesmal, da der Pastor aus der Kirche heimgekommen, hat er weder sie noch ihren Gaul gesehen; es ist wie immer alles still und einsam gewesen, da er seinen Hof und dann sein Haus betreten hat. Und da er, wie er itzo nach der Kirche pflegte, in seines Verwandten Zimmer ging, war es auch dort sehr still. Die Fenster standen offen, so daß von draußen aus dem Garten die Frühlingsdüfte den ganzen Raum erfüllet hatten, und der Eintretende sah Herrn Josias in seinem großen Lehnstuhl sitzen; doch, was ihn wundernahm, ein kleiner Vogel saß furchtlos auf einer seiner Hände, die er vor sich auf dem Schoß gefaltet hatte. Aber der Vogel flog fort und in die freie Himmelsluft hinaus, als der Pastor itzt mit seinem schweren Schritt herankam und sich über den Lehnstuhl beugte.

Herr Josias saß noch immer unbeweglich, und sein Angesicht war voller Frieden; nur war derselbe nicht von dieser Welt.

– Nun aber hat es bald ein laut Gerücht im Dorf gegeben, und auch dem Onkel Pastor haben alle es erzählt, von denen er es hat hören wollen; man wisse nun, die Hexe von Schwabstedte sei es gewesen, die auf ihrem Roß all Sonntags in das Dorf gekommen; ja derer etliche hatten sichere Kunde, daß sie, unter Vorspiegelung trügerischer Heilkunst, dem armen Herrn Josias das Leben abgewonnen habe.

Wir aber, wenn Du alles nun gelesen, Du und ich, wir wissen besser, wer sie war, die seinen letzten Hauch ihm von den Lippen nahm.